내 생애의 아이들

Ces enfants de ma vie

내 생애의 아이들

가브리엘 루아 지음
김화영 옮김

현대문학

차례
Ces enfants de ma vie

빈센토

요즘 와서 나는 시내의 초등학교에서 어린 사내아이들을 가르치며 보냈던 젊은 신참내기 여교사 시절을 되돌아보는 일이 잦아졌다. 그럴 때면 개학 첫날의 아침이 눈에 선하고 지금도 그 옛날처럼 가슴이 울렁거린다. 나는 아주 어린 아이들의 반을 맡고 있었다. 그것이 그들에게는 낯선 세상에 내딛는 첫발이었다. 아이들은 누구나 다 많든 적든 처음 학교에 오는 것에 대해 두려움을 가지고 있었지만, 내가 맡은 이민자 출신 꼬맹이들 중 몇몇의 경우, 그에 더하여 학교에 오자마자 귀에 설기만 한 언어로 말하는 소리를 듣는 혼란스러움까지 맛보아야 했다.

　그날 아침에는 일찍부터 어린아이들의 떠드는 소리가 높은 천장과 울리는 벽 때문에 더욱 크게 와글대고 있었다. 내가 우리 교실 문턱으로 막 들어서려는데, 복도 저쪽에서 마치 거대한 기선이 항진해 오듯 육중한 체구의 한 여자가 울부짖는 사내아이의 손을 잡아끌며 오는 것이 보였다. 아이는 그녀에 비해 상대도 되지 않게 작은 체구였지만 그래도 이따금 있는 힘을 다해 팔을 잡아당기고 몸을 활처럼 굽혀 버티면서 전진하는 속도를 약간씩 늦추곤 했다. 그러면 여자는 아이를 한결 더 억세게 휘어잡아 땅바닥 위로 쳐들면서 더욱 거세게 확확 잡아끌었다. 그래도 그렇지 이 조그만 아이를 다루기가 이토록 어렵다니 하고 어이없다는 듯한 웃음을 짓는 것이었다. 그들은 마침내 우리 교실 입구에 이르렀고 거기서 나는 태연한 표정을 지으려 애쓰면서 그들을 기다리고 있었다.

강한 플랑드르 억양이 배어 있는 말씨로 어머니가 내게 아이를 소개했다. 이름이 로제 베르헤겐이고 나이는 다섯 살 반으로 아주 착하고 부드러우며 마음만 먹으면 아주 고분고분 말을 잘 듣는다는—"그렇지, 로제!"—그 아이를 어머니는 잡아 흔들면서 울음을 그치게 하려고 애를 썼다. 나는 이미 어머니들과 아이들을 어느 정도 겪어본 경험이 있는지라, 혹시 이처럼 육중한 몸매의 이 어머니가 툭하면 "너 어디 두고보자, 학교에 들어가서 혼이 좀 나봐야겠구나" 하면서 자신의 권위 부족을 남들에게 전가하는 타입이나 아닐까 하는 생각을 했다.

나는 로제에게 빨간 사과 한 알을 내밀었다. 아이는 단호하게 거절했지만 잠시 후 내가 딴 데로 시선을 돌리는 사이 사과를 확 낚아채갔다. 대개 이런 플랑드르 출신 아이들은 길들이는 데 오래 걸리지 않았다. 그 까닭은 아마도 전전긍

궁하던 처음 한순간의 공포가 가시고 나면 학교란 그들에게 너무나도 마음 놓이는 곳으로 느껴지기 때문인 듯했다. 과연 로제는 그저 가늘게 코를 훌쩍거리는 소리를 낼 뿐 손을 잡도록 내맡긴 채 책상 쪽으로 이끄는 대로 고분고분 따라왔다.

그때 아무 말도 표정도 없는 꼬마 조르주가 왔다. 아이를 데리고 온 냉담한 표정의 어머니는 담담한 어조로 필요한 사항을 내게 말해주고는 책상에 가 앉은 아이에게 미소 한번 보내지 않은 채 가버렸다. 아이 자신도 아무런 감정을 나타내지 않았다. 나는 속으로 저 아이를 잘 지켜보아야겠다고, 저 아이야말로 장차 나를 가장 애먹이는 아이들 중의 하나가 될지도 모른다고 생각했다.

그 다음에 나는 갑자기 여러 어머니들과 마찬가지 수의 아이들에게 에워싸였다. 그 중 하나는 억지로 참으려 애쓰면서도 낮은 소리로 계속 징징대고 울었다. 그 음울한 탄식의 소리가 생각만큼 완전히 진정되지 못한 로제의 마음을 건드렸다. 그는 알지 못하는 아이와 합창으로 또다시 울음을 터뜨렸다. 지금까지 조용했던 다른 아이들이 그들과 합류했다. 이 같은 탄식의 소용돌이 속에서 나는 등록을 시작할 수밖에 없었다. 그리고 또 다른 아이들이 도착했고 그들은 자신들이 눈물바다 속으로 들어온 것을 알자 그들 역시 징징대며 울었다.

그때 하늘이 도우신 것인지, 세상에서 가장 명랑한 꼬마가 나타났다. 그 아이는 깡충깡충 뛰면서 교실로 들어와선

제 마음대로 책상 하나를 골라서 앉더니 지극히 흐뭇한 표정으로 그를 내려다보는 제 어머니와 공모의 웃음을 지어 보이며 새 공책들을 꺼내서 그 위에 펼쳐놓았다.

"우리 아르튀르는 선생님께 조금도 걱정을 끼치지 않을 거예요" 하고 어머니가 말했다. "벌써 오래전부터 학교에 오고 싶어 안달이었다구요!"

이 어린아이의 유쾌한 기분이 벌써 효과를 발휘하기 시작했다. 그의 주변에 있던 아이들은 이처럼 만족스러워하는 그를 보고 놀라 소매 끝으로 얼굴을 쓱 닦고는 교실을 전혀 다른 눈으로 보기 시작하는 것이었다.

그러나 유감스럽게도 나는 리날드가 도착하면서부터 불리한 입장에 놓이게 되었다. 그의 어머니는 아이의 등을 떠밀면서 들어서더니 온갖 가르침과 당부의 말들을 쏟아놓았다. "한 자라도 더 배우려면 학교에 다녀야지…. 배우지 못하면 아무것에도 성공하지 못하는 거야…. 코 좀 닦아, 그리고 손수건을 잃어버리지 않도록 주의해야 돼…. 다른 물건들도 다 마찬가지고. 비싸게 주고 산 것들이니까…."

그 어린 녀석은 마치 일생의 시작부터 끝까지 저를 붙잡고 놓아주지 않을 무슨 근심걱정이라도 있다는 듯 울어댔고, 그 옆의 다른 아이들은 그게 어떤 종류의 괴로움인지 알지도 못한 채 동정을 금치 못한다는 듯 함께 울어댔다. 오직 우리 꼬마 아르튀르만이 예외였다. 그 아이는 내게 다가와 옷소매를 끌어당기면서 말했다.

"쟤들 미쳤어요, 그렇죠!"

얼마 후, 35명이 등록을 마치고 어느 정도 진정이 되자 나는 그제야 숨을 돌리기 시작했고 제일 어려운 고비는 넘겼다는 생각을 하면서 악몽의 끝이기를 진심으로 바랐다. 아직은 이름과 정확하게 일치시키기는 어려운 그 작은 얼굴들이 내게 처음으로 미소의 기미를 내비치고 간간이 눈길로 나를 쓰다듬는 것을 보았다. 그래서 속으로 생각했다. '그래, 이제 우린 서로 친해지려는 것이구나.' 그런데 바로 이때 복도에서 또 다른 고통의 외침이 들려왔다. 이제 드디어 안정을 찾았다고 생각했던 우리 교실이 송두리째 전율했고 저마다 입술을 부르르 떨면서 문턱을 향하여 눈길을 비끄러맸다. 그러자 어떤 젊은 아버지가 나타났고 그 옆에 조그만 사내아이 하나가 매달려 있었다. 어둡고 슬픈 눈빛에 허약한 얼굴이지만 전체적인 인상이 너무나도 생기에 넘치고 있어서 사람들에게 미소를 자아내게 할 정도였지만, 그러기에는 아버지와 아이 양쪽 다 이별의 고통을 너무나도 감당하지 못해 하는 표정이었다.

아이는 제 아버지에게 매달린 채 온통 눈물에 젖은 얼굴로 쳐다보고 있었다. 짐작컨대 아이는 그들의 모국어인 이탈리아말로 아버지에게 저를 버리지 말아달라고, 하나님께 비나니 제발 저를 버리지 말아달라! 고 애원하고 있는 눈치였다.

거의 마찬가지로 슬픔을 주체하지 못하는 아버지는 그의 어린 아이를 안심시키려고 애를 쓰고 있었다. 그는 아이의 머리칼을 쓰다듬고 뺨을 쓰다듬고 두 눈의 눈물을 닦아주고 달래었고 온갖 정다운 말로 위로하며 수없이 되풀이하여

"모든 게 다 잘 될 거야…. 두고 봐… 여긴 좋은 학교야… 베니토, 베니토…." 이렇게 강조, 강조 또 강조하는 것 같았다. 그러나 아이는 여전히 절망적인 호소와 구원의 신호를 보내고 있었다.

"라 카사! 라 카사!(집에 가자! 집에 가자!)"

이제야 나는 그가 불과 얼마 전에 아부리제에서 우리 도시로 온 이민이라는 것을 알아보았다. 쿠션을 만드는 장인인 그는 아직 정식으로 개업하지 못한 처지라 임시로 여기저기에서 닥치는 대로 일을 해주고 있었다. 그리하여 나는 어느 날, 그가 인근의 어떤 땅을 가래로 파고 있는 것을 보았다. 그의 옆에는 어린 사내아이 하나가 일을 돕고 있었고, 그 둘은 필시 서로에게 용기를 북돋워주려는 듯 뭐라고 말을 주고받았는데, 낯선 언어로 중얼대는 그들의 말소리가 밭머리에 서 있던 나의 마음을 유별나게 끌던 것도 또렷이 기억났다.

나는 힘껏 환한 웃음을 지으며 걸어가서 그들을 맞았다. 내가 다가가자 아이는 두려워서 소리를 지르며 아버지에게 더욱 바싹 매달렸고 그의 떨림이 아버지에게도 전도되었다. 내가 보기에 아이의 아버지는 별로 도움이 되지 못할 것 같았다. 도움은커녕 아이를 쓰다듬어주고 부드러운 말을 건넴으로써 결과적으로 아이에게 아버지를 마음 약하게 할 수 있겠다는 희망만 부추기는 듯했다.

과연 아버지는 나를 설득하려들기 시작했다. 아이가 이토록 힘들어하니 이번에는 그냥 집으로 데려가고 그날 오후에나 그 다음 날 다시 데려오는 편이 낫지 않겠느냐, 그러면 학교가 어떤 곳인지 아이에게 충분히 설명할 시간을 가질 수 있지 않겠느냐는 것이었다.

나는 아버지와 아들이 나의 결정에 매달리는 것을 보았다. 그래서 나는 두 주먹을 불끈 쥐고 용기를 내어 말했다. "아닙니다. 가지를 잘라야 할 때는 우물쭈물해봤자 아무 소용이 없는 법이에요."

아버지는 내 말을 수긍할 수밖에 없다는 듯이 두 눈을 슬프게 내리깔았다. 그는 나를 좀 도와주려고 애를 썼다. 우리는 둘이서도 아이를 떼어내기가 매우 어려웠다. 한쪽 손을 떼어내면 곧 다른 손이 빠져나가 또다시 아버지의 옷에 가서 달라붙는 것이었다. 기이한 점은, 아이가 아버지에게 한사코 매달리면서도, 그가 내 편에 서기 시작했다고 원망하면서 눈물을 흘리고 딸꾹질을 해대는 가운데 아버지를 매정하고 무능한 사람 취급을 한다는 점이었다.

마침내 아버지가 한순간 몸이 자유로워지는 것을 보자 안됐긴 하지만 나는 어린아이를 간신히 붙잡았다. 나는 그에게 어서 나가라고 눈짓을 했다. 그가 문턱을 넘어섰다. 나는 그의 뒤로 문을 닫았다. 그가 한 손가락으로 다시 문을 열더니 어린아이를 눈짓으로 가리키면서 말했다.

"이름이 빈센토예요."

내가 그 밖에도 다른 여러 가지 사항을 알 필요가 있다고 말하는데 빈센토가 내 손에서 거의 다 빠져나가려 했다. 나는 간신히 그를 붙잡고 다시 문을 닫았다. 아이가 문고리를 잡으려고 몸을 빼내면서 그리로 내달리려고 했다. 이제 아이는 교실에서 나가려고 있는 힘을 다 쓰면서도 더 이상 소리를 지르거나 울지는 않았다. 아버지는 여전히 자리를 뜨지 않은 채 문 위쪽의 유리를 통하여 빈센토가 어떤 반응을 보이는지, 내가 사태를 잘 마무리하는지 들여다보려고 애를 쓰고 있었다. 불안해하는 표정으로 보아 그는 자신이 원하는 것이 무엇인지 잘 알 수 없어 하는 것 같았다. 다시 한 번 더 어린 녀석은 문고리를 비틀고 내가 보는 앞에서 막 도망을 치려고 했다. 그제야 나는 열쇠를 돌려 문을 잠그고 열쇠를 주머니 속에 넣었다.

높은 파도와도 같은 침묵이 우리를 에워싸더니 마침내 문밖의 아버지까지 뒤덮는 것 같았다. 그의 숨소리는 더 이상 들리지 않았지만 놀라움으로 더욱 커진 그의 눈길이 우리의 동작 하나하나를 놓치지 않고 주시하고 있었다.

이제 빈센토는 상황을 파악하려는 듯 커다란 눈으로 주위를 살피고 나서 생각에 잠겼다. 그러다가 내가 알아차리지 못하는 사이에 갑자기 내게로 달려들어 정강이를 팍 후려찼다. 번개가 번쩍하는 듯 아팠지만 나는 충격을 내색하지 않았다. 그러자 아들에 대해 좀 부끄러운 생각이 들었는지 아니면 반대로 아이가 잘 해낼 수 있다고 안심이 되었는지 드디어 아버지가 자리를 떴다.

빈센토는 자신의 운명이 스스로의 손안에 들게 되자 절망적으로 어떤 공격이나 전략을 모색하는 눈치이더니 이윽고, 이젠 정말이지 더 이상 다른 도리가 없다는 듯 엄청난 한숨을 내쉬면서 용기를 다 잃은 채 투항하고 말았다. 그는 낯선 세계에서 지지자도 친구도 없이 내맡겨진 낙담한 꼬마에 불과한 것이었다. 그는 교실 한구석으로 달려가 땅바닥에 쭈그리고 앉았더니 두 손 안에 얼굴을 파묻고 웅크린 채 길 잃은 강아지처럼 흐느꼈다.

적어도 그 진정하고 깊은 슬픔에 밀려 교실 안 다른 아이들의 훌쩍거리는 소리는 그만 조용해졌다. 그 완전한 침묵 속에서 빈센토는 그 탄식의 소리를 내쏟았다. 어떤 아이들은 내 눈과 마주치려고 하면서 '참 버릇없이 구네요' 하는 뜻으로 어처구니없다는 표정을 지어 보였다. 또 다른 아이들은 생각에 잠긴 듯 땅바닥에 주저앉은 그 작은 덩어리를 건너다보면서 그들 역시 한숨을 푹 내쉬었다.

지금이야말로 기분전환을 해야 할 때였다. 나는 색분필통을 열고 분필을 아이들에게 나누어준 다음 각자가 나와서 칠판에다가 자기 집을 한번 그려보라고 했다. 처음에는 내 말의 뜻을 잘 알아듣지 못했던 아이들도 자기 친구들이 문과 창을 나타내는 여러 개의 구멍이 뚫린 네모들을 그리고 있는 것을 보자 곧 무슨 말인지 알아들었다. 그들도 신이 나서 다른 그림들 못지않게 그렸다. 최대한 동등한 나름대로의 개념에 따라 모두가 대체로 똑같은 집에 살고 있는 것 같았다.

나는 옆으로, 아래위로, 다닥다닥 붙어 있는 그 집들과 다를 바 없는 건물 하나를 칠판의 위쪽에 그렸다. 아이들은 그게 자기들의 학교라는 것을 알아차리자 자기 집이 자리잡은 곳이 만족스러운지 웃음을 터뜨렸다. 이제 나는 학교에서 집들이 있는 아래쪽으로 내려가는 길을 그렸다. 우리 명랑한 꼬마 학생이 제일 먼저 동그란 머리통이 달린 막대기 모양으로 그 길 위에 서 있는 제 모습을 그릴 생각을 해냈다. 그 머리통에 흔히 벌레들에게서 볼 수 있는 것처럼 양쪽에다가 눈 두 개를 그렸다. 그러자 모두가 다 그 길 위에 나서고 싶어 했다. 길은 학교로 가거나 학교에서 돌아오는 꼬마들로 온통 뒤덮이고 말았다.

나는 그 그림들 위에 풍선 같은 빈 칸들을 만들어 각자의 이름을 썼다. 교실의 아이들이 모두 기뻐했다. 그 중 몇은 자기들의 인물에 다른 아이들과 구별짓는 어떤 표시를 추가했다. 농부들이 쓰는 밀짚모자를 쓰고 온 로제는 자신을 나타내는 막대기에 모자를 씌워놓느라고 열심이었다. 그러다 보니 결과적으로 짧은 다리로 걸어다니는 커다란 공 같은 우스꽝스런 모양이 되고 말았다. 로제는 아까 울어댈 때 못지 않게 정신없이 웃어댔다. 어떤 행복감 같은 것이 교실 안에 감돌기 시작했다.

나는 빈센토 쪽으로 흘끗 눈길을 던져보았다. 그의 흐느낌 소리가 좀 뜸해지고 있었다. 얼굴을 가렸던 손을 감히 걷어내지는 못하지만 벌린 손가락들 사이로 무슨 일이 일어나고 있는지를 살펴보려고 애를 쓰는 모양인데 필시 사태의 변화에 놀라는 눈치였다. 웃음소리가 터져나오는 것에 한동안 놀란 그는 넋을 놓은 채 한쪽 손을 자신도 모르게 밑으로 떨어뜨리고 있었다. 슬며시 눈을 던진 그는 자기만 빼고 모두가 다 칠판에 자기 집과 이름을 가지고 있다는 사실을 발견했다. 눈물로 부풀고 벌겋게 상기된 얼굴에는 슬픔이 서린 가운데서 자기도 거기에 끼고 싶은 욕구가 감출 수 없게 나타나 있었다.

나는 분필을 손에 들고 그에게 다가가서 타협적인 표정을 지어 보였다.

"빈센토, 이리 와서 네가 아빠랑 엄마랑 사는 집을 그려 봐."

부드러운 긴 속눈썹이 돋은 그의 낭패한 두 눈이 나를 빤히 쳐다보고 있었다. 적대적인 것도, 믿음을 나타내는 것도 아닌 그 표정을 나는 어떻게 생각해야 할지 알 수가 없었다. 나는 한 걸음 더 다가갔다. 갑자기 그가 자리에서 일어나더니 한쪽 발로 서서 마치 용수철에 퉁기듯 다른 한쪽 발을 쑥 내밀었다. 쇠로 된 징이 박힌 구두 끝으로 내 정강이를 정통으로 걷어찬 것이다. 이번에는 아픔을 참지 못해 얼굴을 찡그리지 않을 수 없었다. 그러자 빈센토는 아주 만족스러운 모양이었다. 그는 비록 벽에 등을 대고 웅크리고 있었지만, 이제 눈에는 눈으로 이에는 이로 맞설 수밖에 없다는 것을 암시하듯 대거리를 해오고 있었다. 아마도 내가 주머니 속에 넣어버린 열쇠가 그토록 마음에 걸리는 모양이었다. 마음이 아팠다기보다 원한에 사로잡혀 있는 것 같았다.

"좋아, 너는 필요 없어" 하고 나는 말했다. 그리고 나는 다른 아이들을 돌보려고 돌아섰다. 아이들은 나와 친해지고 싶어서 혹은 내게 잘 보이려고 점점 더 곰살궂게 대해오기 시작했다.

이리하여 어쨌든 오전 시간은 이내 지나갔다. 나는 아이들을 둘씩 짝을 맞추어 벽을 따라 죽 늘어세우고 나서 문을 열어주었다. 그들은 별로 서두르지 않고 질서 있게 밖으로 나갔다. 그 중 몇은 망설이고 서 있다가 내 손을 쥐어주거나 "오후에 다시 오겠습니다" 하고 인사를 했다. 어쨌건 어느 누구 하나 도망가는 아이는 없었다. 오직 빈센토만이 반 아이들을 앞질러 펄쩍 뛰어 일어나더니 자유의 날을 맞은 담비처럼 잽싸게 밖으로 빠져나갔다.

점심식사 후 나는 우울한 기분으로 학교에 돌아왔다. 모든 것을 또 새로 시작해야 하는구나 하고 나는 속으로 생각했다. 아버지와 아이가 또 눈물을 흘리면서 다시 오겠지. 또다시 그들을 서로 떼어놓고 한쪽을 쫓아낸 다음 다른 한쪽과 한바탕 실랑이를 해야겠지. 교사로서의 내 생활이 고달프게만 느껴졌다. 그렇지만 나는 마음속으로 서둘렀다. 장차 다가올 싸움에 대비해서 단단히 무장을 하지 않으면 안 되었다.

나는 학교 모퉁이에 이르렀다. 거기에는 땅바닥에서 몇 피트 위로 문턱이 깊은 창문이 하나 있었다. 거기 으슥한 그늘에 있는 아주 조그만 형체 하나가 눈에 들어왔다. 하나님 맙소사, 그건 내놓고 나를 공격하려고 온 문제의 자포자기한 꼬마 무법자가 아닌가?

그 조그만 형체가 숨어 있던 곳 밖으로 머리를 약간 내밀었다. 틀림없는 빈센토였다. 반짝이는 그의 두 눈이 불타는 듯한 강도의 시선으로 나를 감쌌다. 무엇을 획책하는 것일까? 더 이상 생각해볼 사이가 없었다. 그가 펄쩍 뛰어내린 것이다. 그는 로빈슨 크루소의 발 아래 엎드린 프라이데이처럼 내 발밑에 엎드렸다. 그리고는―지금 와서 생각해도 그가 한 행동은 불가사의하기만 하다―마치 고양이가 나무에 기어오르듯이 무릎으로 내 허리와 몸통을 차례로 감고 툭툭 밀며 내게로 기어올라왔다. 목에까지 이르자 그는 숨이 막힐 정도로 나를 꼭 껴안았다. 그는 내 얼굴에 온통 마늘과 라비올리와 감초 냄새가 마구 풍기는 축축한 키스를 정신없이 퍼부어대기 시작했다. 내 뺨은 그의 침으로 뒤덮였다. 숨이 컥컥 막혀서 "자, 그만해, 빈센토…" 하고 애원해보아야 소용없었다. 그토록 조그만 아이치고는 상상하기 어려울 정도의 힘으로 그는 나를 꼭 껴안았다. 그리고 내 귀에다가 절망의 절규라고만 여겨지는 말의 소용돌이를 이탈리아말로 쏟아붓는 것이었다.

그가 나를 놓아주도록 하기 위해서 이번에는 내 쪽에서 그를 꼭 껴안고 등을 정답게 토닥거려주면서, 내가 그의 말을 알아들을 수 없었듯이 그 역시 알아듣지 못하는 말이지만 애정이 서린 어조로 그에게 말을 하면서 차츰차츰 그를 진정시키지 않으면 안 되었고, 이제는 나를 잃어버리면 어쩌나 하는 가슴 찢는 두려움에 시달리는 그를 안심시키지 않으면 안 되었다.

마침내 나는 그를 땅 위에 내려놓을 수 있게 되었다. 그는 아직도 자신의 머리 위로 쏟아진 이 걱정스럽고 엄청난 행복에 몸을 떨고 있었다. 그 강도를 지탱하기에는 아직 너무 어린 나이였다. 그는 나의 손을 잡고 나 혼자 걸어가는 것보다 훨씬 빠른 속도로 나를 교실 쪽으로 끌고 갔다.

그는 나를 억지로 내 책상이 있는 쪽으로 이끌어간 다음 거기서 가장 가까운 책상 하나를 골라 앉더니 거기에 팔을 고이고 두 손에 얼굴을 묻었다. 그리고는 자신의 감정을 어떻게 말해야 할지 알 수 없어 마치 두 눈으로 나를 삼킬 듯이 쳐다보았다.

그러나… 그 다음에… 그 광란의 하루가 지나자… 내 어린 빈센토에 대해서 별로 기억나는 것이 없다. 아마도 그 나머지는 모두 다 한결같은 감미로움 속에 녹아들었기 때문일 터이다.

성탄절의 아이

성탄절이 가까워오고 있었다. 우리 반 아이들의 흥분 상태는 날이 갈수록 점점 더 고조되었다. 칠판에 쓴 과제를 공책에 옮겨적고 나면 곧 그들은 교실 이곳저곳에서 물결처럼 출렁거리며 서로에게 몸을 수그리고 각자가 산타클로스 할아버지에게서 받고 싶은 선물이 무엇인지, 아니면 자기가 선생님인 내게 무엇을 선물로 줄 생각인지 따위의 이야기를 속살대는 것이었다. 나에게 이처럼 인심 좋은 선물을 주고 싶어하는 마음은 대개 그 아이들의 부모에게 부담을 지우는 것이므로 나는 최선을 다해서 이를 막으려고 애를 써왔다. 그러나 사랑이 넘치는 아이의 생각을 바꾸는 것이 온 힘으로 무장한 성인의 생각을 바꾸는 것 이상으로 어려울 수도 있다는 사실을 나는 깨닫게 되었다.

어떤 아이들이 이처럼 가슴 설레하는 한편에서, 몹시 가난한 부모를 둔 다른 아이들은 내게 아무것도 줄 것이 없다는 것 때문에 온통 상심해하고 있었다. 나에 대한 그들의 착한 마음씨와 열심히 공부하려는 노력이 내게는 가장 귀한 선물이라는 것을 아무리 강조해보아야 소용이 없어서 도무지 그들의 마음을 달랠 길이 없었다. 그해에는 다른 어느 아이보다도 특히 꼬마 클레르를 설득시키는 것이 가장 어려웠다.

그 아이는 우리 반에서도 가장 착한 꼬마 학생이었다. 그는 가장 조그만 일이라도 그것에 자신의 사활이 걸려 있기라도 하다는 듯이, 아니 내 칭찬을 받는 것이 곧 자신의 삶 그 자체라는 듯이, 어김없이 해냈다.

칠판에 써놓은 본보기를 아이들이 자신들의 공책에 열심히 옮겨적고 있는 동안 나는 책상들 사이의 통로로 이리저리 돌아다니면서 각자의 공부를 살펴보곤 했는데, 대개는 그 내용이 너무나도 형편없는 것이어서 내가 과연 교사 노릇을 제대로 할 수 있을지에 대해 자신이 없어져가고 있었다. 그런데 클레르의 공책을 들여다볼 때면 아주 딴판이었다. 나는 날마다 정성스럽게 쓴 그 예쁘고 조그만 글씨나 심지어 빽빽한 무리를 이루면서 음악의 악보처럼 줄을 맞추어 분명하게 띄어 쓴 숫자들만 보고도 점점 더 흐뭇해지는 기분이었다. 그 아이는 그냥 막대기들만 가득히 그어놓은 공책 책장을 가지고도 아주 예쁜 무엇인가를 만들어낼 것만 같았다. 마치 그 아이를 칭찬함으로써 여교사인 나 자신의 능력에 자신을 갖게 되기라도 한다는 듯 나는 매번 어쩔 수 없이 그 아이에게 말하는 것이었다.

"넌 정말 잘하는구나, 클레르!"

그러면 몰두하여 상기된 얼굴로 잔뜩 긴장해 있던 아이는 미소를 띠면서 내게 감사해했다. 그때의 표정이 얼마나 정다운지 내게서 칭찬의 말 한 마디를 듣기 위하여 그 어린 사내아이가 매일같이 쏟아붓는 그 영웅적 노력이 눈에 보이는 것만 같아서 나는 거의 수치심에 가까운 느낌을 맛보았다. 그래서 나는 다른 아이들이 샘을 내어 그에게 모질게 굴지나 않을지 염려되어 마땅히 해야 할 칭찬을 남김없이 다 하지는 않도록 주의해야만 했다.

그런데 사실 나는 그에게서 아무런 결점도 찾을 수가 없었다. 그는 솔직하고 능숙하고 영리하며 게다가 머리 좋은 아이치고는 아주 드물게 침착했다. 다른 아이들보다 훨씬 먼저 숙제를 끝내놓고도 떠들면서 짜증나게 구는 것이 아니라 얌전하게 제자리에 앉아서 흐뭇한 표정으로 나를 쳐다보고 있는 것이었다. 마치 그러는 것만으로도 벌써 자기는 보상을 받은 셈이라는 듯이. 그럴 때면 나 역시 눈으로 그를 찾게 되곤 했다. 그러는 것이 내게는 일종의 보상이라는 듯이.

그 아이는 학년 초부터 늘 똑같은 짙은 푸른색 사지 양복을 입고 다녔는데, 너무 오래 입은 탓으로 천이 닳아서 반들반들해져 있었다. 깨끗이 빨아서 번질거리지 말라고 식초를 탄 물을 뿌려 다림질해 입는 모양이었지만 애쓴 것에 비해 별로 나아진 것 같지 않았다. 그런데 어느 날 문득 그 양복이 아주 새 옷 같아 보이는 것이었다. 내가 클레르에게 그 점을 말했더니 아이는 그 옷감의 안쪽이 아직 쓸 만한 것 같아 보여서 어머니가 주말 동안 옷감을 뒤집어 새로 만들어주었다고 내게 설명했다.

약간 어두운 색깔의 그 옷에 흰 칼라를 대서 악센트를 주니 부드러운 금발에 에워싸인 아이의 타원형 얼굴과 아주 잘 어울려 보였다. 그런데 반 친구들은 그 장식을 보고 웃어대면서 마마보이라고 놀렸다. 곱게 자란 그 아이는 그렇게 놀려대는 까닭을 알 수 없어 하는 눈치였다. 그 후 얼마가 지나서 어두운 색깔의 옷에 부드러운 흰 칼라를 댄 제복 차림의 어린이 합창단 사진 한 장을 우연히 보게 된 나는, 아마도 클레르의 어머니도 이 사진을 어디선가 보고 거기서 힌트를 얻어 아이의 옷을 비슷한 모양으로 만들어 입힌 것이 아닐까 하고 짐작을 했다. 나는 그 사진을 오려서 교실 앞쪽에 붙여놓았다. 그때부터 클레르는 수줍어하는 태도에 있어서는 달라진 것이 없었지만 그래도 자신이 별나다는 생각 때문에 외로워하는 기색은 덜해진 것 같았다.

어느 날―유감스러운 일이지만 나는 지금도 똑똑히 기억한다―나는 너무나 피곤해진 나머지 인내력을 잃고 별것도 아닌 일로 그만 어떤 아이 하나를 심하게 꾸짖었다. 그런데 막상 가장 괴로워한 것은 당사자인 그 아이가 아니라 클레르였다. 그에게 어떻게 생각하느냐고 묻는 듯한 시선을 반사적으로 던진 나는 너무나 놀란 그의 표정을 본 것이다. 이렇게 하여 차츰차츰 그 아이는 내게 일종의 아주 확실한 안내역이 되었다. 그의 눈빛이 재미있다는 듯 반짝거리는 것을 보면 나는 내가 이야기를 제대로 잘 하고 있구나 하고 판단을 내릴 수 있었다. 그의 두 눈에 물기가 어리는 것을 보면 내가 적절한 어조를 구사하여 감동을 주고 있다는 것을 알 수 있었다. 그가 목구멍이 다 들여다보이도록 깔깔거리며 예쁜 소리로 웃어대면 내가 아주 신명나게 웃기는 데 성공했구나 하고 생각할 수 있었다.

그러나 크리스마스가 다가오고 있는 지금, 더 이상 그 아이는 즐거워하지 않았다. 그가 다른 아이들과 같이 노래를 부르는 것은 노래를 부르지 않을 수 없어서 부르는 것일 뿐 흥이 나서 부르는 것 같지 않았다. 그의 쓸쓸하고 작은 목소리는 여러 아이들의 합창 속에서 겨우 들릴까 말까 했다. 딩! 댕! 동! 하는 대목에서도 그는 이제 더 이상 미소를 짓지 않았다. 그는 깨끗이 쓰도록 어머니가 갈색 종이로 겉장을 싸준 공책에 여전히 정성스럽게 글씨를 썼지만 내가 전처럼 몸을 수그리고 "아주 잘 썼구나, 클레르…" 하고 칭찬을 하면 그의 괴로움이 오히려 더해지는 것 같았다. 그래서 결국 나는 더 이상 그에게 칭찬의 말을 하지 않게 되었다. 그리고 마침내는 그의 정다운 시선을 피하려고 애를 쓸 지경에 이르렀다.

크리스마스가 일주일 앞으로 다가오자 아이들은 자제력을 잃고 어쩔 줄을 몰라 했다. 그들은 나를 깜짝 놀라게 하고 싶은 마음이 간절하지만 그럴수록 더욱더 내가 장차 무슨 선물을 받게 될 것인지를 귀띔해주고 싶은 마음 또한 간절해지는 것이었다. 꼬마 프티-루이는 끊임없이 내 아랫도리 주위를 맴돌면서 매일같이 자기 아버지에게 졸라댄 일의 진척 상황을 이야기해 주었다. 그 아이는 나를 위해 아버지에게서 초콜릿 한 상자를 얻어낼 작정이었다. "2파운드짜리 상자로 받아내야 하는데 그게 어렵거든요" 하고 그 아이는 잘라 말했다.

프티-루이는 우리 시에 와서 가난한 상점을 열고 사는 허약한 폴란드계 유태인의 아들이었다. 말이 상점이지, 정돈할 공간이 부족해서, 아니면 주인이 소홀해서 상품들이 땅바닥에, 구석에 아무렇게나, 끝도 없이 널려 있거나 혹은 때가 잔뜩 낀 진열장 속에, 초콜릿이 비누와 콘플레이크 옆에, 뒤죽박죽으로 뒤섞여 있었다. 나는 그 상점에서 가져다 주는 초콜릿 같은 것에는 별 매력을 못 느끼는 터였지만 프티-루이의 고집을 막을 길이 없었다.

"아버지는 1파운드짜리 한 상자는 잘 하면 주실 것 같은데요. 그건 제가 바라는 게 아니거든요. 우리 여선생님을 위해서 제가 바라는 건 2파운드짜리라고 아버지께 말씀을 드렸어요."

"1파운드면 충분해. 그리고 좀 조용히 해! 그렇게 큰 소리로 말하면 안 되지, 루이. 누구나 다 초콜릿을 줄 수 있는 아버지를 가진 것은 아니니까 말이야."

그러나 루이는 그 나름대로 나를 사랑하고 있었다. 그는 콧물을 흘리면서, 늘 흥정이라도 벌이는 듯 불평 섞인 목소리로 말을 이었다.

"아버지한테 그랬어요, 2파운드짜리 한 상자를 안 주겠으면 네 시 배달을 딴 사람을 찾아서 시키라고요. 내가 필요한 건 2파운드짜리니까요. 1파운드짜리 가지고는 모양이 안 좋죠."

그 다음에는 여름 한철 하수도 청소부로 일하고 겨울이면 실직자인 아버지를 둔 조니가 찾아왔다. 그 아이는 '비밀'이라면서 자기 어머니가 여러 가지 색깔의 헌 털실 남은 것으로 내 덧신을 짜고 있는 중이라고 큰 소리로 말했다. 그렇지만 그는 한시도 어머니에게서 눈길을 떼지 못하고 있다고 덧붙이는 것이었다. 어머니가 언제 또 만사를 팽개치고 놀러 나가버릴지 모르기 때문이었다.

"우리 어머니는 게으름뱅이예요" 하고 그가 내게 알려주었다. "어제만 해도 하던 일 다 제쳐놓고 대낮부터 카드놀이를 했는걸요."

"어머니에 대해서 그런 말을 하면 쓰나, 조니!"

"아니, 그게 사실인걸요! 아버지가 그랬다고요! 진짜 게으름뱅이예요, 우리 엄마는요! 하지만 '선생님' 덧신을 다 짜기 전에는 제가 한시도 가만두지 않을 거예요."

솔직히 말해서 천사 같은 눈빛을 한 우리 반 아이들은 성탄절 때만 되면 나에게 인심 좋은 선물을 하겠다는 일념에서 악착같이 제 부모를 볶아대는 괴물들로 변하는 것이었다. 나는 늘 그들을 타일렀다. "집안을 꾸려가는 것만으로도 힘이 부치는 가엾은 부모님을 그렇게 힘들게 하면 못쓰는 거야… 그건 말이지, 루이…. 그러면 못써, 조니…." 그러나 아무 소용이 없었다. 루이는 끊임없이 그의 아버지를 들볶아대면서 내게 그걸 알려주었다. "아버지는 2파운드짜리 쪽으로 좀 맘이 기우는 것 같지만 아직 제 손에 들어온 건 아녜요. 초콜릿에 대해서는 짜거든요. 하지만 아버지한테 그 정도 초콜릿은 아무것도 아녜요, 도매가격으로 제게 주는 것일 테니까요."

한편 조니는 자기 어머니가 짜기 시작했던 덧신을 잃어버렸다고 내게 털어놓았다. 하지만 어머니가 그걸 다시 찾아내지 않으면 가만 있지 않겠다고 했다.

"어머니는 부주의한 여자예요" 하고 그가 말했다.

"이것 봐, 조니!"

"아버지가 그랬는걸요."

귀여운 꼬마 니콜라이까지도 나 때문에 그의 어머니를 성가시게 만드는 것이었다. 그의 가족은 시의 쓰레기 버리는 곳 옆에 살고 있었다. 그곳에서 녹슨 함석, 침대 틀, 아직 쓸 만한 판때기 등을 쉽게 주워 모아 꽤 괜찮은 오두막집을 지을 수 있었고 특히 여름철에는 꽃도 가꾸고 닭도 키웠다. 나도 그곳을 알고 있었다. 구월에 개학하자 곧 나를 몹시 좋아하게 된 니콜라이는 언젠가 방과 후 저녁때에 나를 이끌고 가서 자기 집이 얼마나 멋진가를 보여주고 싶어서 안달이었다. 그의 어머니는 여름이면 진짜 꽃을 가꾸지만 겨울이 되면 얇은 천이나 종이로 조화를 만들어 백화점에 싼값으로 내다팔았고 백화점은 그걸 비싸게 되팔았다. 제대로 난방이 되지 않은 그 오두막에서 만들어져나오는 황색 수선화는 그 모습이 어찌나 섬세한지 생화인 양 얼굴에 대고 문질러보고 싶어지는 것이었다.

니콜라이의 어머니 아나스타샤는 가끔 꽃의 한복판에 향수를 한 방울 떨어뜨리기도 했다.

"적어도 세 송이 정도는 선생님께 드렸으면 해요" 하고 니콜라이는 내게 말하곤 했다. "그 정도면 충분할까요?"

"아니, 그건 너무 많지, 니콜라이. 꽃 한 송이를 만드는 데 너희 어머니가 바치는 시간이 얼만데. 게다가 그다지 비싼 값도 못 받는걸!"

"그럼, 한 송이로 하죠" 하고 그는 쓸쓸한 목소리로 말했다. "적어도 한 송이는 드려야죠. 하지만 그건 너무 쪼끔인데."

"아니, 그렇지 않지. 한 송이가 더 나아. 더 잘 볼 수 있으니까. 그 한 송이만 보게 될 테니까."

"아, 그렇군요!"

그러나 그 이튿날 그는 내게 찾아와서 너무 기대를 갖지는 않는 것이 좋겠다고 했다.

"저기 말예요, 꽃 한 송이만도⋯ 드릴 수 있을지 잘 모르겠어요⋯. 아버지가 반대해서요. 늑대처럼 버티고 지켜요. 꽃이 만들어지기만 하면 얼른 가지고 가서 팔아요. 다시는 구경도 못 해요. 어제는 아주 예쁜 새빨간 색 제라늄 꽃들이 아주 가버렸어요. 제가 선생님을 위해서 몇 송이 훔친다면" 하고 그는 나를 쓰다듬으면서 물었다.

"어떤 걸 훔쳐오면 좋겠어요? 은방울 꽃? 스위트피? 라일락? 우리 엄마는 예쁜 라일락을 잘 만들어요. 제일 돈이 되는 꽃이 그거예요. 하지만 그게 만드는 데 제일 오래 걸려요."

"오, 아무것도 안 줘도 괜찮아, 니콜라이! 너희 어머니가 애써 일해서 만든 것을 훔치려고 하다니 가슴 아프구나."

"훔쳐도 알지 못할 거예요" 하고 니콜라이는 오직 나를 좋아하는 마음에서 말했다. "가끔 비스킷을 따끈따끈할 때 훔쳐 먹어도 어머니는 그냥 웃기만 하는걸요."

서로 좋아하는 사람들에게는 오히려 가혹한 축제인 성탄절을 때로는 까맣게 잊게 해주는 이런 식의 속내 이야기에 귀를 기울이다가 나는 클레르 쪽으로 눈길을 돌려보았다. 그는 제 자리에서 이 떠들썩한 감정의 표시들을 빠짐없이 다 듣고 있으면서도 전혀 거기에 끼어들지는 않았다. 기껏해야 슬픔이 가득한 시선을 내게 비끄러매고 있다가 이따금씩 부끄럽다는 듯 고개를 푹 숙이곤 하는 것이 고작이었다.

그렇지만 그 역시 어머니를 쥐어짜고 있을 거라고 나는 속으로 생각했다. 나는 그의 어머니를 한 번도 본 적이 없다. 이 아이 저 아이에게 들은 말만으로도 나는 그 어머니가 어떤 사람일지를 충분히 상상할 수 있었다. 그런 식으로, 나는 니콜라이가 제 어머니에 대하여 이야기를 하기 시작했을 때 곧 그녀를 좋아할 수 있었던 것이다. 그러니까 아마도 나는 이미 클레르의 어머니에게 마음이 쏠려 있었는지도 모른다. 그러나 그녀가 아직까지 한 번도 학교에 얼굴을 비치지 않고 있는 것이 이상하게 여겨지기 시작했다.

그 뒤의 며칠은 끔찍하게 추웠다. 아이들 여러 명이 결석을 했다. 그러나 클레르는 결석하지 않았다. 그날 아침 나는 좀 늦게 학교에 나왔는데 그 아이는 벌써 제자리에 앉아서 그날 배울 학과를 큰 소리로 읽고 있었다.

그 아이는 읽기를 멈추더니, 내가 평소에 아이들에게 누구든 교실에 들어서는 사람이 있으면 인사를 하고 맞이하라고 시킨 대로, 자리에서 일어나 내게 인사를 했다. 아마도 나보다 먼저 왔으니 나에 대하여 예의를 갖추는 것이 도리라고 생각한 모양이었다. 우리는 서로 인사를 했다. 그는 다시 자리에 앉아 읽기를 계속했다.

잭과 질은

언덕 위로 올라갔다….

Jack and Jill

Went up the hill….

읽는 소리가 어찌나 슬펐는지 지금도 그 소리는 마음씨 너그러운 어린아이가 맛보는 초년의 슬픔과 영원히 맺어진 채 내 귓전에서 울리고 있는 것만 같다. 나는 무슨 수를 써서라도 그의 슬픔을 없애주고 싶었다. 그러나 그러려면 그가 내게 느끼고 있는 애정을 지워버려야 할 텐데 그것이야말로 내가 원하지 않는 바였다.

그날 아침에는 우리 반 학생들 중 절반이 조금 넘는 정도밖에 출석하지 않았으므로, 내가 그에게 특별히 신경을 써줄 여유는 충분히 있었지만 그럴 용기가 나지 않았다. 아니 어쩌면 평소보다도 그에게 덜 주의를 기울였는지도 모른다.

우리가 잠시 동안 쉬는 시간을 가지려는 참이었는데 교실 출입문의 유리를 끼운 부분에 어색한 표정의 얼굴 하나가 나타나는 것이 보였다. 나는 걸어가서 문을 열었다. 나는 어두운 색의 옷 위에 처들린 낡은 외투를 받쳐 입은 어떤 여자와 마주 서게 되었다. 외투에 비하여 드러난 옷의 깃이 너무나도 하얀 것이, 온통 그 깨끗한 깃만 눈에 들어오는 것 같았다. 삶에 부대껴 다소 흐려지고 좀더 창백해지긴 했지만 여전히 푸른 그 눈을 보고 나는 곧 그녀가 누구인지 알아볼 수 있었다. 나는 그에게 손을 내밀었다.

"클레르의 어머니 같은데, 맞죠?"

그 여자는 내가 자기를 알아봐준 것이 고마운지 그의 어린 아들이 감격했을 때면 짓는 그것과 똑같은 그 다정한 미소를 지어 보였다. 그러나 곧 수업시간중에 방해를 해서 미안해하는 눈치였다. 그녀가 설명했다. 그 전날 밤에 그녀가 클레르의 벙어리장갑을 빨았는데 밤새 마르지 않았다, 그런데 오늘 아침 날씨가 너무나도 추워서 클레르에게 오늘은 학교에 가지 말라고 일렀지만 도무지 말을 듣지 않고 장갑도 끼지 않은 채 맨손으로 와버렸다는 것이었다. 오늘 그녀가 가정부 일을 하러 간 집의 주인마님이 아이의 벙어리장갑 때문에 걱정하는 그녀를 보고 잠시 학교에 들러서 클레르에게 그걸 갖다 주는 것을 허락해준 것이었다.

그리고 그녀는 장갑을 내게 건네주면서 약간 덜 마른 상태지만 라디에이터 위에 올려놓아둔다면 수업이 끝날 때까지는 충분히 마를 것이라고 귀띔해주었다. 그렇게 잘 보살펴

만 주신다면 안심하고 돌아갈 수 있겠으며 정말 고맙겠다고
했다. 자신은 클레르에게 두 손을 주머니에 꼭 넣고 다니라
고 몇 번이나 일렀지만, 아이는 그걸 잊어버리거나 아니면
저녁에 가지고 와서 보여줄 생각으로 공책을 손에 들고 오다
가 그만 두 손이 꽁꽁 얼어버릴 수도 있으니 말이었다. 그만
한 또래의 나이에는 그런 분별이 제대로 없는 법이니까….

나는 잘 보살필 터이니 그 점은 걱정하지 않아도 된다고
말해주었다.

그러자 그녀는 막 돌아서서 가려다가 말고 약간 망설이더
니 갑자기 결심한 듯 내가 자기 아들아이에 대하여 만족하고
있는지, 아이가 말을 잘 듣고 예절바르게 구는지 물었다. 여
기저기 다니며 가정부 일을 하여 두 식구의 생활비를 벌어야
하므로 자신은 아이에게 정성을 쏟을 시간이 많지 않은지라
클레르가 자기 때문에 바라는 만큼의 '신사'가 되지 못하면
어쩌나 하고 걱정이 된다는 것이었다.

"'신사'라면 저 아이보다 더한 신사는 없을 겁니다!"

"아, 그래요! 정말요?"

그녀는 피곤과 불안을 어느 정도 덜게 되었다는 눈치였
다. 클레르가 내 말만큼 완벽한 아이라고는 결코 확신하지는
못하지만 그래도 내 말을 믿고 싶은지 이렇게 중얼거렸다.

"말씀이라도 그렇게 해주시니! 선생님이 하시는 말씀이시
니!"

그래도 분명 그녀의 마음에는 뭔가 걸리는 것이 있는지
돌아서다 말고 갑자기 문간에서 내 시선의 지지를 호소하듯

서둘러 마음을 털어놓았다.

"가끔 제가 잘못하고 있지는 않나 하는 생각이 들어서요. 혼자서 클레르를 키우고 있다보니. 애 아버지가 우리와 헤어졌거든요."

나는 그녀의 두 손을 잡았다. 나는 고통 속에서도 그토록 정다운 마음을 간직하고 있는 그 여자를 꼭 껴안아주었다.

나는 내 책상으로 돌아오면서, 내가 자기 어머니를 껴안는 것을 본 클레르가 자신이 아끼는 두 사람이 서로 사랑하고 있다는 것을 알게 될 때면 맛보는 큰 감동을 느꼈음을 깨달을 수 있었다. 그는 처음으로 제가 하던 공부를 잊은 채 이제 막 일어난 일을 생각하며 얼굴이 환해져 있었다. 마치 혀끝으로 입술에 묻은 꿀을 핥으며 그 맛을 음미하는 듯한, 그런 얼굴이었다. 그가 행복해하는 모습을 보자 나도 아주 행복해지는 느낌이었다. 그러나 슬프게도 그건 오래가지 않았다. 그의 생각이 흘러가는 모퉁이에서 다시 마주친 그 기쁨은 결국 그의 괴로움을 더하게 할 뿐이었다. 그러자 그는 평소보다도 더 슬픈 표정이 되었다. 무엇에 대해서였는지 내가 그에게 칭찬의 말을 건네자 그는 금방이라도 울음을 터뜨릴 것만 같아졌다. 내가 그에게 호감을 보이는 눈길만 던져도 금방 그의 입술이 부풀어올랐다.

날씨가 눅어지면서 눈이 왔다. 성탄절 날씨에 어울리게 부드러운 눈이 많이 내려서 만물을 서늘하게 덮어주었고 내 어린 아이들의 눈을 즐겁게 해주었다. 입술을 한껏 벌리거나 하늘로 손바닥을 내밀며 가벼운 눈송이들을 받으려고 애쓰면서 학교로 오는 것보다 그들에게 더 재미있는 것은 없었다. 아이들은 추운 데서 안으로 들어오는 작은 털짐승 특유의 그 기분 좋은 냄새를 실어오는 것이었다. 나는 가끔 눈썹이나 외투 소매 위에 별 모양의 커다란 눈송이가 고스란히 내려앉아 있는 것을 보기도 했다. 나는 조심스럽게 그것을 떼어내어 아이에게 그 신기한 모양을 보여주었다. 내 학생 아이들은 그들의 즐거움을 통해서 내 어린시절의 즐거움들을 되살려주었다. 나는 그 즐거움이 그들의 일생 동안 줄곧 그들의 마음속에서 사라지지 않도록 그들의 즐거움을 더욱 찬란한 것으로 만들어주고 싶었다.

성탄절이 하루 앞으로 다가왔다. 그날은 학기의 마지막 날이었다. 나는 선물을 나누어주었다. 모든 사람들에게 거의 똑같은 선물이었다. 사탕 한 줌, 그르노블 호두 서너 개, 검은 감초사탕, 사과나 오렌지 같은 과일 한 개, 혹은 작은 양철 호루라기나 그 비슷한 간단한 물건.

하급반 아이들을 맡은 우리 여선생들은 성탄절 며칠 전부터 오후 네 시만 되면 한 교실에 모여서 즐겁게 선물을 포장하곤 했다. 이렇게 하여 우리는 우리들 중 가장 기발한 사람이 해낸 착상에 힌트를 얻었다. 해가 거듭할수록 우리는 그 보잘것없는 선물 하나하나를 더욱 예쁘게 포장해보려고 어지간히도 애를 썼다. 그토록 어려운 시절, 어떤 아이에게는 그것이 일 년 중 처음이자 마지막으로 받는 선물인 것이었다

선물을 나누어주는 일이 아이들에게 더 큰 즐거움이 되도록 나는 한 가지 놀이를 생각해냈다. 이번에도 역시 나는 이

렇게 이야기해주었다.

"이제 막 내게 어떤 낯선 손님이 찾아왔단다. 지금 막 도착한 거야. 여러분들에게 줄 선물이 가득 찬 큰 가방을 등에 지고 있어. 하지만 그 손님은 자기의 모습을 사람들에게 보이지 않으려고 해. 비밀이 그의 행복이고, 신비가 그의 친구거든. 그러니까 여러분은 이제부터 두 팔을 책상 위에 올려놓고 손을 맞잡은 채 그 위에 얼굴을 파묻고 잠자는 것처럼 해야 돼. 하지만 잘 들어, 속임수를 써서 눈을 뜨면 절대로 안 돼. 만약 손님이 그걸 알아차리게 되면 선물을 한 개도 안 줄지 몰라."

아이들은 그 놀이에 선선히 응했다. 그들은 눈을 꼭 감았다. (어느 한 해에는 선물을 다 나누어주고 난 뒤에 그들 중 한 아이를 흔들어 깨우지 않으면 안 되었다. 책상 위에 머리를 대고 진짜로 잠이 들어버린 것이었다.) 나는 선물들을 책상 서랍에서 꺼냈다. 나는 선물을 한 아름 안고 통로를 따라 살금살금 걸어다니며 눈을 꼭 감고 엎드려 있는 작은 머리통 옆에 한 개씩 내려놓았다.

그 다음에 나는 문 쪽으로 가서 문을 열고 마치 누군가를 보내며 인사하듯이 목소리를 낮추어 말했다. "찾아와주셔서 감사합니다. 아이들이 좋아하겠어요. 아이들을 대신해서 감사드려요. 안녕히 가세요, 친구님! 내년에 다시 만나요!"

나는 문을 닫고 나서 큰 소리로 학생들에게 알렸다. "자, 됐어. 그 사람은 갔어. 그 낯선 사람이 너희들에게 무엇을 두고 갔는지 보렴."

아이들은 내가 여러 시간을 바쳐 꾸려서 리본으로 묶은 원뿔꼴의 포장지를 허둥지둥 찢었다. 그들은 선생인 우리들 못지않게 한 해의 그 무렵 분위기에 맞는 어조와 몸짓을 재주껏 만들어내며 "아" "오" 하고 감탄사를 내질렀다.

나는 클레르가 제 꾸러미를 천천히 풀고 있는 것을 보았다. 그는 그 안에 들어 있는 것을 말없이 바라보고만 있더니 이윽고 나를 향해 이상한 시선을 던졌다. 거기에는 그의 천성에서 우러나는 감사의 마음 때문에 오히려 빈손으로 온 어린 소년의 슬픔이 더욱 두드러져 보였다.

왜냐하면 아침부터 그의 친구들은 거의 모두가 다 하나씩의 선물을, 혹은 선물 같아 보이는 것을 온갖 방식으로 내게 건네주었으니 말이다. 꼬마 루이는 아무런 포장도 없이 그냥 달랑 1파운드짜리 초콜릿 한 통을 가지고 와서 투덜댔다. "우리 아버지, 반드시 후회할 날이 있을 거예요. 선생님께 드리고 싶은 건 2파운드짜리라고 분명히 말했는데, 분명히 말했다고 그랬는데…." 조니는 덧신을 가지고 왔다. 그러나 두 짝 다 왼발에 신는 것이었고 너무나 작은 것이어서 '선생님 꺼'라기보다는 '내 꺼'가 아닐까 의심되었다. 오시프의 선물은 '언제나 구원해주시는 성모'의 얼굴이었다. 그는 그것을 다 구겨진 채로 주머니에서 꺼내더니 손으로 문질러 펴면서 이건 아주 전능한 성모님이므로 뭐든 빌면 거의 다 들어준다고 설명했다. 그러니 아주 낡고, 낡고 또 낡은 것이래도 괜찮은 거죠? 사람들에게 바라는 것은 뭐든 다 주는 것이면 낡고 낡아도…? 그 말에 나는 오시프를 안심시켜주었다.

그럼, 이 세상 사람들을 잘 도와줄 수만 있는 것이라면 아주 낡은 것이라도, 심지어 다시는 펼 수 없게 구겨진 것이라도 아무 상관이 없지. 끝으로 타스코나. 그는 내게서 사과 한 알을 받기 전에 제 사과 한 알을 내게 주었다. 한쪽 구석을 약간 베어 먹은 자국이 있는 것이긴 했지만.

그러나 그날 최고의 흥밋거리는 누런 수염에 토끼털 모자를 쓰고 길쭉한 장화를 신고 나타난 일종의 거인 같은 인물이었다. 그는 엉성하게 묶은 꾸러미 하나를 옆구리에 끼고 와서는 거기서 길고 작고 윤기나는 잎들이 달린 장미 세 송이를 꺼내서 내 손에 쥐어주고는 돌아서지도 않은 채 그냥 뒷걸음질로 물러나면서 걸음마다 꾸벅꾸벅 절을 해댔다. 그리고 몇 번이고 되풀이하여 말했다. "아나스타샤가 가보라고 했어요. 아나스타샤가 가보라고… 선생님께 새로 태어나신 그리스도의 가호가 있기를 빈대요."

내가 가느다란 꽃병을 하나 찾아다가 그 꽃들을 꽂아놓자 내 책상 한가운데서 세 개의 가느다란 녹색 줄기들 사이로 그 장미꽃들이 햇빛을 받으며 솟아올랐다. 진짜 생화와 진배 없이 아름다워서 내게 할 말이 있어 들어왔던 내 동료교사 두 사람은 그걸 보고 탄성을 내질렀다.

"장미꽃을 받았네! 운도 좋아!"

과연 나는 운이 좋았다. 제 아버지가 찾아온 것을 보자 니콜라이의 얼굴에 돌연한 기쁨이 솟아오르는 것을 보았으니 말이다. 그는 너무나 기뻐 숨이 막힐 지경이었다.

그때부터 그는 천국에라도 온 듯 제정신이 아니었다. 오

직 그 세 송이 장미꽃을 쳐다보는 것이 일이었다. 그가 꿈속
에서 빠져나오는 것은 오직 벌떡 일어나 내 옆으로 와서 장
미꽃들이 계속 햇빛을 잘 받도록 내 책상 위 꽃병의 자리를
옮겨놓을 때뿐이었다.

　그리고 이제 우리는 성탄절 방학으로 헤어져야 할 때가
되었다. 아이들은 옷을 챙겨 입고 얌전하게 벽을 따라 두 줄
로 늘어섰다. 각자 받은 선물을 옆구리에 끼고 떠날 준비가
되어 있었다. 창문으로는 이틀 전부터 끊임없이 내리는 눈이
소용돌이를 치며 쏟아지는 것이 보였다. 큰 눈보라가 휘몰아
칠 분위기였다. 날씨가 안 좋은 바깥세상으로 어린 아이들을
내보내기 전에 언제나 그랬듯이, 사실 겨울 동안에는 빈번한
일이지만, 나는 외투의 단추를 목까지 잘 채웠는지, 목도리
는 단단히 맸는지 확인하기 위하여 전원의 복장을 검사했다.
툭하면 마지막 순간에 벙어리장갑을 어디다 두었는지 두리
번거리며 찾는 일이 일어났다. 나는 이 아이 저 아이에게로
옮겨가면서 목도리를 치켜주고 잘못 끼운 외투 단추를 풀어
서 다시 끼워주고 여기저기서 "아니, 단추가 떨어지고 없잖
아, 엄마한테 가서 얼른 다시 달아달라고 해야겠다…" 하고
확인을 했다. 그리고 그 기회에 아이들 한 명 한 명에게 성
탄절 축하의 말을 해주고 선물 고마웠다는 말을 했다. "고마
워, 프티-루이야, 네가 준 초콜릿 잘 먹으마. 정말이지 2파
운드짜리였더라면 너무 많았을 거야, 정말이야…. 오시프,
너도 고마웠어, 뭐든지 소원을 다 들어주시는 성모님을 받았
으니 내겐 아주 유용할 거야. 토니, 너도. 아주 탐스러운 사

과를 주었지…. 그리고 니콜라이, 장미꽃 고마웠어. 난 그 장미꽃들을 방학 동안 심심하게 학교에 남겨두지 않고 집에 가지고 갈 생각이란다." 니콜라이는 기뻐서 내 손을 붙잡더니 키스를 하고는 이렇게 물었다.

"맘에 들죠, 네? 아주 맘에 들죠?"

"말로 다 할 수 없을 정도란다, 니콜라이."

나는 클레르 앞으로 갔다. 그의 속눈썹은 울음을 간신히 참고 있었다. 나는 그의 푸른색 목도리를 꼭 잡아매주었다. 또 그의 벙어리장갑이 제자리에 잘 묶여 있는지, 즉 목에 건 털실끈에 매달린 채 양쪽 소매 안쪽으로 늘어져 있는지 확인해보았다. 나는 장갑을 미리부터 끼고 있으라고 일렀다. 장갑이 낡아서 두께가 얇아진 탓에 그리 따뜻할 것 같지 않았다. 아이는 내가 저를 살펴보는 동안 덜덜 떨었다. 나는 그의 두 어깨를 꼭 잡아주었다.

"너 나한테 이 세상에서 제일 좋은 선물을 해주지 않으련?"

클레르는 내가 또 뭘 더 요구하는지 알 수 없지만 내가 원하는 것이면 무엇이든 해주고 싶다는 듯 머리를 끄덕였다.

"그런데 그 선물이 뭔가 하면 말이지, 요 어린 학생이 나한테 아주 행복한 미소를 지어 보이는 선물이야."

아이는 그의 슬픔 저 밑바닥으로부터 나를 물끄러미 바라보았다. 그의 두 눈에서는 굵은 눈물이 떨어지는데 그의 두 입술에는 다정하고 아주 참한 미소가 피어났다.

그 성탄절날의 선물을 대신해서 우리는 얼마나 거센 태풍을 만났던가! 미친 듯한 눈보라였다. 사나운 눈은 대기를 신음 소리로 가득 채웠다. 겨울의 깊은 바닥에서 들려오는 해묵은 비탄의 소리, 아니 어쩌면 쓰디쓴 비웃음의 소리 같았다. "너희는 대체 무엇을 또 바라는 것이냐? 또 무엇을! 그 아득한 옛날부터! 그 아득한 옛날부터!"

눈은 이제 아이들의 눈썹 위에 내려앉아 그 덧없는 아름다움으로 생생하게 살아 있는, 그리하여 내가 손으로 집을 수도 있었던 그 섬세하고 가냘픈 송이들이 아니었다. 그것은 거센 바람 때문에 단 한순간도 어디에 내려앉지 못한 채 쫓기기만 하는 저 불행한 도망자 같았다.

그 거센 눈보라 속에서 눈에 익은 것이라곤 하나도 남은 것이 없는데 기이하게도 오직 전신주들만이 간혹 여기저기 눈 위로 삐죽삐죽 솟아나 키 크고 앙상한 도보여행자들처럼 세찬 바람 속에서도 제자리를 빼앗기지 않고 버티고 있었다.

우리는 엄마, 여동생, 그리고 나, 이렇게 셋이 외롭게 남았다. 죽음이 우리들 중 많은 사람들을 데려갔고 삶은 다른 사람들을 바람 부는 대로 여기저기로 흩어놓았다.

엄마는 몇 번이나 창가로 다가가곤 했다. 밖을 내다보고 나서는 이렇게 탄식했다.

"날씨가 이러니 아무도 오지 않겠구나!"

"누가 오길 바라는 건데?"

엄마는 내게 쓸쓸한 눈길을 던지기만 할 뿐 아무 대답도 하지 않았다. 그래서 나는 속으로 물어보았다. 삶으로부터 풍성하게 얻었던 모든 것들을 다 잃어버린 늙은 어머니가 대체 성탄절에 무엇을 또 기대할 수 있다는 것일까?

아니, 항상 실망하면서도 언제나 다시 시작할 준비가 되어 있는 우리들 모두는 대체 무엇을 기대하는 것일까? 알지 못할 그 어떤 방문객을?

나 역시, 그게 무엇인지 잘 알지 못한 채, 창가로 가서 밖을 내다보면서 투덜댔다.

"고양이도 밖으로 내보낼 수 없는 날씨네."

갑자기, 날카로운 피리 소리를 내면서 불어대는 바람 소리에 섞여, 우리 집 초인종이 나직하게 울린 것만 같았다.

"바람 부는 소릴거야" 하고 엄마가 말했다.

"아니면 뒤틀린 전선이 우는 소리거나. 그래도 나가봐라."

내가 문을 열었다. 문턱에 누군가가 와 있었다. 눈을 하얗게 뒤집어쓰고 고약한 날씨에 몸을 감싼다고 어찌나 두껍게 털옷을 껴입었는지 인간의 형상이 아니었다. 내가 그 얼굴을 덮고 있는 목도리를 밑으로 끌어내렸다. 그건 분명 클레르의 푸른 두 눈, 기뻐서 춤이라도 출 듯한 두 눈이었다. 그는 옆구리에 작은 꾸러미 하나를 끼고 있었다.

"어서 들어와. 얼마나 추울까. 날씨가 이런 날 밖에 나오다니, 너의 어머니는 어떻게 허락을 하셨다니? 들고 있는 건 좀 내려놓고."

그러나 그 전에 그는 내게 작은 꾸러미를 내밀면서 말했다.

"성탄절 축하해요! …이건 엄마하고 제가 드리는 거예요…"

나는 그가 껴입은 옷들을 벗도록 도와주었다. 껴입은 저고리와 스웨터가 대체 몇 벌인지 알 수도 없을 지경이었다. 이윽고 이제 막 빨아 풀을 먹인 새 칼라가 하얗게 빛나는 푸른 제복 차림의 그 낯익은 어린아이 모습이 쑥 나타났다. 그가 소파 한가운데로 와 앉았다. 나는 그에게 과자를 집어주었다. 싫어? 그럼 우유를 마실래? 그것도 싫어? 온통 행복한 표정인 그는 내가 우선 무릎 위에 올려놓고만 있는 그 꾸러미를 푸는 것이 보고 싶어 안절부절이었다.

그때 엄마가 나왔다가 우리들 가운데 와 앉아 있는 그 아이를 보자 문턱에서 발을 멈추었다. 그날, 그 시간에 아이는 이미 나이가 많아졌거나 병들었거나 저 세상으로 가버린 어머니의 아이들의 어린시절 한 부분을 다시 가져다준 것이 아니었을까?

클레르가 자리에서 일어나 인사를 했다.

"메리 크리스마스, 선생님 어머니 부인!"

나는 꾸러미를 풀었다. 포장한 종이는 이미 사용한 적이 있는 헌 것이어서 나중에 접은 부분이 전에 접혔던 부분과 딱 일치하지 않았다. 상자를 열자 아주 발이 고운 리넨 손수건이 한 장 나타났다. 아일랜드산임을 말해주는 작은 딱지가 그대로 붙어 있었다. 그 물건 역시 아주 깨끗한 것이긴 했지만 완전한 새 것은 아니었다. 그것은 더없이 조심스럽게 개켜 간직했어도 오래된 흰색 천에는 끝내 비치고 마는 그 약간 흐릿하고 쓸쓸한 상아색의 여린 빛으로 절어 있었다. 그렇다면 그 물건은 어디서 그 오랜 세월 동안 기다리고 있다가 이 기이한 임자를 찾아온 것일까? 나는 상상해보았다. 클레르의 어머니가 일해 주러 다니는 집 마나님네들 중 어느 한 사람이 성탄절 전야에 오래전부터 어느 서랍 속에 넣어두고 잊어버렸던 그 손수건을 문득 기억해내고는 이렇게 혼자 생각했겠지. '그렇지, 이걸 그 가엾은 부인에게 주면 좋겠구나!'

엄마가 소리쳤다.

"네가 아일랜드산 천으로 만든 손수건을 그렇게도 갖고 싶다고 하더니."

나는 손수건을 얼굴에 갖다대보며 클레르에게 말했다.

"구름 같이 보드랍구나."

그 아이가 느끼는 행복감은, 비록 말로 표현하지는 않았지만, 활기찬 보병 나팔 소리를 연상시키는 그런 것이었다. 이제 그는 주는 것을 먹을 태세가 되었다. 엄마가 그에게 케이크 한 조각을 갖다 주었는데 너무 커서 내가 엄마를 나무랐다. "저 아이 배탈나면 어쩌려고." 그러나 엄마가 대꾸했다. "저런 나이 때에 뭔들 못 먹어. 그리고 또 저 거센 바람 속으로 한참이나 걸어가야 할 텐데…."

클레르는 소파 한가운데 앉아서 포크로 얌전하게 먹었다. 그는 이제 말문이 열렸다. 그는 우리에게 어머니와 자기 둘이서 함께 보내는 멋진 성탄절 얘기를 들려주었다. 그의 어머니가 전부터 가서 일하는 집의 친절한 부인에게서 여러 가지 선물을 받았다는 것이었다. 지금쯤 먹을 음식이 화덕 속에서 천천히 익혀지고 있을 것이다. 그렇지만 그는 우리와 헤어질 생각이 없어 보였다. 우리는 기쁨과 감격으로 너무나도 흥분된 그 어린 목소리가 끝나지 않을 것처럼 귀를 기울이고 있었다. 결국 아이가 돌아오기 전까지 어머니는 분명 한시도 마음을 못 놓은 채 불안해하고 있을 것이라고 내가 그에게 일깨워주지 않을 수 없었다.

나는 아이가 다시 옷들을 껴입는 것을 도와주었다. 나는 오늘 그 아이가 겹쳐서 낄 수 있는 두 벌의 벙어리장갑을 갖고 있다는 것을 확인할 수 있었다. 내 눈에 익은 헌 것 외에 빛나는 색깔의 복잡한 그림을 넣은 새 것이 한 벌 더 있었다. 이렇게 장갑을 끼고 나자 클레르의 두 손은 본래의 그것보다 배나 더 커 보였다. 그는 양손을 내 눈앞으로 내밀어 겉에 낀 새 벙어리장갑을 자랑삼아 보여주었다.

"어머니가 주신 선물이에요. 밤에 완전히 다 뜬 거예요. 뜨는 데 아주 오래 걸리는 모델이래요. 색색가지 털실들이 서로 뒤섞이지 않도록 주의하면서 한꺼번에 전부 다 사용해서 떠야 하니까요."

"그래. 그보다 더 예쁜 건 없어. 그렇지만 네가 나에게 가져온 선물은 더 멋있어. 그러니까 다른 아이들이 보지 않을 때 몰래 가져오길 잘했어. 그 때문에 그 애들이 샘을 냈을 수도 있잖아."

클레르는 내가 단순히 그를 기쁘게 해줄 생각으로만 그런 말을 한 것이 아님을 확인하려는 듯 나를 뚫어지게 쳐다보면서 내게 키스를 했다. 내 말을 믿고 즐거워하는 그의 모습이 문득 두 날개를 단 천사와도 같았다.

나는 그에게 문을 열어주었다.

"길 잃어버리지 않도록 잘 보고 가야 해. 전신주를 보면서 따라가."

얼굴을 반쯤 가리도록 목도리를 추켜올린 그가 웃으면서 가볍게 놀리는 듯한 목소리로 말했다.

"엄마도, 다른 사람들도 오늘은 모두가 다 전신주를 따라 가라고 그러던걸요…."

그는 미친 듯 퍼붓는 눈 속을 뚫고 펄쩍펄쩍 뛰는 새끼염 소처럼 눈보라 속으로 날 듯이 달렸다. 머리 위로 치켜든 그 의 손이 우정의 신호를 그렸고 내 귀에는 노래 부르는 듯한 그의 목소리가 들리는 듯했다. "안녕히, 안녕히…."

"그래, 안녕, 꼬마 클레르야! 안녕, 다음 성탄절에 또 보 자. 안녕, 모든 성탄절에 또 보자."

종달새

나는 아주 빈번히 우리 어린 학생들에게 다같이 노래를 부르게 하곤 했다. 어느 날, 그저 특징 없는 그들의 목소리들 속에서 떨리는 듯하면서도 놀라울 정도로 정확한 맑은 목소리 하나를 분간해낼 수 있었다. 나는 그룹 전체의 노래를 중지시키고 오직 널 혼자서만 부르게 했다. 기막힌 목소리였다. 음악에 별다른 센스가 없는 나에게는 얼마나 귀중한 것인가!

　그때부터 나는 이렇게 부탁했다.

　"닐, 음을 좀 리드해주겠니?"

　그는 별로 힘주어 청하지 않아도 선선히 음을 리드했고 그렇다고 뽐내는 법도 없었다. 타고난 듯이 늘 뽀로통해지는 아이들이 있듯이, 그는 타고난 듯이 노래를 부르는 아이였다. 이렇게 되면 게으름을 피우던 다른 아이들도 그를 따라 노래를 불렀고 닐은 그럭저럭 리드해갔다. 오래지 않아 그는 리드를 잘 하는 편이 되었다. 그는 자신의 탁월한 재능 외에도 남들이 지닌 재능을 살려내는 재능이 있었다. 다른 아이들은 닐의 노래에 귀를 기울였고 그리하여 모두가 다 노래를 잘 할 능력이 있다고 믿게 되었다.

우리 반의 노래시간은 이웃 반 선생님들의 선망의 대상이 되었다.

"어떻게 된 거야? 이제 당신네 반은 매일같이 음악회네."

그때까지 나는 노래 선생으로 전혀 두각을 나타낸 적이 없었으니 전혀 이해가 되지 않는 일이었다.

나이가 많은 장학사는 평가를 위하여 우리 학교를 찾아왔다가 그만 깜짝 놀라고 말았다.

"어찌된 일입니까? 선생님 반 아이들은 작년 아이들에 비해 월등하게 노래를 잘 하는군요!"

그리고 그는 수상하다는 듯 나를 이리저리 살펴보다가 결국 포기하고 차라리 우리 아이들에게 한 번 더 노래를 들려달라고 청했다. 그리하여 그는 내가 알기로는 생전 처음 머나먼 행복의 몽상 속으로 깊숙이 잠겨든 나머지 자기가 장학사 자격으로 학교를 찾아왔다는 사실마저 까맣게 잊은 것만 같았다.

그가 학교를 방문하고 간 지 얼마 되지 않아 나는 교장선생님의 방문을 받았다. 그는 약간 빈정거리는 듯한 어조로 내게 말했다.

"들리는 말로는 선생님 반 학생들이 올해는 기막히게 노래를 잘 부른다지요. 그 천사 같은 음악가들의 노랫소리를 듣고 싶은데 제게도 한번 기회를 주실 수 있을까요?"

우리 교장선생님은 체구가 자그마한 분이었지만 도가머리처럼 높이 세운 금발 때문에 실제보다 키가 좀더 커 보였다. 그 시대 교직 신부님들의 복장인 그의 옷차림 또한 검은 연미복에 가슴장식이 달린 흰 셔츠여서 강한 인상을 주고 있었다.

나는 우리 학생들을 촘촘하게 무리를 지어 앞으로 나오게 했다. 닐은 키가 작은 축에 속했으므로 한가운데 파묻혀서 거의 보이지 않을 정도였다. 내가 그에게 간단한 신호를 보냈다. 그가 옆 친구들에게 충분히 들릴 만큼 알맞은 목소리로 리드했다. 어디선가 무슨 줄 하나가 조화롭게 진동하며 소리를 내는 것만 같았다! 그러더니 너무나도 활기에 찬 합창 소리가 한 목소리로 울려나왔으므로 나는 교장선생님 역시 어찌된 영문인지 몰라 하실 것이라고 생각했다.

하여간, 빈정거리는 듯한 기색은 그의 얼굴에서 이내 사라졌다. 그 대신 그에게서도 역시 행복한 꿈에 잠긴 듯한 표정이 나타나는 것 같아서 나는 몹시 놀랐다. 그는 마치 학교를 지도 감독하는 데 여념이 없는 교장의 신분을 깜빡 잊어버리기라도 한 것 같았다.

그는 뒷짐을 진 채 노래의 리듬에 맞추어 조금씩 고개를 흔들곤 했고 노래가 끝난 뒤에도 여전히 한동안 기억에서 헤어나지 못한 채 그 여운에 귀를 기울이고 있었다.

그러나 그는 매혹적인 목소리의 주인공이 누구인지를 알아차렸다. 그는 닐을 앞으로 나오게 하여 한참 동안이나 찬

찬히 바라보고 있더니 마침내 그의 뺨을 토닥거려주었다.

그를 문간까지 배웅하는 동안 그가 나에게 말했다.

"그러니까 이것이 선생님께서 올해 서른여덟 마리의 참새들과 함께, 들에서 노래하는 종달새 한 마리에게서 물려받은 것이로군요. 그 새를 아세요? 그 새가 노래하면 누구나 무거운 가슴이 가벼워지는 걸 느끼게 되죠."

그때까지만 해도 나 자신은 아직 너무 젊은 나이여서 가벼워진 가슴이 어떤 것인지 잘 알지 못했던 것 같다. 그러나 머지않아 나도 그것에 대하여 조금 알게 되었다.

그날 하루는 시작이 아주 좋지 않았었다. 세찬 가을비 속에서 아이들은 감기에 걸린데다가 옷이 젖은 채 투덜거리며 학교에 왔는데, 신발은 진흙이 잔뜩 묻어 큼직해져 있었으므로 윤이 날 정도로 깨끗했던 교실은 금세 마구간 같은 꼴이 되고 말았다. 그나마 시커먼 흙에 더럽혀지지 않은 조약돌이라도 하나 집어들려고 하면, 두세 명의 녀석들이 엉큼한 표정으로 나를 흘끔거리면서 일부러 그 돌을 발로 짓밟는가 하면 또 다른 돌들은 걷어차서 오솔길로 흩어버리는 것이었다. 아무것도 아닌 일로도 내게 대들려고 하는 그 어린 반항아들이 과연 내 학생들 맞는가 싶을 정도였고, 그들 역시 내가 과연 전날의 사랑받던 여선생인지 잘 알 수가 없다는 표정이었다. 대체 무슨 일이 있었기에 우리는 서로에게 거의 적과 같은 존재가 되었단 말인가?

가장 경험이 많은 동료들 중 어떤 사람들의 말을 들어보면, 폭풍이 오기 전이면 한동안 어린 아이들의 섬세한 신경이 대기권의 긴장을 잘 견디지 못하기 때문에 그런 현상이 일어난다고 했다. 또 긴 방학이 지난 뒤의 며칠 동안도 그렇다는 것이었다. 자유에 맛을 들였다가 다시 학교로 돌아오게 되면 아이들은 꼭 감옥으로 들어온 기분이 되어 도무지 말을 듣지 않으려 드는데, 그 가엾은 어린 것들은 어른들의 세계에 대한 자기들의 반항이 전혀 먹혀들지 않는다고 느끼기 때문에 그만큼 더 흥분하여 수선을 떠는 것이었다.

선생은 학교에서 오로지 벌을 주기 위하여 있고 아이들은 굽히기 위하여 있는 것 같은 느낌과 함께, 이번에는 내 차례로, 이 최악의 날들을 경험하고 있는 것이었다. 이렇게 되면, 다른 때에는 그렇게도 즐거울 수 있었던 이곳으로 세상의 슬픔이란 슬픔은 모두 다 찾아와 고이게 된다.

사나운 날씨가 계속되어 이 지나친 짜증을 야외에 나가 털어버릴 수 없다보니 오락시간은 발소리가 쿵쿵 울리는 지하 체육실에 갇힌 채 보낼 수밖에 없었다. 아이들은 아무것도 아닌 일로 서로 다투었다. 나는 입술이 터지고 코피를 흘리는 아이들을 치료해주어야 했다.

그리고 화장실에 갔다가 금방 돌아온 아이들이 차례로 자리에서 일어나 내게로 와서는 또 화장실에 갔다 오겠다며 허락해달라는 것이었다. 이렇게 들락거리다보니 수업마저 계속하기가 어려웠다. 한 아이가 나가면 다른 아이가 돌아왔고, 문이 열리면 세찬 바람이 들어와 공책이 펄럭거렸고, 더러운 흙이 묻은 공책을 집어들면 문이 쾅 하고 다시 열리면서 또 한 아이가 밖으로 나가는 것이었다. 갑자기, 나는 더 이상 참을 수가 없게 되었다. 나는 "안 되겠어, 이제 그만해. 이건 해도 해도 너무 하잖아" 하고 말했다. 그리하여 내가 깊이 생각할 사이도 없이 마치 일부러 그러기라도 한 듯이 어린 샤를리의 차례에 나의 "안 돼"가 떨어졌다. 악의 없고 순한 이 아이에게 그의 어머니는 일 년에 두세 번씩 당밀에 유황을 섞은 하제를 복용시켜 장을 씻어내곤 했다. 제자리로 돌아간 샤를리는 더 이상 참을 수가 없게 되었다. 지독한 냄새 때문에 그 옆자리에 앉아 있는 아이들이 사태를 알아차리게 되었다. 이 어린 악동들은 어처구니가 없다는 듯 뻔한 일을 가지고 앉은 자리에서 나를 향해 크게 소리쳤다. "샤를리가 바지에 쌌어요." 나는 양심 깊은 인물임을 잘 알면서도 그 아이의 어머니에게 서둘러 편지를 쓰지 않을 수 없었다. 그동안 샤를리는 부끄러워 눈물을 짜면서 두 다리를 벌린 채 내 책상 옆에 서 있었다.

오래 기다리지 않아서 그 반응이 왔다. 샤를리가 교실에서 나가고 반 시간이 채 못 되어 교장선생님이 출입문의 위쪽 유리에 머리를 대고 내게 할 말이 있다는 시늉을 했다. 그분이 복도에서 우리를 보자고 하는 것 자체가 벌써 안 좋은 신호였다. 샤를리의 어머니가 막 전화를 했다는 것이었다. 그녀가 어찌나 화를 내는지 나를 고소하겠다는 것을 뜯어말리느라고 애를 먹었다고 했다. 우습게 들릴지 모르지만 이보다 더 사소한 일로도 교사를 고소하겠다고 덤비는 학부모가 더러 있었다. 그런데 나의 경우는 바로 그 전날 깨끗이 빨아 입힌 아이의 속옷을 어머니가 다시 세탁하게 만들었다는 것이 잘못이었다. 나는 내 식으로 사실을 설명하려고 해 보았다. 그러나 교장선생님은 용변이 급한 아이를 막느니 차라리 학급의 전체 학생들을 다 화장실에 가도록 허락하는 편이 나았다고 호되게 질책했다.

나 자신이 부끄럽다는 생각 때문이었을까, 나는 아이들에게 아침부터 가장 안 좋은 쪽으로만 행동한 것에 대하여 부끄러움을 느끼게 하려고 애를 썼다. 그러나 아이들은 전혀 반성하는 기색이 없었다. 반대로 대다수의 아이들은 잘했다고 생각하는 눈치였다.

나는 완전히 낙담하여 자리로 돌아와 앉았다. 그러나 내 머리 위로 날아드는 미래가 현재와 조금도 다름없이 길고 지루한 세월의 모습으로 그려지는 것이었다. 이십 년 삼십 년 뒤에도 일에 찌들어 닳아진 모습으로 늘 똑같은 자리에 앉아 있는 내 모습이 눈에 보이는 듯했다. 내가 그토록 개탄해 마지않았던 가장 '늙어빠진' 내 동료 선생들과 똑같은 모습이었다. 아마도 그들을 통해서 나는 나 자신을 개탄하고 있었는지도 모른다. 말할 것도 없이, 아이들은 내가 낙담해 있는 틈을 타서 하나하나 통로로 나와서 뛰어다니며 더욱더 소란을 피웠다. 내 눈이 어린 닐에게로 갔다. 거의 모든 아이들이 흥분해서 날뛰고 있었지만 그만은 제자리에 앉아서 그림 그리기에 열중하고 있었다. 노래 부르는 것 다음으로 그가 제일 좋아하는 것은 주위에 이상한 동물들, 암소만큼이나 큰 암탉들이 놀고 있는 언제나 똑같은 오두막집을 그리는 것이었다.

나는 구원을 청하기라도 하려는 듯 그를 불렀다.

"닐, 이리 좀 와봐!"

그가 달려왔다. 그는 아주 재미있는 어린 녀석으로 늘 기이한 옷차림이었다. 오늘은 거의 줄이지도 않은 어른용 멜빵이 달린 바지 차림이었는데 어찌나 통이 큰지 가랑이가 무릎까지 닿았다. 장화 역시 발에 맞지 않게 너무 커서 그가 내게로 달려올 때는 헐거워진 뒤축이 털럭대는 소리가 들렸다. 텁수룩하고 퇴색한 금발과 정수리가 거의 평면인 모난 머리통으로 인하여 그는 꼭 배움의 길로 나선 러시아 농부 아이 같았다. 사실 노래를 부르지 않고 있을 때 그는 우리 반에서 종달새와 가장 거리가 멀어 보이는 인상의 아이였다.

그는 내게로 와서 정답게 고개를 숙였다.

"왜 그러세요?"

"그냥 얘길 좀 하려고. 그래, 누가 가르쳐줘서 그렇게 노래를 잘 부르지?"

"어머니가요."

나는 성적표를 나누어주는 날 그녀를 한 번 본 적이 있다. 부드럽지만 좀 어색한 미소, 닐의 그것처럼 튀어나온 광대뼈, 새하얀 머릿수건 속에 숨어 있는 깊고 아름다운 시선, 말없이 왔다가 말없이 자리를 뜨는 소심한 그림자. 우크라이나말 이외에 그녀가 할 줄 아는 말이 몇 마디나 될까?

"그럼 어머니가 우크라이나말로 가르쳐주시니?"

"그럼요!"

"우크라이나 노래를 많이 아니?"

"한 백 가지쯤이요."

"그렇게 많이?"

"글쎄요, 하여간 확실하게는 열… 열둘….''

"하나 불러보겠니?"

"어떤 노래요?"

"너 좋아하는 걸로."

그러자 그는 마치 바람에 저항하려는 듯 두 발을 벌리고 버티고 섰다. 머리를 뒤로 젖힌 채 벌써부터 눈에 생기가 돌기 시작한 그는 바로 내 눈앞에서 그때까지와 전혀 딴판인 모습으로 변신했다. 그가 학교에서 자기 어머니의 언어로 부른 최초의 노래. 어린 시골뜨기는 음악에 신들린 아이로 변했다. 몸은 경쾌한 리듬으로 일렁거렸고 두 어깨가 쳐들리는가 하면 눈에서는 불꽃이 일었고 가끔 살찐 입술이 벌어지면서 미소가 배어났다. 한편 그는 손을 쳐들어 우아한 몸짓으로 우리에게 저 멀리 그 무슨 아름다운 광경을 가리켜 보이는 듯했다. 그러면 우리는 그 손짓을 따라 그를 기쁨에 넘치도록 만드는 것이 무엇인지를 보려고 애를 쓸 따름이었다. 두 눈을 감고 마음을 집중하여 그의 감미로운 목소리에 귀를 기울이는 것과 너무나도 생기에 넘치고 신명이 나 있어서 금방이라도 땅을 박차고 솟아오를 것만 같은 그를 바라보는 것, 그 두 가지 중 어느 것이 더 나을지 나로서는 알 수가 없었다.

그 매력적인 노래가 끝났을 때 우리는 전혀 다른 세계 속에 빠져들어가 있었다. 아이들도 차츰차츰 제자리로 돌아갔다. 반 전체가 보기 드문 평화로움에 젖어 있었다. 나 자신도 이제 더 이상 미래에 대하여 절망하지 않았다. 닐의 노래가 내 마음을 완전히 바꿔놓은 것이었다. 이제 나는 삶에 대한 믿음을 되찾았다. 내가 닐에게 물었다.

"그 노래의 내용이 뭔지 알고 부르는 거니?"

"그럼요."

"좀 설명해줄 수 있겠니?"

그가 이야기를 시작했다.

"나무가 한 그루 있어요. 꽃이 활짝 핀 벚나무예요. 우리 어머니 고향에는 그 나무가 아주 많아요. 그 벚나무가 들 한가운데 있어요. 그 주변에는 처녀들이 춤을 추지요. 처녀들은 찾아올 연인들을 기다리는 거예요."

"아름다운 내용이구나!"

"그래요. 하지만 나중에는 슬퍼져요. 연인들 중 한 사람이 전쟁에 나가서 죽었거든요."

"안됐구나."

"아녜요. 그 덕분에 몰래 짝사랑하던 착한 사람에게 기회가 생긴걸요."

"아, 그거 잘 됐구나! 아니, 그런데 너희 어머니는 그 노래들을 어디서 배웠지?"

"이민 오기 전 고향에서요, 어렸을 때요. 어머니는 이제 그게 우크라이나 것으론 마지막 남은 거라고 해요."

"그럼 어머니는 그 노래들을 어서 네 작은 머릿속에 옮겨줘서 네가 그걸 잘 간직하도록 만들어야겠구나."

그는 심각한 표정으로 나를 가만히 쳐다보았다. 내 말이 무슨 뜻인지 확실히 알아두려는 듯이. 그리고는 내게 다정스런 미소를 지어 보였다.

"그 중 한 가지도 잊어버리지 않겠어요." 그리고는 내게 물었다. "노래 하나 더 부를까요?"

엄마가 허리뼈를 다친 지 벌써 석 달이 다 되어가고 있었다. 오랫동안 깁스를 하고 꼼짝달싹도 하지 못했다. 드디어 의사는 깁스를 떼어주고 나서 엄마에게 열심히 노력만 하면 걸을 수 있다고 말했다. 엄마는 매일같이 노력했지만 아픈 다리를 내딛을 수가 없었다. 한두 주일 동안 희망을 잃어버린 것 같아 보였다. 창가에 놓인 의자에 앉아서 가슴을 찢는 듯한 회한의 표정으로 밖을 내다보고 있는 모습이 보이곤 했다. 내가 엄마에 대하여 겁을 집어먹고 있다고 믿으면 안 되겠기에 나무라는 말을 하기도 했다. 그렇게도 생기 있고 성격이 적극적이며 독립적이던 엄마가 만약 불구가 된다면 그 삶이 뭐가 되겠는가? 나는 어느 날, 일생 동안 교사직에 발이 묶여 살아야 한다는 생각에 덜컥 겁이 났던 적이 있다. 그 덕분에 나는 수인처럼 창가의 자리를 영영 떠나지 못할지도 모른다는 생각을 하는 엄마의 마음이 어떠할지 어렴풋이나마 짐작할 수가 있었다.

어느 날 나는 엄마의 기분을 풀어주기 위하여 닐을 데리고 올 생각을 하게 되었다. 엄마는 도무지 시간이 가지 않는

다고 했기 때문이었다.

"닐, 우리 집에 와서 우리 어머니를 위해서 노래를 좀 불러줄 수 있겠니? 우리 어머니는 노래를 다 잃어버렸거든."

그는 자기 식으로 응해주었다. 아무 말도 하지 않은 채 그의 조그만 손을 내 손 안에 집어넣은 것이다. '선생님과 함께라면 이 세상 끝까지라도 갈 거라는 걸 잘 알잖아요…' 라는 그 뜻이 곧장 내 가슴에 와 닿았다.

집으로 오는 동안 나는 그에게 우리 엄마는 그의 어머니보다 훨씬 더 늙었으며 그 나이에는 잃어버린 믿음을 다시 찾는 것이 쉽지 않다는 것을 설명했다. 지금도 나는 불과 여섯 살 반밖에 안 된 아이에게 내가 왜 그런 어려운 설명을 하게 되었는지 알 수가 없다. 그렇지만 그는 내가 그에게 기대하는 바가 무엇인지를 알려고 무진 애를 쓰면서 내가 해주는 설명을 더할 수 없이 심각하게 듣고 있었다.

졸다가 깨어 눈을 뜬 어머니는 웬 멜빵 달린 바지 차림의 어린아이 하나가 옆에 와 서 있는 것을 보자, 전에 내가 여러 번 그랬듯이 외투를 만들어 입히거나 몸에 맞게 옷을 고쳐주도록 내가 그녀에게 데리고 온 그런 가난한 어린 학생들 중 하나라고 짐작한 것이 분명했다. 엄마가 다소 쓸쓸한, 그리고 특히 슬픈 어조로 그런 도움을 줄 형편이 못 된다고 내게 말했으니 말이다.

"아니, 너도 잘 알면서 그러냐. 이젠 더 이상 바느질을 못해. 간단히 손으로 수선하는 것이면 몰라도."

"그런 게 아냐. 깜짝 놀랄 일이야, 들어봐!"

나는 닐에게 신호를 했다. 그는 바람 속에서 저항하듯 엄마 앞에 딱 버티고 서더니 즐거운 벚나무 노래를 부르기 시작했다. 그의 몸이 일렁거리고 두 눈에 불꽃이 튀는가 하면 입술에 미소가 번지면서 그의 작은 손이 쳐들리면서 병자의 방 저 멀리 무엇인가를 가리키는 것 같았다. 길을? 들판을? 혹은 찾아가보고만 싶은 어떤 열려진 고장?

노래를 끝마친 그는 엄마를 물끄러미 바라보았고 엄마는 아무 말도 하지 않은 채 그 아이의 시선을 피했다. 그가 제안을 했다.

"노래를 하나 더 부를까요?"

엄마는 마치 먼 곳에서처럼 머리를 끄덕여 보였다. 그러나 계속 두 손으로 얼굴을 가린 채였다.

닐은 노래를 하나 더 불렀다. 그러자 이번에는 엄마가 고개를 들어 미소 짓는 그 아이를 바라보았다. 그 아이의 도움으로 엄마 역시 꿈의 날개를 달고 높이 솟아올라서 삶의 저 위로 날았다.

그날 저녁, 엄마는 내게 부엌에 있는 등받이가 높고 단단한 의자 하나를 가져오라고 하더니 그 의자를 짚고 일어서도록 좀 도와달라고 부탁했다.

나는 그 의자가 미끄러지면 엄마가 그 바람에 딸려 넘어질지도 모른다고 주의를 주었다. 그러자 엄마는 의자가 안정감을 유지하도록 아주 무거운 큰 사전을 한 권 그 위에 갖다 얹으라고 했다.

엄마는 이렇게 자신이 고안해낸 이상한 '보행기'를 가지고 이때부터 걷기 연습을 다시 시작했다. 여러 주일이 지나갔다. 별다른 변화가 있는 것 같지 않았다. 나는 완전히 용기를 잃었다. 엄마 역시 마찬가지인 것 같았다. 더 이상 노력을 하지 않는 것 같았으니 말이다. 내가 모르고 있었던 것은, 이제 머지않아 성공할 것 같아지자 엄마는 나를 놀라게 하려고 나 몰래 연습을 계속하기로 마음먹었다는 사실이었다. 과연 나를 놀라게 하기에 충분했다. 그날 저녁 나는 더할 수 없을 만큼 의기소침한 상태였는데 갑자기 엄마 방에서 외치는 소리가 들렸다.

"나, 걸어! 걷는다고!"

나는 달려갔다. 엄마는 의자를 밀면서 용수철을 잘 감아준 인형처럼 뒤뚱뒤뚱 작은 걸음으로 나아가고 있었다. 그러면서 끊임없이 의기양양한 듯 큰 소리를 질러댔다.

"보라고! 걷잖아!"

물론 나는 닐이 기적을 일으켰다고 말하지는 않겠다. 그러나 그는 어머니의 꺼져가는 믿음에다가 알맞은 순간에 생명의 입김을 불어넣어준 것이 아니겠는가?

하여간 이 경험에 힘입어 나는 또 다른 경험을 시도해보고 싶은 마음이 생겼다.

그보다 일 년 전 어느 날 저녁, 나는 동료 여교사 한 사람과 더불어 우리 시 양로원의 노인들 앞에서 조그만 연극을 한 편 상연하는 그녀의 학생들을 따라가본 적이 있었다.

인간이 스스로를 위하여 만들어놓았거나 혹은 그 속에 들어가 견디어야 하는 모든 종류의 감옥들 중에서 지금까지 그 어느 것도 노년을 가두어놓는 이 감옥만큼 참혹한 것은 없어보였다. 나는 그때 마음을 그토록 우울하게 만들었던 그런 장소에 다시는 발을 들여놓지 않겠다고 굳게 결심한 바 있었다. 그러나 일 년 동안에 나는 아마도 연민의 감정에 있어서 어느 정도 발전을 거둔 모양이었다. 마침내 닐을 그곳으로 데리고 가보겠다는 계획까지 세우게 되었으니 말이다. 내가 보기에 오직 그 아이만이 그 양로원의 담장 안에 갇혀 살고 있는 노인들에게 힘을 줄 수 있을 것 같았던 것이다.

나는 교장선생님에게 그 생각을 말했다. 그는 한참 동안 생각해보더니 아이디어는 좋다고… 아주 좋다고… 하면서 그렇지만 우선 아이 어머니의 허락을 받는 것이 순서일 것 같다고 말했다.

나는 정성을 다해서 닐의 어머니에게 보내는 편지를 썼다. 거기서 나는 그녀가 우크라이나에서 품고 와서 그녀의 아들에게 전수한 노래들이 아마도 그녀 자신의 고향 사람들이… 살아가는 데 도움을 주었겠지만 이곳 사람들에게도 아주 유익한 도움이 되고 있는 것 같다고 말했다. 그러할진대 어머니께서는 다소 늦게 끝날지도 모르는 어떤 저녁 모임에 갈 수 있도록 닐을 내게 좀 빌려줄 수 있는지?

나는 편지를 닐에게 읽어주고 그 내용을 머릿속에 잘 기억해두라고 일렀다. 집에 가서 어머니에게 그 편지를 읽어드리고 정확하게 번역해야 할 테니 말이다. 그 아이는 아주 주의 깊게 귀를 기울이고 있더니 내가 다 읽고 나자 자신이 내용을 머릿속에 잘 새겨두었는지 내가 확인할 수 있도록 한 마디 한 마디 그대로 되풀이해보겠다고 나섰다. 나는 그의 기억력을 믿으니 그럴 필요는 없다고 그에게 말했다.

그 다음 날, 닐은 채소가게에서 쓰는 봉지를 찢어낸 종이 쪽에다가 쓴 어머니의 답장을 내게 가지고 왔다. 편지는 전보문체로 작성된 것이었다.

"닐을 노인들에게 빌려드립니다."

그리고 수를 놓은 것 같은 편지 끝에는 서명이 되어 있었다.

파라스코비아 갈라이다.

"너희 어머니는 이름이 아주 아름답구나!" 하고 나는 닐에게 말하고 나서 그 이름을 제대로 발음해보려고 애를 썼다.

내가 형편없이 발음하는 소리를 듣더니 그는 내 면전에서 웃음을 터뜨렸다.

양로원에는 조그만 전용 공연장이 있었다. 계단 두어 개를 딛고 올라서도록 만들어놓은 연단에 한 세트의 조명기구가 부드러운 빛을 던지며 나름대로 객석과 연단을 갈라놓고 있었다.

금빛 조명을 받자 밀짚 같은 색깔의 금발과 그의 어머니가 칼라에 수를 놓아 입혀준 우크라이나식 저고리가 서로 어울려서 닐의 모습은 여간 매력적인 것이 아니었다. 그렇지만 나로서는 멜빵 달린 바지 차림의 우리 꼬맹이가 오히려 좀 그리웠다. 광대뼈가 튀어나온 그의 얼굴에는 벌써 노래하는 즐거움이 광채를 발하고 있었다. 혹시 필요할지 몰라 가사를 일러주려고 내가 자리잡고 서 있는 곳에서는 객석과 무대 양쪽이 다 보였는데, 그때 나는 결정적인 인생의 드라마가 연출되고 있는 곳은 바로 여기라는 생각을 했다.

맨 앞줄에는, 노인 한 사람이 이미 오래전에 모든 과일들을 다 떨구었는데도 사람들이 흔들고 또 흔들어대는 한 그루 사과나무처럼 경련을 못 이겨 전신을 흔들며 몸부림치고 있었다. 또 어디선가는 속이 빈 고목의 그루터기 속에 갇힌 바람인 양 거친 휘파람으로 숨을 몰아쉬는 소리가 들렸다. 또 다른 노인 하나는 죽음과도 같은 고통 속에서 자신의 숨소리를 따라 뛰고 있었다. 홀 한가운데 어딘가에는 반신불수의 남자가 생기 없는 얼굴에 견딜 수 없을 정도로 초롱초롱한 눈빛을 반짝이고 있었다. 어느 가엾은 여자는 부풀어오른 살의 거대한 무더기에 불과하다는 인상이었다. 아마도 그곳에는 멀쩡한 사람들도 없지는 않았을 것이다. 상상할 수 없을 만큼 잔혹한 그 어떤 방법으로 돌이킬 수 없을 만큼 구겨지고 주름지고 쪼그라들고 무너졌을 뿐인 것이 여기서는 오히려 다행이라고 여겨지는 것이라면 말이다. 그렇다면 노년은 대체 어디에서 바라볼 때 가장 끔찍하게 보이는 것일까? 이 양로원의 사람들처럼 되었을 때? 아니면 이런 꼴을 보느니 차라리 죽는 것이 낫다고 생각하는 다감한 젊음으로부터 먼 곳에서 바라보았을 때?

이때 저물어가는 저녁 속에서 마치 인생의 찬란한 아침으로부터 오는 듯한 닐의 빛을 발하는 밝은 목소리가 뿜어져 나왔다. 그는 꽃이 만발한 벚나무, 초원에서 사랑에 빠져 춤추는 처녀들의 윤무, 젊은 가슴들의 기다림을 노래했다. 자연스러워서 더욱 매력적인 몸짓으로 그는 자주 손을 들어 따라가야할 어떤 길을… 혹은 어떤 지평선을 가리켰다. 그의 반짝이는 눈빛으로 보아 그 길 혹은 지평선은 빛 밝은 곳이라고 상상할 수 있었다. 어느 한순간 그의 두 입술이 벌어지면서 번져나오는 미소는 너무나도 전염성이 강한 것이어서 무대와 객석을 갈라놓은 난간을 넘어 노인들의 얼굴에 부드럽고 신선한 빛 그대로 와서 찍히는 것이었다. 그는 제 꾀에 제가 넘어간 페트리우슈카의 모험을 노래했다. 그는 또 내가 그에게서 한 번도 들어본 적이 없는 노래도 한 곡 불렀다. 감미롭고도 우수에 찬 노래였는데 드니에프르강이 흐르고 흘러 웃음과 한숨을, 회한과 희망을 다같이 바다로 싣고 가서 결국은 모든 것이 하나의 물결로 합쳐진다는 내용이었다.

노인들은 이제 더 이상 전과 같지 않았다. 삶의 어두운 저녁에도 그 아침빛이 아직 그들에게까지 비쳐드는 것이었다. 몸부림치던 늙은 남자는 잠시 동안 몸을 떨기를 멈추고 노랫소리에 귀를 기울이려고 무진 애를 썼다. 반신불수의 눈은 헤매고 찾고 소리쳐 도움을 청하기를 잠시 쉬고 닐을 보다 더 잘 볼 수 있는 방향으로 몸을 돌리고 있었다. 자기 숨소리를 쫓아 달리던 사람은 그 무슨 휴식의 몸짓인 양 가슴 위에 두 손을 꼭 모아쥐고 헐떡거리던 숨을 고르는 눈치였다.

이제 그들은 모두가 다 행복한 표정이었고 모두가 닐의 입술에 눈길을 고정시키고 있었다. 이리하여 노인들은 잃어버린 것의 흔적을 자신들의 내면에서 그토록 생생하게 되찾을 수 있게 되었기에, 어떤 이는 금방이라도 웃음을 터뜨릴 듯이, 또 어떤 이들은 금방이라도 눈물을 흘릴 듯이, 어린애들처럼 동요하는 가운데 객석의 그 비참한 광경은 일종의 패러디로 마감되었다.

나는 그때, 이건 결국 너무 잔인한 일이다 싶은 느낌이 들어서 다시는 닐을 데리고 와서 이들에게 가당치도 않은 희망을 되살려주는 노래를 부르게 해서는 안 되겠다는 생각을 했다.

아무런 광고도 하지 않았는데 어떻게 하여 인생의 병을 고쳐주는 나의 꼬마 치료사의 명성이 그리도 널리 퍼진 것인지 나로서는 대답하기가 쉽지 않다. 그렇지만 머지않아서 사람들이 도처에서 그를 좀 데려다달라고 내게 요청을 해오기 시작했다.

어느 날 출입문의 위쪽 유리 너머에서 교장선생님이 할 말이 있다면서 내게 신호를 보냈다.

"이번에는 어떤 정신병원에서 우리의 우크라이나 종달새를 요청하네요. 이건 심각한 문제이니 생각을 좀 해봐야겠어요."

그렇다, 그건 심각한 문제였다. 그렇지만 다시 한 번 더,

마치 내 의지의 밖에서인 듯, 나의 결심은 이미 정해졌다. 만약 파라스코비아 갈라이다가 허락만 해준다면 나는 닐과 함께 그 당시 사람들이 그렇게 불렀듯이 '미친 사람들'에게로 갈 생각이었다.

그녀는 전혀 어렵지 않게 허락해주었다. 아마도 닐이 그랬듯이, 마찬가지로 나를 믿어준 그 여자는 과연 우리가 가는 곳이 어딘지 제대로 알고나 있었는지… 모를 일이었다.

정신병원에도 역시 연단이 설치된 공연장이 하나 있었다. 다만 이쪽과 저쪽을 어느 정도 분리시키는 조명 시설이나 각등 같은 것은 아예 없었다. 모든 것이 한결같고 흐릿한 빛에 잠겨 있었다. 양로원에 있는 노인들의 세계가 비극적으로 마감되는 어떤 연극의 마지막 막을 연상시킨다면 여기서는 일종의 죽음 저 너머 그림자들이 소리 없는 마임으로 연기하는 어떤 에필로그 같다는 인상을 주었다.

닐이 무대의 좁은 플랫홈으로 입장했다. 홀 안에는 뜻밖이라는 듯한 흐름이 감지되었다. 몇몇 환자들은 여기서 한 어린아이가 만들어내는 황홀한 광경을 보자 벌써부터 동요하기 시작했다. 그들 중 어느 한 사람은 극도로 흥분한 나머지 자기의 두 눈으로 보고 있긴 하지만 도무지 믿어지지 않는 것을 다른 사람들이 좀 확인이라도 해주었으면 좋겠다는 듯 즐겁고도 당황한 표정이 되어 닐을 손가락으로 가리켜 보였다.

닐은 두 발을 벌리고 머리칼 한 가닥을 이마에 늘어뜨린 채 버티고 서서 이번에는 두 손을 허리에 짚고 있었다. 그는 어머니가 이제 막 가르쳐준 노래 '칼린카'로 시작하여 매혹적인 격정으로 그 광란하는 리듬을 살려내고 싶었던 것이다.

첫 음정에서부터 어딘가 멀리 떨어진 가지 위에 앉아 있는 새 소리를 듣기 위하여 분위기를 가다듬는 숲의 그것과도 같은 침묵이 깔렸다.

닐은 몸을 일렁거렸다. 그는 억누를 수 없는 활기에 사로잡혀 때로는 부드러운 몸짓을 해 보였고 때로는 열광적으로 손뼉을 쳤다. 환자들은 한 덩어리가 되어 그의 움직임을 주시했다. 그들은 황홀경에 잠겨 있었다. 그리고 여전히 경탄을 못 이긴 듯한 침묵.

'칼린카'가 끝나자 닐은 내가 그에게 가르쳐준 대로 그 다음 노래의 의미를 몇 마디 말로 설명했다. 그는 그 모든 것을 마치 학교의 친구들과 같이 있을 때처럼 전혀 신경을 쓰지 않고 더할 수 없이 자연스럽게 해내고 있었다. 이윽고 노래하는 것에는 절대로 싫증이 날 수가 없다는 듯 그는 또다시 음악 속으로 뛰어들었다.

모두가 그늘 속에 웅크리고 있던 환자들은 이제 곧 자유의 몸이 될 것을 예감한 한 마리의 거대하고 슬픈 짐승처럼 나직하게 헐떡거리는 소리를 냈다.

닐은 이 노래에서 저 노래로, 슬픈 노래에서 쾌활한 노래로 옮겨갔다. 그는 늙은이, 병자, 육체와 영혼의 슬픔과 고통이야 아무러면 어떠냐는 듯 미친 사람들을 보지 않은 채, 노래를 불렀다. 그는 어머니가 잘 지키라고 일러준 저 잃어버린 고향, 그리운 고향을, 초원, 나무들, 저 멀리 들판을 가로질러 홀로 달려오고 있는 기사를 노래했다. 그는 아무리 보아도 싫증이 나지 않는 그 손짓으로 이 세상 끝의 그 무슨 행복한 길 같은 것을 가리키는 한편 발뒤꿈치로 마룻바닥을 치면서 노래를 끝냈다.

그러자 곧 환자들이 다같이 그에게 달려드는 것 같았다. 가장 가까이 있던 사람들은 그가 작은 단에서 내려오자 그를 붙잡으려고 했다. 뒤쪽에 있던 사람들은 앞으로 나와서 그의 몸에 손을 대보려고 첫줄에 있던 사람들을 밀쳤다. 어떤 여자 환자는 그의 팔을 붙잡고 잠시 동안 자기 가슴 쪽으로 끌어당겼다. 또 다른 여자는 그를 그녀에게서 빼내서 키스를 했다. 그들 모두가 다 이 기막힌 어린아이를 차지하려고, 사로잡으려고, 떠나지 못하게 한사코 막으려고 했다.

자신은 알지도 못하는 그토록 큰 슬픔을 달래주었던 그가 자기 스스로 해방시켜놓은 이 무시무시한 행복의 광경에 겁을 집어먹었다. 그는 두려움이 가득한 눈으로 나에게 구원을 청했다. 흐느끼면서 그를 껴안고 있는 어떤 여자 환자의 품에서 경비원이 그를 부드럽게 빼냈다.

"애야, 작은 종달새야, 가지 마, 우리와 같이 있자."

홀의 한가운데서 어떤 또 다른 여자가 울면서 그를 불렀다.

"옛날에 우리 귀여운 어린애를 사람들이 훔쳐갔어. 이제 돌려줘. 내 생명을 돌려줘."

나는 온통 부들부들 떨고 있는 그 아이를 품에 받아 안았다.

"자, 다 끝났다! 네가 저 사람들을 너무 행복하게 만들어놓은 거야. 그뿐이야. 너무 행복하게 만들어놓은 거라고."

우리는 택시에서 내려서 닐의 집까지 계속 걸어갔다. 그는 병원에서의 그 힘들었던 장면을 다 잊어버린 듯 이내 나를 인도하는 것에만 골똘하게 신경을 썼다. 우리가 인도에서 벗어나자 곧 나는 어디다가 발을 내려놓아야 할지 알 수가 없는 지경이 되었으니 말이다.

　때는 오월 초였다. 여러 날 동안 세찬 비가 오고 난 뒤라 닐이 나를 인도하며 가로질러 가고 있는 들판은 진창 바로 그것이었고, 군데군데가 가시 많고 나지막한 관목 무더기들이어서 내 옷이 자꾸 걸렸다. 나는 곧 이 이상한 풍경마저 보이지 않는다는 것을 느꼈다. 우리가 걸어가고 있는 곳에는 가로등이 없었다. 엄밀하게 말하면 길도 없었다. 있는 것이라곤 기껏 일종의 어정쩡한 오솔길 정도였는데 진흙 무더기가 쌓인 진창이 그래도 다른 곳보다는 좀더 단단한 바닥을 이루고 있었다. 그는 오두막에서 오두막으로 꼬불꼬불 돌아갔다. 흐릿하게 불이 켜진 창문들이 말하자면 안내에 도움이 되는 셈이었다. 그러나 닐은 그런 불빛이 전혀 필요 없다는 듯 그 어둑어둑한 속을 고양이처럼 자신있게 헤치고 나가면서도 발을 적시지 않았다. 대충 마른 흙덩어리에서 다른 흙덩어리로 힘들이지도 않고 팔짝팔짝 건너뛰었으니 말이다. 이윽고 우리는 스펀지처럼 물을 토해내고 있는 넓고 흐물흐물한 진창 가에 이르렀다. 그곳을 건너갈 수 있도록 여기저기에 던져놓은 나무 판때기들이 지그재그의, 더러는 끊어진 인도를 형성하고 있었다. 더군다나 판때기들 사이의 간격이 항상 한 번에 건너뛸 수 있는 간격보다 넓었다. 닐은 한 번에 그걸 건너뛰고 난 다음 몸을 돌려 내게 손을 내밀면서 힘을 내어 뛰라고 격려해주는 것이었다. 그는 나를 자기 집에 데리고 갈 수 있게 된 것이 너무나도 좋은 모양이었다. 이 유쾌한 아이의 머릿속에는 그런 불우한 사람들의 동네에 사는 그를 내가 동정할지도 모른다는 생각 같은 것이 들어앉을 자리는 아예 없는 것 같았다. 사실 별들이 총총하고 높은 하늘 아래, 도시와 등을 지고 광대하고 자유로운 초원을 향해 돌아앉은 이 오막살이들의 달동네에는 어떤 기이한 매력이 없지 않았다. 그렇지만 어디선가 알 수 없는 악취가 풍기면서 봄기운을 망쳐놓는 것이었다. 나는 그 냄새가 어디서 나는 것인지 닐에게 물어보았다. 아마도 그 냄새에 너무나도 습관이 된 탓인지 그는 내가 무슨 냄새를 두고 말하는지 잘 이해하지 못했다. 나중에서야 그는 우리들 등 뒤에서 지평선을 가로막고 있는 길고 어두운 덩어리를 손가락으로 가리켰다.

"도축장이에요" 하고 그가 말했다. "도축장에서 나는 냄새일 거예요."

이제 우리는 진흙탕의 늪을 다 건너왔다. 정말이지 오늘 저녁에, 나의 예상치 않은 놀라움은 끝이 없을 모양이다. 불쾌한 냄새는 사라지고 이번에는 물에 젖은 땅의 아주 단순하고 기분 좋은 냄새가 풍겨왔다. 그 다음에는 어떤 꽃향기가 흘러왔다. 우리는 닐의 집에 거의 다 왔다. 그것은 집 밖의 문 가까운 곳에 놓인 화분의 강한 히아신스 꽃향기였다. 그 향기는 도축장의 마지막 악취와 거의 동등한 힘으로 겨루고 있었다. 몇 발자국 더 가까이 가자 그 향기가 압도했다. 마찬가지로 가까운 연못에서 신명나게 울어대는 개구리 소리가 들려왔다.

파라스코비아 갈라이다는 우리가 오고 있는 것을 몰래 지켜보고 있었던 것이 분명했다. 그 여자는 아마도 그 역시 낡은 판자 조각과 폐품으로 만들었을 오막살이에서 달려나왔다. 그러나 그녀는 구름 사이로 흘러나오는 초승달빛을 받아 마치 무슨 석회유에 적셨다가 막 꺼내놓은 듯 기이한 흰 빛이었고 깨끗하고 부드러워 보였다. 그녀는 안마당 한가운데 서 있었다. 마당은 방책으로 막아놓았는데, 내가 보기에 그 방책이라는 것은 말뚝에 고정된 돌쩌귀를 따라 돌게 만든 철제 침대 틀 같았다. 그 방책이 삐걱대며 도는 소리가 났다. 파라스코비아 갈라이다가 허둥지둥 방책을 열고 나와 우리를 향기 그윽한 마당 안으로 맞아들였다. 그날 밤의 기이한 조명을 받아 그곳에서는 모든 것이, 그 역시 석회유를 하얗게 발라놓은 평범한 방책까지도, 구석구석 다 깨끗하다는 것을 알 수 있었다.

파라스코비아는 내 손을 잡더니 뒷걸음질치며 나를 집 쪽으로 이끌고 갔다. 그 앞에는 투박한 나무 벤치가 하나 있었다. 그녀는 나를 거기, 닐과 그녀 자신 사이에 앉게 했다. 이내 그 집 고양이가 어둠 속에서 나오더니 벤치의 등받이 위로 뛰어 올라와 우리들 어깨 사이에 머리를 처박은 채 꼭 끼여 앉아서 가르릉거리며 우리 무리에 한몫 끼었다.

나는 닐의 도움을 받아가며 파라스코비아 갈라이다에게

그녀의 어린 아들의 노래가 이미 그토록 많은 사람들에게 가져다 준 기쁨에 대하여 뭔가를 표현해보려고 애를 썼고, 그녀는 닐을 통해서 나로서는 제대로 이해하지 못한 무엇인가에 대하여 내게 감사의 마음을 표시하려고 고심했다. 그러나 곧 우리는 말을 통해서 감정을 실토하는 것을 포기하고 그냥 밤의 소리에 귀를 기울였다.

그때 나는 파라스코비아 갈라이다가 닐에게 보낸 신호를 감지할 수 있을 것 같았다. 입을 꼭 다문 채 그녀는 그 아이 자신이 학교에서 그렇게 했던 것과 비슷한 방식으로 그에게 음을 리드해주었다. 목구멍으로 내는 미묘한 음의 진동이 한동안 실처럼 흘러나왔다. 이윽고 그들의 목소리가 울리기 시작했다. 한쪽이 처음에는 약간 망설이는 듯하더니 곧 좀더 자신있는 다른 쪽에 이끌려 따라갔다. 그러자 두 목소리가 높아지며 기이하고 아름다운 노래 속에 담겨 날아오르면서 서로 조화를 이루었다. 그 노래는 실제로 겪는 삶과 꿈속의 삶의 노래였다.

광막한 하늘 아래서 그 노래는 그 어떤 손길처럼 가슴을 움켜잡아 이리 돌리고 또 저리 돌리다가 마침내 잠시 동안 자유로운 대기 속으로 조심스럽게 놓아주는 것이었다.

드미트리오프

1

학교 큰 마당에서의 휴식시간에 만사가 별 탈 없이 잘 되어갈 때면, 아이들은 말랑말랑한 공이나 막대기를 가지고 놀이를 하고 혹은 그네를 타거나 아니면 그저 자유롭게 뛰며 놀았다. 한편 하급반을 맡은 우리 여선생들은 여섯 사람이 다같이, 셋은 앞으로, 다른 셋은 뒷걸음으로, 그러나 항상 서로 마주 보며 차례가 반대로 바뀌는 코스의 끝까지 앞으로 나갔다 뒤로 물러났다 하면서 우스운 이야기나 재담을 주고받는 놀이로 거의 아이들 못지않게 즐거운 시간을 보냈다.

그런 날은 아이들을 감독하는 것이 쉬웠다. 아이들의 유쾌한 기분이 어떤 면에서 우리를 해방시켜주는 셈이었다. 우리는 그런 시간을 마음껏 즐길 수 있었다. 만약 누군가 그 옆 인도로 지나가다가 발걸음을 멈추고 높은 철책 그물 사이로 우리를 관찰한 사람이 있었다면, 그의 눈에는 우리들의 세계가 보호와 아낌 속에서 내일이 보장된 별세계라는 인상을 받았을 것이다. 그리고 그것은 부분적으로 사실이라고 할 수 있었다. 그러나 이미 그 세계는 오래지 않아 다가올 불행, 그리고 불길한 유산이 이 순수한 어린 삶 속에 부려놓은 숱한 결함들을 예고하고 있는 것인지도 몰랐다.

셋은 앞으로, 다른 셋은 뒷걸음으로. 그러나 이번에는 심각한 얼굴로 우리는 우리끼리 이야기를 주고받았다. 때로 단 한 사람의 내면에 쌓인 악이나 불행과도 떳떳이 맞서서 싸우지 못하는 우리들의 무력감에 대한 이야기가 나오자 안나는 씁쓸하다는 듯한 어조로 탄식했다.

"나는 정말이지 우리 드미트리오프 녀석을 어째야 할지 알 수가 없어. 벌써 석 달 전부터 그애는 턱 하니 팔짱을 끼고 서서 내 약을 올리는 거야."

"너무 투덜대지 마" 하고 레오니가 충고했다.

"우리 반 녀석은, 차라리 팔짱이라도 끼고 있었으면 좋겠어. 이 녀석은 그때부터 아무한테나 손찌검인걸."

"너희 반 드미트리오프는 몇 살인데?" 하고 안나가 물었다.

"열한 살."

"우리 반 애는 이제 겨우 열 살이야" 하고 안나가 말했다.

"하지만 교활하고 멍청하고 고집센 얼굴을 보면 예순 살은 먹어 보여. 녀석을 도무지 어떻게 다루어야 할지를 모르겠어. 그럼, 너희 드미트리오프는 어때?" 하고 그녀가 게르트뤼드에게 물었다.

"드미트리오프 집안 애가 어디 가겠어! 이제 겨우 여덟 살인데 벌써 머리끝까지 드미트리오프 표시가 나…. 그런데 참

너희 애들도 피가 나도록 손톱을 물어뜯니? 대체 어떻게 된 아이들이 하나같이 피부는 거무튀튀한데다가 악취를, 교실 전체가 숨이 막힐 지경으로 악취를 풍기는 건지 이해할 수가 없어."

"드미트리오프 영감네 피혁공장에서 나는 냄새야" 하고 드니즈가 알려주었다.

"너희들은 그쪽 동네에 안 가봤구나? 그 사람들 사는 작은 거리 말야. 하기야 그것도 거리라고 부를 수 있을지 모르겠지만. 오 분 거리까지만 가까이 가도 목구멍이 컥 막히도록 냄새가 나. 질식할 지경이야. 피혁공장은 쿨렁쿨렁 물소리가 나는 일종의 시커먼 구멍이야. 거기서 아버지는 욕을 퍼부어대고 드미트리오프 애들은 악마들처럼 왔다 갔다 하고 있는 걸 볼 수 있어. 그런데 어머니는 말이지, 옆에 있는 오두막집 문간에 아무것도 안하고 가만 앉아만 있어. 아주 말쑥해 보여. 그걸 보면 드미트리오프집 식구들이 생각보다는 더 자주 씻는 것 같은데, 하지만 무슨 소용이 있겠어! 잠시 뒤면 냄새가 머리털에, 피부에 그냥 달라붙는데. 그 사람들 피부 색깔이야 놀랄 게 없지, 냄새나는 젖은 가죽 속에 묻혀 살다보면 그렇게 될 수밖에."

"맞아, 맞아" 하고 게르트뤼드가 말을 받았다.

"드미트리오프 하나만 보면 그 모두를 다 알 수 있어. 신부님들이 맡은 상급반에도 큰 녀석들 두셋이 더 있대. 열여섯 살… 열일곱 살… 쯤 됐을걸! 작은 녀석 하나를 그 녀석들 옆에 세워봐, 덩치가 좀 작다 뿐이지 똑같은 얼굴이야.

같은 판에서 나왔다고 해서 그렇게까지 똑같은 애들은 첨 봤어!"

"그 애들은 상급반으로 진급도 안 하나?" 하고 내가 물었다.

모든 동료들이 그 무슨 어이없는 질문이냐는 듯이 나를 쳐다보았다.

"드미트리오프 집안 애들 치고 어느 녀석도 제때에 진급한 적이 없어" 하고 레오니가 내게 알려주었다. "어떤 여선생이 그 중에서 낙제한 아이 하나를 맡게 되었는데 더 이상 어떻게 할 수가 없어서 후하게 오십 점을 줘가지고 상급반으로 올려보냈대. 교장선생님도 눈을 감아줬고. 달리 어떻게 할 도리가 없으니까."

"그애들은 아무것도 배울 생각이 없나?"

"사실상 아무것도 안 배워."

"왜? 돌대가리야?"

"아니, 돌대가리 같진 않아" 하고 레오니가 말했다.

"하지만 우선 그애들은 입학할 때 러시아말밖에 할 줄 몰라…. 일종의 러시아말이지…. 그리고 일이 바쁘면 아버지가 애들을 몇 주일 동안 계속 잡아두고 일을 시켜. 그러다가 갑자기 어느 날 엉덩이를 걷어차서 학교로 돌려보내는 거야. 그래, 돌대가리는 아냐, 하지만 당나귀처럼 고집이 세서 자기들은 학교 가서 공부하게 생겨먹지를 않았다는 것을 아버지에게 보여주려는 것인지 한사코 말을 듣지 않는 거야."

"그애들도 배우는 게 있긴 해, 사실이야" 하고 드니즈가 말했다. 상급반 이 학년 삼 학년을 맡고 있는 앙리 신부님 말을 들어보면 그 반 아이는 읽고 쓸 줄은 안대…. 물론 맘이 내킬 때 얘기지만."

신출내기 젊은 여교사인 나는 그렇게도 많은 드미트리오프 아이들 얘기를 듣고 너무나 놀랐다.

"이 학교에 그 집 애들이 몇 명이나 있는 거지?"

"드미트리오프가 몇이나 되냐고?"

레오니가 한참 동안 생각에 잠겼다.

"내가 가르친 아이만 다섯인 것은 알고 있지만. 그래, 내가 가르친 애들, 다섯 번째 드미트리오프, 그런데 교장선생님 말씀이 그것만으로도 난 훈장을 받아 마땅하대. 나이가 많은 쪽 한둘은 내 손을 한 번도 거치지 않았지만. 그리고 언젠가는 더 어린 녀석들 몇도 결국은 맡게 되겠지…. 모두 몇이나 될까! 드미트리오프 집안 애들이 모두 몇인지 아는 사람 있어?"

그러자 기이한 침묵이 깔리면서 믿어지지 않는다는 듯 동료들 시선이 모두 내게로 쏠렸다. 그들 각자의 생각이 마침내 내가 드미트리오프를 하나도 맡지 않고 있다는 데 미치게 되었던 것이다.

"드미트리오프를 하나도 안 맡아봤다고!"

감탄의 어조는 여러 가지였다. 오직 나만이 그걸 면제받았다는 점을 빈정대는 어조까지 섞여 있었다.

마침내 레오니가 이 상황을 슬기롭게 요약했다.

"조만간 그 기계도 작동을 멈추는 날이 와야 마땅해."

"하지만 바로 얘 차례에 와서" 하고 게르트뤼드가 나를 손가락으로 가리키면서 어이없다는 듯이 투덜댔다.

한편 안나는 신경이 날카로워져서 짜증을 냈다. 정열적인 젊은 여교사인 그녀는 자기 반 학생들 전원이 빠짐없이 진급을 하지 못하게 되면 가혹하게 자책을 하곤 했다. "난 별의 별 짓을 다 해봤어" 하고 그녀는 절망한 표정으로 우리들을 향해서 말했다. "아버지에게 편지를 써서 학교에 오라고 하는 수밖에 도리가 없어…."

"드미트리오프 아버지를 오게 한다고! 그건 최악의 선택일 걸…" 하고 레오니가 반대 의견을 말했다.

그러나 그때 종이 쳐서 우리는 각자 자기 반 앞으로 나가지 않을 수 없었다.

안나가 레오니의 충고를 끝까지 귀기울여 들을 여유만 있었다면 그런 발상으로 인한 무서운 결과를 피할 수 있었을 것인가? 그건 나도 확실히 알 수 없는 일이다. 인생과 교직 생활 모두에 있어서 풋내기였던 안나는 아직 말만 가지고도 모든 어려움을 극복할 수 있다고 철통같이 믿고 있었다. 인생 경험이 더 많은 레오니는 많은 경우에 있어서 긁어 부스럼은 삼가는 것이 좋다고 믿었다.

그런데 안나가 저지른 것은 바로 긁어 부스럼이었다. 그 이튿날 휴식시간에 안나가 보이지 않았다. 우리는 신경이 예민해져서 그러려니 했다. 학교 안에 여러 가지 소문들이 돌았다. 교장선생님의 요청에 따라 그 전날 경찰이 와서 드미트리오프 아버지가 드미트리오프 아들에게 입힌 상처를 확인했다는 말이 있었다. 그리고 또 안나 자신이 그 양쪽을 말리다가 주먹으로 턱을 맞았다는 말도 들렸다.

그 다음다음 날에야 여전히 창백한 얼굴에 마음의 동요를 감추지 못한 채 자기 자리로 돌아온 그녀가 그동안에 있었던 일을 우리에게 이야기해주었다.

그러니까 그녀는 드미트리오프 아버지에게, 그의 아들 이반이 문제를 일으키고 있어 그의 문제에 대하여 의논을 좀 했으면 좋겠으니 학교에 들러달라고 요청하는 편지를 써 보냈던 것이다. 그 편지가 수취인의 손에 확실히 전해지도록 하기 위하여 그녀는 옆 반의 드미트리오프인 이고르에게 편지를 맡기면서 그걸 꼭 아버지에게 직접 전하라고 시켰고, 고자질에 버릇이 된 아이들이 서로 비겁한 짓도 심심치 않게 하므로 그녀는 이고르가 시킨 대로 할 것임을 믿었다. 그 이야기를 듣자 우리는 안나가 어떻게 그런 극단적인 해결책을 동원할 생각을 했는지 도무지 알 수가 없었다. 사람은 늘 서로 얼굴을 맞대고 의논을 하는 것이 제일 좋은 방법이라는 생각은 하면서도 사실 그녀는 막상 편지를 보내고 나자 좀 두렵다는 느낌을 떨쳐버릴 수 없었다고 실토했다.

그 다음 날 아침 일찍 칠판에다가 그날 가르칠 문법 과제를 거의 다 써가고 있는데 문득 평소와 달리 등 뒤가 조용하다는 느낌이 들어서 그녀는 획 등을 돌려 교실 쪽을 바라보았다. 이반이 팔짱 꼈던 팔을 풀고 출입문 위쪽 유리 저 너머로 이제 막 나타난 어떤 얼굴을 쳐다보고 있었는데 그의 표정에는 뭐라고 말할 수 없는 공포의 표정이 어려 있었다.

그는 얼굴이 창백해져 있었다고 안나가 우리에게 설명했다. 드미트리오프 집안 사람들은 피부 색깔이 어찌나 거무튀튀한지, 그게 그들의 본래 피부색인지 아니면 가죽을 다루느라고 어찌나 지독하게 약품을 뿌려대는지 나중에는 그 약품이 그들의 얼굴마저 온통 다 익혀놓은 탓인지 알 수가 없을 지경이라는 것은 모르는 이가 없다. 그런데 아주 창백한 얼굴빛이 멀리서 보아도 갈색 피부를 뚫고, 특히 겁에 질린 코 주위에, 역력하게 드러나고 있는 것이었다.

그 광경을 보자 그녀는 얼마나 충격을 받았는지 찾아온 방문객을 쫓아버렸으면 싶었다. 그러나 어떻게?

그 남자는 출입문의 문고리를 한번 탁 치더니 대답을 기다리지도 않고 턱 하니 안으로 들어왔다.

안나가 우리에게 말했다.

"그 사람이 누군지 단번에 알아볼 수밖에! 우리 학교의 가엾은 드미트리오프 아이들을 빼다박은 틀 그대로였으니까. 키는 아주 작달막하고 몸은 바싹 말랐는데, 꺼먼 마스크 같은 얼굴에 그냥 쪽 찢어졌을 뿐인 두 눈으로 쏘아보는 눈빛이 어찌나 세차고 잔혹하고 날카로운지 정신이 하나도 없어지는 거야. 게다가 아이들한테서 피혁공장 냄새가 난다지만 그건 아버지의 냄새에 비하면 정말 아무것도 아냐. 하지만 그 남자는 아주 단정한 정장 차림으로 상당히 말쑥했어. 심지어 넥타이까지 매고 있는 것 같았는데 손에 모자를 벗어들고 있었는지 어떤지는 잘 기억이 나지 않아. 그러나 확실한 것은 다른 한쪽 손으로 내 편지를 펴서 흔들어대고 있었다는 거야. 그는 편지를 내 책상 위에 펼쳐놓고는 마치 내가 그 편지를 쓴 장본인이 아니라는 듯이 날보고 똑똑히 보라는 거야. 그 사람이 하는 짓으로 봐서 글을 읽을 줄 모르는 것 같았어. 그렇지만 그는 특히 눈여겨봐두어야 할 대목을 따로 짚어달라고 해서 알아둔 모양이었어. 그가 갈고리 모양으로 구부러지고 더러운 것이 묻은 굵은 손가락 하나로 '이반이 문제를 일으켜서'라는 대목을 짚어보였으니 말이야."

"그래서!" 그가 나에게 물었어. "이반이 문제를 일으킨다?"

내가 몇 번이나 고쳐 말했어. 이반의 잘못은 대수롭지 않은 것이니 필요하다면 아주 없었던 것으로까지 하려고 애를 썼지만 헛일이었어. 그 조그만 남자는 그 작고 성난 눈으로 나를 째려보면서 끝도 없이 나를 다그치는 거야.

"그렇게 썼지요, 썼지요, 이반이 문제를 일으킨다고?"

나는 약간 고개를 끄덕였어.

"조금, 아주 조금 문제를요."

"그래서!" 하고 그 사내가 소리쳤어. 그는 더 이상 내 말은 듣지도 않는 거야.

그는 교실의 학생들 쪽으로 돌아서더니 이반을 불렀어.

"이리 와봐, 너… 말썽꾼!"

그 다음에 일어난 일은, 안나가 한 조각 한 조각 맞추어 전체를 설명하기에는 시간이 걸렸다. 그만큼 그 장면은 광적인 흥분 속에서 전개된 것이었다. 아버지의 부름을 받고 앞으로 나온 아이는 주위 사람들의 도움을 청할 힘도 없어 보였다. 아버지는 그의 귀를 잡아당기더니 벽에다가 쾅하고 밀어붙였고 아이는 다시 튕겨나와 아버지 쪽으로 쏠렸다. 아버지는 그를 다시 거머잡아 또 벽 쪽으로 내던졌다.

이반은 항의하려고도 방어하려고도 하지 않았다. 금세 그의 코와 입에서 피가 흘렀다. 안나가 말려보려고 했다. 드미트리오프 아버지는 그녀를 팔로 밀어 여지없이 걷어냈다. 그러자 그녀는 한 아이를 시켜서 교장선생님을 모셔오게 했다. 검은 연미복과 새하얀 가슴받이 셔츠를 그토록 눈에 띄게 갖춰 입은 신부님도 드미트리오프를 압도하기에는 역부족이었다. 그 점잖으신 교장선생님을 보고도 그가 누구인지 알아보지 못하는 것이 분명했다. 그는 조금 전에 안나에게 했듯이 교장선생님을 손등으로 밀쳐냈다. 그리고 그는 이제 거의 찢어지다시피 한 이반의 같은 귀를 거머쥐고 계속하여 그를 벽 쪽으로 내동댕이쳤다. 그러자 교장선생님이 침착하게 교실의 학생 전원에게 자리에서 일어나 이반과 그의 아버지 사이를 막아서라고 명령했다. 그 사내는 자기와 아들 사이에 그 모든 아이들이 가로막고 선 것을 보자 갑자기 어찌할 바를 모르게 되었다. 그는 공격할 때 성마르고 엉큼했던 만큼이나 금방 겁을 집어먹고 말았다.

"정말 놀라웠어" 하고 안나가 말했다. "앞에 보이는 것은 오직 그저 덩치가 조그만 남자, 세상에서 가장 소심한 표정으로 두 팔을 축 늘어뜨리고 있는 새카맣고 슬픈 기둥서방

같은 사내에 불과했어. 그 표독스럽던 작은 눈의 불꽃은 완전히 꺼져버렸고."

교장선생님이 그의 어깨에 손을 올려놓자 드미트리오프 아버지는 순순히 그를 따랐다. 이번에는 그가 시키는 대로 해야할 차례였다. 경찰이 의사를 대동하고 와서 이반의 상처를 확인했다. 아이는 병원으로 보내졌고 아버지는 감옥으로 사용되는 시청 지하실로 보내졌다. 이튿날 그가 소환되자 판사는 엄중한 벌을 내려 3개월 형을 선고했다. 그러나 그동안 드미트리오프 가족의 생계는 누가 책임질 것인가? 여전히 평온한 표정의 어머니는 자기 남편을 변호했다. 자신이 알기에 남편은 도가 지나치게 아이들을 벌한 적이 없다는 것이었다. 통역하는 사람의 말을 통해서 그녀가 주장한 것이 그런 내용이었다. 이반 자신은 겁을 먹은 것인지 무심해서인지 알 길이 없으나 아버지가 저를 그렇게 심하게 때린 것은 이번이 처음이라고 주장했다. 사정이 이렇게 되었다. 아버지는 자신의 오두막으로 돌아가서 잃어버린 시간을 만회하기 위하여 두 배로 일을 하기 시작했고 이반은 귀에 큼직한 붕대를 감고 다시 교실로 돌아왔다. 마치 아무 일도 없었던 것처럼 되었다고 안나는 설명했다. 달라진 것이 있다면 다만 팔짱을 끼고 있던 이반이 마침내 팔짱을 풀었다는 점이었다.

"그러나 그 밖에" 하고 그녀가 우리에게 말했다. "내 느낌으로는 그 녀석이 전보다 더 고집스럽게 공부를 안 하는 걸로 아버지에게 복수를 하려들 것 같아."

봄이 왔다. 그 계절이 아이들에게 가져다 주는 즐거움에 힘입어 우리는 그 이야기의 가장 참담한 부분들을 차츰 잊어 버리게 되었다. 그러다가 따뜻하고 감미로운 오월 어느 날, 아이들의 즐거운 웃음소리와 떠드는 소리로 한창 시끄러워진 휴식시간에, 우리가 셋은 앞으로 셋은 뒷걸음으로 왔다 갔다 하며 놀이를 즐기고 있으려니까 게르트뤼드가 생글생글 웃으며 내뱉었다.

"이거 몰랐지! 우리 반 드미트리오프가 오늘 아침에 새 옷을 입고 왔단 말이야. 머리에서 발끝까지! 바지, 신발, 양말 그리고 멋진 새빨간 양모 스웨터까지!"

"저런! 우리 반 아이도 멋진 새빨간 스웨터를 입었는데" 하고 드니즈가 말했다.

"늘 그런 식인데 뭐" 하고 레오니가 말했다. "드미트리오프 아버지가 어느 날 공장 일손을 놓으면 그건 한 아이만 새 옷을 사 입히려고 그러는 게 아냐. 전원을 한꺼번에 다 입히는 거지. 전부 똑같이. 그러면 일이 신속해지니까! 어머니는 끼어들지 않아. 주머니에 땡전 한 푼 없으니까. 남자가 계산을 맡아. 때가 되면 그는 열두 벌, 열다섯 벌, 이런 식으로 사. 이튼 상점의 지하매장에서."

"그렇다 쳐, 하지만 새빨간 색깔을 고른다는 건" 하고 게르트뤼드가 물었다.

"그건 어떤 특정한 감정의 표시가 아닐까?"

우리는 다같이 아이들이 팔짝팔짝 뛰고 노는 무리들 쪽으로 눈길을 돌렸다. 스웨터의 빛나는 붉은색이 무슨 빛의 중

심에서 마당의 온 사방으로 광선을 방사하는 것만 같은 인상이어서 유난히 눈에 띄는 것은 사실이었다. 더군다나 그 색깔은 쏘는 듯한 검은 눈, 짙은 색깔의 늘어진 머리카락, 그리고 볕에 탄 얼굴의 드미트리오프 아이들과는 썩 잘 어울렸다. 사실 새 옷을 입어 더욱 눈에 띄는 그 아이들이 오늘은 달리기도 하고 껑충껑충 뛰기도 하면서 놀이에 더욱 열을 내며 섞이고 있어서 햇빛을 자욱이 받고 있는 스웨터의 광채가 몇 배나 더한 빛을 발하는 느낌이었다.

"너희들은 이번 주 이튼 상점에서 다섯 살에서 열여덟 살 사이의 사내아이용 스웨터 세일한다는 광고 못 봤어?" 하고 레오니가 우리에게 가시 돋친 질문을 했다.

"그렇지만 그 스웨터가 전부 다 밝은 붉은색이라곤 못할 걸. 거기에 우리 드미트리오프 아이들한테는 절대로 어울리지 않는 흐릿한 갈색이나 퇴색한 회색 스웨터도 분명 있었을 테니까."

2

　같은 해 오월 말경 어느 날 저녁, 나는 우리가 '작은 러시아'라고 부르는 구역 쪽으로 산책을 나가볼 생각이 났다. 사실 그쪽에는 우리 사회에 그리 많은 숫자가 아닌 진짜 러시아 사람들보다는 폴란드나 우크라이나 출신의 사람들이 더 많이 살고 있었다. 그래서 적어도 타향살이의 설움을 함께 나누어 가질 수 있는 다른 이민자들보다 그들은 거기에서 더 외롭게 지내고 있을 것이었다.

　날씨가 좋은 저녁이면 벌써 두세 번, 나는 그쪽으로 가서 돌아다녀보기도 했지만 이내 발걸음을 돌리고 말았었다. 그 '작은 러시아'는 좀 멀리 떨어진 곳인데다가 아마도 끝까지 내처 갈 만큼 강한 호기심을 자아내지 않았던 것이다. 그런데 이번에는 끝까지 가보았다. 정확하게 어느 순간인지는 잘 모르겠지만 나는 내가 낯선 영역으로 들어왔다는 것을, 어떤 경계선을 넘었다는 것을 느꼈다. 우선 집과 집 사이에 어떤 길이 형성되면서 거의 같은 간격을 유지하던 거리 모습이 완연히 달라져버렸다. 집들이 여기저기 아무데나 무질서하게 흩어져 있었다. 그 가난한 집들은 문이 어찌나 낮은지 머리를 숙이고 들어설 수밖에 없도록 되어 있었다. 명색뿐인 그 집들에는 그래도 곳곳에 처마와 곁방과 아래채와 토끼굴 같은 헛간을 복잡하게 달아 놓아서 그 한심한 시설들이 각각 일종의 작은 마을을 이루고 있었는데, 그 속에서 사람들은 마치 이웃들에게 신세를 지지 않고 지내려고 애를 쓴 형국이었다. 하나같이 가난하기 짝이 없는 사람들이었지만 어떻게 해서든 서로 등을 돌리고 앉아 있는 모습이었으니 말이다. 내가 살고 있는 마을에서는 한 번도 이토록 멀고 낯선 곳으로 모험을 감행하고 있다는 느낌을 가진 적이 없었다. 그러나 나는 곧 그것이 나만의 오해였다는 것을 깨달았다. 여기서는 다른 사람 아닌 내가 바로 타관사람이었던 것이다. 창문 뒤에서 손들이 움직였고 커튼 뒤에서 지켜보던 얼굴들이 놀란 눈길, 때로는 적대적인 눈길로, 오래도록 나를 따라다녔다. 여기 폴란드, 러시아 울타리 안으로 저 젊은 캐나다 외국여자가 무엇 하러 왔다지?

　나는 계속하여 길을 갔다. 넓은 들판이 내 앞을 가로막았다. 다시 들판이 되어버린 도시의 한 귀퉁이거나 아니면 우리가 간혹 목격하곤 하듯이 여러 해 동안 주위를 에워싸고 있는 도시에 한사코 저항하며 한 번도 도시가 되려고 하지 않았던 들의 한 귀퉁이였다. 거기에는 철사가 뒤섞인 낡은 두루마리 같이 생긴 회전초에 이르기까지 들에 나는 온갖 잡초가 다 돋아나 있었다. 철이 철인지라 그 잡초들은 껑충한 마른 풀, 지나간 여름의 이상한 마른 꽃 따위가 그루터기만 남긴 앙상한 모습이었다. 쓸쓸한 바람이 그 헐벗은 벌판을 쓸고 다녔다. 그 바람도 이 고장 것이 아니라 사람들과 함께 먼 곳으로부터 찾아와 그 불쌍한 사람들의 가난한 역사를 산 채로 간직하려고 애를 쓰고 있는 것만 같았다.

나는 먼 곳에서부터 벌써 안나가 말했던 그 역겨운 냄새를 느낄 수 있었다. 속이 뒤집히는 것 같았다. 이제 강물이 굽이 도는 근처, 마른 풀들 저 끝에서 나는 나직한 잡목들 사이에 끼여 있는 소굴 같은 집을 알아볼 수 있었다. 반은 강둑에, 반은 집 안을 시끄러운 소리로 가득 채우며 흐르고 있을 강물 속에 말뚝을 박아 그 위에 판자로 얼키설키 이어 놓은 흔들거리는 바라크였다. 가죽을 처리하기 위하여 강물 한쪽 끝에서 이미 더러워진 물을 퍼서 좀더 떨어진 곳에 좀 더 탁해진 상태로 내쏟다보니, 그러는 동안 바라크 그 자체가 그 갈색의 물살과 더불어 아예 떠내려 가버릴 듯이 덜컥대는 것이었다. 옆에 붙은 오두막 문턱에는 맨살이 드러난 두 팔로 팔짱을 끼고 흰 머릿수건을 턱까지 당겨 잡아맨 여자가 서 있었는데, 그 몸가짐이 보급판 러시아 소설 표지에서 볼 수 있는 그 모습과 너무나도 흡사해서 그것이 혹시 그림이 아닌지 확인하기 위하여 가까이 가서 손으로 만져보고 싶을 정도였다. 여전히 무표정한 그 여자는 내게 잠깐 눈길을 던졌는데, 그 눈길이 어느 정도 우정을 표시하는 것인지 그냥 호기심인지 나로서는 알 수가 없었다. 그리고 그녀는 집 안으로 들어가버렸다. 나는 오랫동안 진동하는 집의 문간에 혼자 서서 빛이 별로 들지 않는 집 안쪽을 식별해보려고 애를 썼다. 피혁공장은 내가 서 있는 문턱으로 이어진 강물 쪽의 또 다른 단 한 군데의 터진 곳으로만 빛이 들어오고 있었다. 그리하여 빛은 한쪽으로 들어와서 아주 가느다란 한 줄기 햇빛으로 바라크를 통과한 다음 즉시 나가버리는 것이어서 집 안의 나머지 장소들은 박명 속에 묻혀 있을 수밖에 없었다. 나는 그 속에서 부산하게 움직이는 한 떼의 어린아이들 같은 것의 실루엣을 분간해볼 수 있었다.

갑자기 빛이 비치는 통로 한가운데 마치 금빛 후광에 둘러싸인 성상의 얼굴인 양 까만 머리를 역광으로 드러내며 어떤 꼬맹이 사내아이가 불쑥 나타났다. 그는 나를 보자 너무나 놀라 그 자리에 얼어붙은 듯이 섰다. 붉은색 스웨터를 입지 않았다 하더라도 틀림없이 드미트리오프 아이들 중 하나였다. 찌푸린 검은 눈, 튀어나온 광대뼈, 불쑥 나온 귀, 이 모두가 학교 마당에서 보았던 그 모든 아이들의 모습 그대로였다. 거기다가 좀더 허약하고 병색이 돌고 겁먹어 보인다는 점이 좀 다를까. 내 눈에 아이는 다섯 살 반이나 여섯 살쯤 먹어 보였다. 그는 내게서 눈을 떼지도, 도망을 가지도 못했다. 그만큼 내가 자기네 오두막집 문턱에 갑작스럽게 나타난 것에 놀라 갈피를 잡을 수가 없는 것이었다. 내 쪽에서도 그러니까 거기에 또 다른 드미트리오프 아이가 하나 더 있다는 발견과 어쩌면 새 학기에 내가 그 아이를 떠맡게 될지도 모른다는 우려에 마음이 흔들린 나머지 나 역시 꼼짝도 할 수가 없었다. 어쩌면 운명이 점지한 것일지도 모를 이 만남의 충격 속에서 아이와 나는 서로를 빤히 쳐다보고만 있었다.

그런데 우리가 서로를 쳐다보고 있던 그 깊은 침묵을 가르며 무슨 경고인 듯한 러시아 말 한 마디가 바라크 저 안쪽 어딘가에서 불쑥 터져나오고, 금세 다른 곳에서 다급한 어조로 그 말이 되풀이, 되풀이, 또 되풀이되는 것으로 보아 나의 존재가 발각되었음을 알 수 있었다. 이윽고 그늘 밖으로 팔들이 뻗어나와 어린 드미트리오프를 덥석 잡아서 안전한 안쪽으로 잡아끌었다. 내가 감지한 그의 마지막 영상은 나를 보고 느낀 두려움의 외침을 속 시원히 토해내지도 못한 채 경련하는 작은 얼굴 모습 바로 그것이었다.

그들 모두가 한데 모여 있는 그 어둑한 구석에서, 내 가슴을 그토록 흔들어놓았던 똑같은 한 마디 말이 지금은 다른 말들과 함께 섞이면서 나에게까지 들려오고 있었다. 내가 어렴풋이 깨달은 바에 의하면 나이 든 드미트리오프 형들이 어린 동생을 진정시킨 다음, 이번에는 요행으로 위기를 모면했다는 것을 귀뜸해주는 한편으로 나에 대한 두려움을 은근히 부추기는 것 같았다. 그들이 어린 아이에게 나를 가리키며 주고받는 말 속에 가장 자주 등장하는 한 마디가 까닭 모르게 몹시 불쾌한 느낌을 자아냈다. 그들이 그 가엾은 어린 동생에게, 내가 언젠가는 그 아이를 잡으러 다시 나타날 것 같은데 그때는 내 손아귀에서 벗어날 길이 없으리라고 설명해주고 있는 것으로 짐작되었던 것이다. 그들은 자기들끼리 서로를 좋아하는 것 이상으로 막내동생을 극진히 사랑하는 것 같았지만 그 사랑은 용기를 주는 사랑이 아니었다.

그때 내게서 두어 발자국 떨어진, 빛이 비치는 곳에 아버지 드미트리오프가 나타나더니 등 뒤의 떠들썩하고 적대적인 수다를, 단칼에 베듯, 손짓으로 중지시켰다. 그는 앞치마를 두르고 있었는데 손은 여간해서 없어지지 않는 녹물 색깔이었고 수염 역시 같은 빛으로 물들어 있었다. 흐릿하게나마 흰 빛이 도는 곳이라곤 검은 눈동자 주변의 아주 얼마 안 되는 흰자위뿐이었다. 아이들이 주고받는 여러 가지 거슬리는 인사말들로 내가 와 있다는 것을 알아차린 모양이었다. 그는 안테나처럼 꼿꼿이 솟은 눈썹 밑의 메마르고 모진 작은 눈으로 말없이 나를 쳐다보았다.

내가 먼저 일종의 대화의 운을 띄웠다.

나는 손가락을 꼽아가면서 내가 기억할 수 있는 만큼의 이름들을 세어보았다. 레오니드… 사샤… 이고르… 디미트리… 유리… 그리고 그 다음에 나는 보다 더 작은 아이를 가리키는 손짓을 해 보였다. 나는 결국 마치 갓난아이를 품에 안고 흔드는 듯한 몸짓으로 그를 가리켜 보였다.

아버지 드미트리오프는 내가 무슨 말을 하려는 것인지를 알아차렸다. 그는 내가 햇빛이 비치는 곳에서 보았던 까무잡잡한 꼬마를 손가락으로 가리켰다. 그 아이는 그늘 속이긴 하지만 뒤쪽으로 가까이 다가와서 우리가 저에 대하여 무슨 말을 하는지를 듣고 있었다. 그가 내게 대답했다.

"네, 막내 드미트리오프요(Yes, him last Demetrioff)."

여간 예민한 사람이 아니고서는 그것이 유감이라는 뜻인지 슬프다는 뜻인지 천만다행이라는 뜻인지를 알 길이 없었다.

"네, 막내 드미트리오프요(Yes, him last Demetrioff)" 하고 그가 다시 말했다. 거세게 흐르는 물살 때문에 마룻바닥이 진동하는 통에 다소 떨리는 듯한 목소리였다.

대화는 거기서 멈출 수밖에 없을 것 같았다. 무슨 까닭이 었는지는 모르지만 나는 아버지 드미트리오프에게—문턱에 죽은 나무토막처럼 서 있는—정교회 사람들 식으로 작별인 사를 할 생각을 하게 되었다. 내가 러시아 부활절 때 보았듯 이 두 손을 앞쪽으로 마주잡고 머리와 허리를 아주 느리고 공손하게 수그리면서 인사하는 방식이었다. 놀랍게도 그 역 시 몸을 수그리면서 내 인사에 똑같이 답례를 했다. 고개를 들면서 그의 모질고 빛나는 작은 눈동자의 시선이 나의 시선 과 마주치는 순간 나는 얼핏 나에 대하여 전보다는 좀 덜 소 원한, 아니 어쩌면 호기심까지 담긴 표정을 본 것 같았다.

우리들이 '우리'의 도시, '우리'의 생활이라고 부른 것, 마치 내가 여러 해 동안이나 멀리 했었던 것만 같이 느껴지 는 우리의 삶으로 돌아오면서 나는 햇살 속에 동그마니 오려 놓은 듯이 나타났던 어린 드미트리오프의 모습을 내 기억에 서 떼어낼 수가 없었다. 나는 마치 나를 떠나지 않는 그 꿈 같은 느낌에서 헤어나려는 듯 큰 소리로 혼자 말했다.

"이렇게 해서 너 역시 너의 드미트리오프를 맡게 된단 말 이지!"

그때 나는 여러 해 전부터 학교와 드미트리오프 집안이

맞서온 그 어두운 사건 속에서 나 역시 어떤 역할을 맡는다는 것이 딱한 일인지 즐거운 일인지 알 수가 없었다.

3

나의 드미트리오프는 그의 형들보다 더 똑똑하지도 덜 똑
똑하지도 않은 그런 아이였다. 그는 학과의 이것저것을 조금
씩 알아듣는 것 같았지만 거의 언제나 그 다음 날이면 까맣
게 잊어버렸다. "드미트리오프 아이한테는 당연한 일이지
뭐" 하고 레오니는 나에게 용기를 주려는 듯 이해시키려들
었다. "드미트리오프 아이는 어제 배운 것을 오늘은 까먹어
버려. 그렇지만 이따금씩 꿈속에서처럼 되살아나는 것들도
있어. 절망하면 안 돼. 모든 게 다 헛되지는 않으니까."

그러나 우리 반 드미트리오프가 제 학년을 단번에 마치리
라는 희망은 갖기 어려운 형편이었다. 나는 다른 사람들이
거쳐 간 과정을 나 역시 똑같이 밟아야 한다는 생각에 마음
이 울적해졌다.

그럴진대 대체 누가 이 둔한 아이에게 우리 학교 전체 역
사상 그 유례가 없을 만큼 드문 재능이 있다는 것을 예측할

수 있었겠는가!

그날 나는 열댓 명의 학생들을 앞으로 불러내서 미리 그어 놓은 줄 안에 모델로 써놓은 m자를 보고 따라 쓰는 글씨쓰기 연습을 시켰다. 아마도 내가 그 글자는 잇달아 지평선 저 너머로 다같이 걸어가는 세 개의 작은 산이라고 소개했기 때문에, 혹은 좋은 우유를 만들어주는 암소의 뫼-뫼-뫼 하는 소리의 첫 글자이기 때문에, 아이들이 특히 좋아하는 듯해서 그 철자에서부터 쓰기를 시작한 것이었다.

아이들이 글씨쓰기 연습을 하는 동안 나는 여기저기 돌아다니면서 거의 모든 것을 하나하나 고쳐주지 않으면 안 되었다. u자 여러 개를 이어서 뒤집혀진 m자를 쓰고 있는 아이들도 꽤 있어서 놀라웠다. 또 어떤 아이들은 아예 읽을 수도 없는 글자 모양을 그려놓고 있었다. 나는 꼬마 드미트리오프에게로 가보았다. 손에 분필을 쥐자 그는 마침내 학교에 다니게 된 것이 행복한 모양이었다. 그 아이는 다른 누구 못지않게 제자리를 잘 차지하고 있었다. 나는 그가 쓴 글자들을 살펴보았다. 그 글자들은 높이도 비율도 일정한 것이 나무랄 데가 없었다. 과연 그가 쓴 획에서는 흑판 저 너머 세상 끝을 향하여 굴러가는 듯 작은 비상의 활력이 느껴졌다. 나는 정말 놀랐다. 그에게 예외적인 글씨쓰기 재주가 있다는 증거는, 글자들의 높낮이를 일정하게 맞추어 쓰라고 미리 쳐놓은 줄이 끝나는 곳에 이르러서도 그 아이는 아무 상관없다는 듯 앞서와 못지않게 똑바르고 균형잡힌 한 줄을 계속하여 써놓았다는 사실이었다. 게다가 그는 아마도 그런 종류의 글씨쓰기 재미에 너무나도 깊이 빠져든 나머지 제 몫의 흑판이 다 채워지자 옆쪽 학생의 자리로까지 계속하여 써나갔다. 옆의 친구는 자기 대신 그 싫증나는 일거리를 마쳐주는 것이 고마워서 그냥 쓰도록 버려 둔 것 같았다.

나는 칭찬의 말을 하면서 어린 드미트리오프의 어깨 위에 가볍게 손을 얹었다. 그것이 내가 그 아이에게 할 수 있는 유일한 격려의 표시였다. 그는 아직도 조금만 급작스럽게 대해도 자기를 한 대 치려는 것이라고 짐작할 정도로 겁을 집어먹고 있었던 것이다. 그는 고개를 들어 두려움과 아주 희미한 희망의 빛 사이에서 주저하는 듯한 시선으로 나를 쳐다보았는데 내가 저에 대하여 만족스러워하고 있다는 것을 깨닫자 곧 희망의 빛이 점점 커졌다. 이윽고 나를 기쁘게 해줄 수 있는 방법은 그것뿐이라는 사실을 깨달았는지 분필을 다시 집어들고 마치 일생 동안 해본 것이 그것뿐이라는 듯 글자를 동글동글하게 계속하여 써나갔다. 다른 아이들은 그가 마음대로 쓰도록 자리를 비켜주었다. 그가 혼자서 칠판 전체를 제 글씨로 온통 다 뒤덮어놓은 때문이기도 하지만 다른 아이들 역시 그토록 훌륭한 글씨 솜씨에 황홀해진 눈치였다.

나는 드미트리오프에게서 분필을 받아들고 이번에는 대문자 M의 견본을 써주었다. 그는 기이한 아이였다. 아이들은 거의 다 어떤 추상적인 개념을 파악하게 되면 기뻐서 미소를 짓는데 그는 무엇을 이해하게 되어도 미소를 짓는 일이 없었다. 다만 그의 눈의 조그맣고 새카만 동자의 어두운 빛이 한 단계 높아지는 것이 고작이었다. 그는 발끝을 들고 키를 늘이더니 내게서 분필을 받아가지고 대문자의 획을 나 못지않게, 아니 어쩌면 나보다 더 낫게 써 보였다. 어디 두고 보자, 하고 나는 속으로 생각했다. 나는 그에게서 분필을 받아서 삐친 획과 사방으로 휘감은 '장식' 획을 갖춘 유난히 어려운 필기체를 써 보였다. 내가 채 쓰기를 끝내지도 않았는데 그는 발끝을 들어 내게서 분필을 가져갔다. 골똘한 표정으로 입술을 깨문 채 노력과 긴장으로 몸을 떨기까지 하면서 그는 글자를 쓰고 나서 곧 나에게 분필을 돌려주었는데, 그에게서 나는 멀리 던진 막대기를 주인에게 물어 와서는 마치 '좀더 멀리 던져보세요' 하고 요구하는 듯한 강아지의 말없는 활기 같은 것을 느낄 수 있었다.

나는 막내 드미트리오프가 소문자 대문자로 글씨를 그렇게도 잘 쓰면서도 그 글자가 대체 무엇을 의미하는지는 전혀 알지 못한다는 것을 알아차리고 약간 환상에서 깨어나는 느낌이었다.

나는 뫼에 — 하고 우는 암소 그림 하나를 찾아냈다. 그리고 뫼에 — 뫼에 — 뫼에 하고 소리를 내었다. 반의 다른 아이들은 이 심심한 학과가 끝없이 계속되는 것에 지겨움을 숨기지 못한 채 양손을 관자놀이에 갖다대고 뿔을 만들어 보였다. 모두가 재주껏 암소 우는 소리를 냈다. 그 딱한 아이는 그것이 암소라는 것은 알겠지만 그게 학교에 뭣 하러 왔으며 특히 그 동물과 자기가 그토록 완벽하게 쓰는 법을 배운 그 멋진 글자 사이에 무슨 관계가 있는 것인지 알 길이 없어 당황해하는 것 같았다. 마침내 멀리서 일종의 깨달음 같은 것이 그의 머리를 때렸다. 그의 어두운 시선 속을 한 줄기 빛이 뚫고 지나갔다. 그는 다소 만족한 표정을 지어 보였다. 대단한 것은 아니었다. 그가 아주 좋아하는 것은 글자들을 아는 것이 아니라 그냥 그 글자들을 글씨로 쓰는 것인 듯했다. 그때 나는 그 아이가 글자들을 이해하도록 하기 위해서 어떤 방법을 써야 하는지 알 수가 있을 것 같았다.

예를 들어 P자를 가르치고자 할 경우, 제시된 단어의 첫 글자를 알아맞히고 큰 소리로 발음할 수 있을 때까지, 그리하여 그 단어를 암기할 수 있을 때까지 나는 그 아이에게 칠판에 글씨를 쓰는 것을 절대로 허락하지 않을 생각이었다.

그 가엾은 아이는 사력을 다해서 애를 썼다. 관자놀이가의 머리칼이 흠뻑 젖는 것이 보였다. 그는 다른 아이들의 눈속에서 그들은 대체 어떻게 하여 이해를 하게 되는지 그 방법을 절망적으로 찾고 있었다. 그가 그런 노력에 성공을 거둘 때 가만히 보면, 그것은 다른 아이들의 지식이 인식의 합일을 통해서 그에게 전달되는 일종의 모방 혹은 상호침투 현상에 의한 것이라는 느낌이 들었다. 그래서 자신의 삶의 목적이 오로지 거기에 있다는 듯 마침내 칠판 앞으로 나갈 수 있게 되면 그토록 힘들게 배운 학과내용을 잊어버리지 않기 위하여 그는 끊임없이 그것을 소리 내어 반복하는 것이어서, 그의 작은 손끝에서 글자들이 마치 춤을 추는 듯 해방되어 생겨나는 동안에도 그가 푀에 — 푀에 — 푀에 하고 숨을 헐떡이는 소리가 들리는 것이었다.

어떤 날에는 그에게 보상을 해주는 차원에서 칠판에 마음껏 글씨를 쓰게 해주는 때가 있었다. 어느 날 오후 나는 이를테면 그를 까맣게 잊고 있었는데 그는 칠판 앞에 나가 서서 한 시간도 넘게 보낸 것이었다. 그동안 그가 무엇을 했는지 보려고 다가간 나는 놀라 자빠질 뻔했다. 그는 알파벳 대문자 소문자 전부를 순서 하나 틀리지 않고 모조리 다 칠판에 써놓은 것이었다. 내가 가르치는 학과를 이 아이가 대체 어디서 이토록 앞질러 배웠던 것일까? 그의 재주가 자랑스러운 나머지 그의 형들이 집에서 미리 배우도록 시킨 것일까? 그렇지 않고서야 아이 스스로 그 모든 글자들을 잇달아 외운다는 것이 과연 가능한 일일까?

나는 그를 말없이 쳐다보았다. 칠판 전체를 따라 펼쳐진 자신의 쾌거가 완수되고 나자 그는 지칠 대로 지쳐 있었지만, 그래도 아직 내면의 빛은 살아 있었는지 그는 그 엄청난 피곤 저 너머로 흐릿한 미소를 지어 보였다. 그렇지만 그를 지배하는 이 열정은 대체 무엇이란 말인가? 검은 불덩어리를 안고 내면으로 향하고 있는 그의 기이한 두 눈을 바라보면서, 나는 멀리서 창조주를 찬미하면서도 자신들에게 눈길을 던져달라고 주님께 애원할 생각조차 하지 않는 교회성상 벽의 저 보잘것없고 가난한 성자들을 머리에 떠올렸다.

그리고 마침내 나는 그가 글자들을 다 쓰고 나서 한동안 그 글자들을 물끄러미 바라보고 있을 때면 거의 기도하는 듯한 자세를 취하고 있다는 사실을 깨달았다. 그는 대체 무슨 이야기를 쓰고 있기에 그 이야기를 읽을 줄은 몰라도 그것을 이해할 수 있는 것일까?

차츰차츰 나는 그가 단지 무슨 명령을 받아서 그렇게 한 사코 글씨를 쓰려고 하는 것은 아니라는 생각을 하게 되었다. 그게 아니라 어떤 아득한 굶주림 때문일지도 몰랐다. 어떤 신비스럽고도 오랜 기다림 말이다. 나는 그 가난한 어린 아이가 그의 등 뒤 먼 곳에서 누대에 걸쳐 그를 사정없이 내몰고 있는 사람들에 떠밀려 글씨를 쓸 수밖에 없는 것이라는 기이한 인상을 받았다.

그는 러시아말 이외에 몇몇 단어들을 이해하기 시작했다. 학부모의 날이 다가오고 있었다. 우리는 그들을 초청하여 수업을 참관하게 하고 교실에서 하루의 일부를 함께 보내는 것이었는데, 그들의 자녀들을 왜 교육해야 하는지를 깨닫게 하려는 목적의 일환이었다. 나는 드미트리오프에게 그의 아버지가 그날 오셔서 자신의 어린 아들이 얼마나 글씨를 잘 쓰는지 직접 확인할 수 있다면 기쁘겠다고 말했다.

4

사실, 그날 하루는 우리 교사들에게 죽도록 힘든 시간이었다. 우리 교실은 어디에 자리를 잡아야 할지 알 수 없어하는 학부모들에게 완전히 점령되었다. 그들을 위해서 교실 뒤쪽에 의자들을 갖다놓았지만 소용이 없었다. 그들은 자신들의 아이들이 생각만큼 똑똑하지 못하다는 것을 알고 괴로워한 나머지 그들에게 정답을 귓속말로 알려줄 수만 있다면 무슨 일이라도 하겠다는 심정으로 안절부절이었던 것이다. 그렇지 않으면, 그들은 집에서 보던 것과 전혀 다른 각도에서 아이를 보게 되었다는 사실 한 가지만으로 벌써부터 견딜 수 없을 만큼 신경이 예민해져 있었다. 하기야 그 중 몇몇은 뜻밖의 기분 좋은 놀라움을 맛보고 눈물을 글썽이면서 우리들에게 "우리 집 아이가 그렇게까지 영리할 줄은 상상도 못했어요" 하고 말하기도 했다. 그러나 전체적으로 보아 그날은 마음이 느긋한 날이 아니었다.

한편 우리 교사들은 그날 수업에서 가능하면 잘 보이려고 애를 쓸 수밖에 없었다. 사실 누군들 그런 날 멍청하게도 반에서 꼴찌하는 아이에게 질문을 던지려 하겠으며 일등하는 아이를 내세우지 않고 숨겨놓으려 하겠는가.

열 시경, 십여 명의 부인들 앞에서—학교에 온 사람들은 특히 어머니들이었다—나는 최선을 다해서 수업을 이끌어 가고 있었다. '하수도 청소부 아들을 너무 빛나게 하지 말 것. 경찰서장 아들에게 기회 봐서 좋은 질문을 던질 것. 벌써부터 애 어머니가 굵은 눈을 굴리고 있거든. 그렇지만 공정하다는 것이 분명히 드러나게…' 바로 그때 문이 쾅, 하고 열리면서 아버지 드미트리오프가 피혁공장 냄새와 함께 들어섰다. 하긴 그는 기름 칠한 가죽처럼 반짝반짝 윤이 날 정도로 뺨에 비누칠을 해서 보기에 말쑥한 모습이었고 벽돌 색깔의 큼지막한 두 손으로 아주 새 것인 차양 달린 모자를 어루만지고 있었다.

그는 족제비 같은 작은 눈으로 좌중을 한 바퀴 둘러보더니 교실 저 안쪽 가장 가난한 학부모들 가운데로 가서 자리를 잡고 섰다. 그러지 않아도 그들은 너무나 소심해서 오히려 나를 가장 난처하게 만들고 있었다. 그는 곧 교실 한가운데쯤에 앉아 있는 자신의 아들을 알아보고는 그에게서 거의 눈을 떼지 않았다. 그런데 아이는 그 시선을 받자 도무지 마음이 편치 않아졌는지 매순간 겁에 질린 눈으로 거기에 어떤 식으로든 응답하지 않으면 안 된다고 느끼는 눈치였다.

그들은 서로 미소를 보내지도 않았고 몇몇 학부모들과 아이들 사이처럼 애정 어린 인사말을 주고받는 것은 더욱 아니었다. 그렇지만 그들 사이에는 뭔가 흐름이 전해지고 있었다. 도전? 희망? 두려움? 그런 것과 은밀한 긴장을 서로 분간하기는 쉽지 않았을 것이다. 나는 속으로 제발 우리 어린 드미트리오프가 모든 능력을 다 잃어버리지는 말아주었으면 하고 바랐다. 사실 내가 그의 아버지를 초대한 것은 그 전년도에 그런 말썽을 일으켰으니 학교에는 절대로 발을 들여놓지 않으리라고 확신할 수 있을 것 같아서였다. 그런데 그가 나타났으니 여간 당황한 것이 아니었다. 나는 끊임없이 한 눈으로 그를 감시했다. 어찌나 마음이 불안한지 어떤 순간에는 내가 무엇을 하고 있는지 알 수가 없을 지경이었다. 여전히 모자를 손에 들고 맨 뒷줄에 서 있는 그는 아주 소심한 인상이었다. 그러나 안나 역시 처음에는 그가 호인다운 사람인 줄로만 알았다가 낭패를 보았었다.

갑자기 나는 더 이상 참을 수가 없어졌다. 우리 어린 드미트리오프가 두각을 나타내는 것은 글읽기나 셈이 아니었다. 내 질문에 대답할 때 오직 그 아이만 손을 들지 않고 있었다. 그러자 아버지 드미트리오프는 모든 아이들이 다 내게로 손을 쳐들고 있는데 자기 아들만 제자리에 가만히 앉아서 전혀 꼼짝도 않는 것을 보자 놀라기 시작하는 눈치였다. 그러나 어쩌면 그는 무슨 일이 벌어지고 있는지, 왜 저 아이들이 매순간 팔을 쳐드는 것인지 전혀 이해하지 못하는 것인지도 모르는 일이었다.

나는 즉시 글씨쓰기 공부로 옮겨가기로 마음먹었다. 나는 학부모들을 향해서 '글씨 쓰는 재능'은 어렸을 적부터 인생을 살아가는 데 있어서 훌륭한 성공의 조건이라는 것을 설명하며 간단한 연설을 했다. 나는 또 손가락으로 글씨를 쓰는 것을 가르치자는 것이 아니다. 그것은 어린이의 신경체계나 모든 행동에 좋지 않은 것이다. 그래서 팔목으로, 나아가서는 권장된 방식에 따라 팔꿈치로 쓰는 것을 배우는 것이 좋다. 나는 아이들이 기분 좋은 리듬을 타도록 도와주기 위하여 칠판에 글씨를 쓰면서 노래를 부르게 한다는 것 등도 말해주었다.

나는 드미트리오프를 포함하여 우리 반의 거의 반수 이상의 학생들을 칠판 앞으로 내보냈다. 그들은 노래를 부르며 신이 나서 글씨를 쓰기 시작했다. 그것은 우선 모두가 다 경쾌한 노래 덕분에 그 과목에 재미를 느끼게 되었기 때문이고, 또 어쩌면 그들이 그 공부를 좋아하도록 내가 많은 의욕을 보였기 때문이었다.

학부모들은 앞으로 다가서거나 자기들 자리에서 그들의 아이들이 글씨 쓰는 것을 좀더 잘 보기 위하여 몸을 수그렸다. 나는 그 중 몇몇이 얼굴을 찡그리는 것을 보았다. 그러나 대다수는 너그럽게 미소를 지었고 어머니 두 사람은 서로 축하한다는 뜻으로 일종의 눈인사를 주고받았다. 그러나 자기들의 아이가 하는 모습을 여유 있게 보고 난 다음 모든 어머니들의 시선이 이제는 어린 드미트리오프가 글씨를 쓰는 쪽으로 정신없이 쏠려 있었다.

나로서는 도저히 설명할 길이 없는 일이지만, 아이는 그의 습관에 따라 자기가 맡은 칠판의 네모 안을 밑에서부터 채워나갔다. 이제 그는 발끝을 쳐들고 서서 칠판의 윗부분을 채우고 있었다. 자기 일에 몰두하는 바람에 그는 자신이 지금 어디에 있는지를 까마득히 잊은 채, 자기가 지금 주의 깊은 침묵 속에서 완전히 굳어진 교실 전체의 주시의 대상이 되고 있다는 것을 전혀 알지 못하는 것 같았다. 이런 말이 적절할지 모르겠지만 그는 영감을 받은 듯이 글씨를 쓰고 있었다. 그가 정성을 다하여 쓰고 있는 것은 분명했다. 혀끝을 빼물고 머리통 양쪽이 땀에 젖은 채, 그러나 동시에 그는 자신의 힘을 넘어서는 어떤 힘, 옛날에는 집단적이고 신비스러우며 무한한 것이었던 어떤 열정에 의하여 떠받쳐지고 있는 것 같아 보였다. 아마도 옛적에 수도원에 거두어들여져서 성화들 밑에다가 자신은 그 첫줄부터 무슨 뜻인지 알지도 못하는 저 불멸의 설명문을 진종일 필사하면서 빵을 벌어먹던 어린 필생(筆生)들이 바로 그렇게 글씨를 썼을 것이다. 흙빛 얼굴 위로 검은 머리카락을 늘어뜨리고 두 눈을 가늘게 찌푸린 채 기도하는 듯한 표정인 그는 어쨌든 성상이 그려진 교회의 저 안쪽, 화려한 복장을 입은 수도원장 뒤에서 보잘것없는 자리를 하나 얻어 일하는 저 무명의 어린 장인들을 연상시키기에 족했다.

아버지 드미트리오프는 마치 새라도 놀라게 하지 않을까 걱정하듯 조심조심 다가갔다. 그는 황홀하고도 놀랍다는 표정으로 자신이 다듬어놓은 그 조그만 갈색의 손을, 그리고 다음에는 글자들을 물끄러미 바라보았다.

드디어, 무슨 장난을 하려는 것이었을까? 그는 어린아이에게서 분필을 뺏어 쥐더니 칠판의 위쪽 남은 자리에 자기도 글자들을 몇 자 만들어보려고 애를 썼다. 서툴지만 감동적인 그의 노력에 가벼운 미소가 좌중을 스치고 지나갔다. 그 웃음소리에 영감은 우정 어린 신음 소리 같은 것으로 답했다. 그는 분필을 아이에게 돌려주고는 계속해서 글씨를 쓰라고 권하듯 그의 등을 떠밀었다. 꼬마는 기다렸다는 듯이 쓰기 시작했다.

그러자 잠시 후 아버지는 지우개를 잡고 칠판 가득 경건하게 써놓은 모든 글씨들을 다 지웠다. 그리고 다시 아이의 등을 밀었다. 아이는 즉시 전번과 다름없는 인내심과 열정을 가지고 글자들을 써나가기 시작했다. 그는 언제나와 마찬가지로 정성스럽게, 경건하게 그 글자들을 모두 다 다시 썼다. 대체 그 아이는 그 무슨 꿈에 복종하고 있는 것이었을까?

그리고 아버지는? 갑자기 그 작고 어두운 두 눈 속 깊숙한 곳을 헤아려보다가 나는 어린아이의 얼굴에서와 똑같이 이상하고 고집스러운 열정이 빛을 발하고 있는 것을 본 것 같았으니 말이다.

맨 꼭대기에, 두 줄로 칠판의 나머지 부분과 분리되어, 대문자와 소문자로 된 알파벳이 장식 테를 이루고 있었다.

사실 나는 활짝 핀 튤립꽃들을 그린 종이테이프를 이제 막 뜯어낸 참이었다. 그 테이프로 나는 글자들을 가려놓았다. 글씨쓰기 모델로 사용하기에는 너무 뽐내어 쓴 글씨였고, 내 선배교사들 중 한 사람이 힘들여 써 붙여놓은 것이기에 아직 아주 지워버릴 용기는 없기 때문이었다. 그런데 바로 이때 아버지 드미트리오프가 그 과장된 필체의 글씨들 중 한 글자의 밑에 굵은 손가락을 갖다대고는 꼬마의 등을 떠밀었다. 막내둥이 드미트리오프는 즉시 실시했다. 아버지가 그 중 아무것이나 또 다른 글자 하나를 선택하자 이번에도 아이는 글씨를 썼다. 더욱 순수하고 소박하여 어딘가 고전적인 그 무엇이 느껴지는 그 나름의 독특한 글씨체였다. 그러자 아버지는 교실 쪽으로 돌아섰다. 그는 우리들 모두를 증인 삼아 한 치 의심할 여지도 없이 막내 드미트리오프가 글씨를 쓸 줄 안다는 것을 확인하려는 듯이 그의 작고 빛나는 눈으로 우리들을 빤히 쳐다보았다. 아이에게나 그에게나 어쩌면 글자를 안다는 것은 중요하지 않았다. 글자들의 획을 그리는 재능이 벌써 기막힌 것이다.

서투른 손으로 그는 어린아이의 어깨를 잡았다. 그는 거칠게 그 어깨를 한동안 주물러대더니 너무 난폭하게 다루지 않으려고 애를 쓰면서 아이의 머리를 자신의 두 팔 쪽으로 끌어당겼다. 꼬마는 아직도 채 긴장이 누그러지지 않았는지 뻗대고만 있었다. 마침내 그는 겁에 질린 작은 얼굴을 아버지의 옷소매에 묻은 채 가만히 있었다. 그리고 겁에 질린 두 눈을 아버지에게로 쳐들었다. 그러자 위에서 아래로, 아래에서 위로 미소가 오갔다. 너무나 짧고 너무나 서투르고 너무나 망설이는 미소여서 아무래도 그 두 얼굴 사이에서 오가는 것으로는 정말 생전 처음인 것 같았다.

집 보는 아이

1

　그해에 내가 부임한 학교는 말하자면 마을의 한 부분이라고 할 수 있었다. 비록 암소가 풀을 뜯고 있는 상당히 넓은 들판이 사이에 가로놓여 있어서 심지어 마지막 몇 채의 집들과도 한참 떨어진 채 마을 한쪽 끝에 처져 있기는 해도 말이다. 그처럼 외따로 떨어져 있어도 나는 가난한 집 몇 채가 고작인 그 쓸쓸한 마을에 속해 있는 것이었다. 그것은 분명한 사실이었다. 마을이라고 해봐야 대부분 페인트칠도 하지 않은 나무로 지은 것이어서 완공하기도 전에 벌써 황폐해져버린 집들, 이웃 마을과 그 마을의 너무 부티 나는 교회에 대한 대항의식 때문에 지었던 작은 예배당이 전부였다. 사실 바로 그 대항의식 때문에 이웃 부자 교구의 신부는 한 번도 이곳으로 발걸음을 하려들지 않았고 그리하여 예배당은 차츰차츰 잊혀진 채 허물어져가고 있었다.

　또 학교의 창가에 서서 내다보면 그 시절에 흔히들 짓곤 했던 따분한 역사, 밀을 저장하는 사일로,* 물 저장탱크, 여러 해 전부터 땅바닥에 내려 놓인 채 움직이지 않고 있는 커부스 차장차 같은 것이 눈에 들어왔다. 그 모두가 생기도 광채도 없는 그 끔찍한 황소 피 같은 붉은색으로 칠해져 있었는데, 그것은 생기가 없으니까 그만큼 오래가고 따라서 경제적인 색깔이라고 했다. 물론 가장 지배적인 것, 즉 마을의 너무 넓은 큰길도 보였다. 나무 한 그루 없고 거의 언제나 바람만 제멋대로 휩쓸고 지나갈 뿐인 그 음산한 비포장대로는 대공황 첫해 캐나다 서부의 거의 모든 마을들의 길이 그러했듯 구슬프고 먼지 많은 길이었다. 그것은 인생에 실망하여 심사가 뒤틀린 나머지 겨우 먹을 것 정도만 가지고 은퇴한 농부들, 집안에만 틀어박혀 사는 늙은이들, 근근이 생활을 꾸려가는 소상인들의 마을이었다. 거기에는 용기도 믿음도 내일에 대한 희망도 얻어낼 것이 없었다. 그러나 그 반대편으로 눈길을 돌리면 모든 것이 딴판이었다. 희망이 넘칠 듯이 흘러드는 것이었다. 나는 미래를 마주보고 있는 느낌이었다. 그리고 그 미래는 내 생애에 있어서 한 번도 허용받지 못했던 가장 매혹적인 빛으로 반짝거리고 있었다.

사실 그쪽에 볼 만한 것은 아무것도 없었다. 집의 지붕도, 광도, 심지어 대풍년은 들었으나 팔 곳이 없어 재고가 많을 때 평원 지역 어디서나 볼 수 있는 조그만 밀 창고들마저 눈에 띄지 않았다. 오로지 보이는 것이라고는 약간 높아지는 듯싶은 오르막 흙길 한 토막뿐인데 그 길은 조금 굽이돌다가 곧 끝 간 데 없는 지평선 저 너머로 사라져버렸다. 그러니 오직 하늘과 지평선의 짙푸른 빛과 대조를 이루는 검고 기름진 흙의 고원이 전부였다. 그리고 가끔 옛적의 범선들처럼 구름들이 돛을 활짝 편 채 지나가고 있었다. 이토록 젊은 고장에서 어찌하여 희망은 그 인적 없는 황량한 공간들과 기막힌 침묵으로부터 우리를 찾아오는 것이었을까?

사실 내 학생들의 절반 이상은 마치 사람이 살지 않는 것 같은 그 미개지 쪽에서 오고 있었다. 날씨가 너무 추워지지 않는 한 10월 중순이나 혹은 그보다 더 늦게까지, 비가 거세게 쏟아지는 한두 번의 아침을 제외하고, 그들은 모두가 걸어서 등교했다.

개학 첫 주일부터 나는 들판 쪽을 향해 놓여 있는 내 책상에 앉아서 그들이 오는 것을 목놓아 기다리는 데 습관이 되었다. 나는 학과수업을 미리 준비하기 위하여 아주 일찍 학교에 왔다. 그럴 필요가 있는 것이, 나는 1학년에서 8학년까지 여덟 개의 조로 나누어진 40명의 학생들을 맡고 있었던 것이다. 그렇게 많은 조를 수용해야 하는 것이 그런 시골 학교들의 큰 어려움이었지만 그것은 또한 그들의 놀라운 장점이기도 했다. 왜냐하면 나이가 서로 다른 아이들은 한 가족과도 같아서 그 자체로서 하나의 세계를 이루는 것이어서 오늘날 같으면 하나의 공동체라고 할 수 있었기 때문이다.

흔히 나는 수업이 시작되기 전에 준비를 다 마치곤 해서, 칠판은 본보기들과 그날 풀어야 할 문제들로 가득 차 있었다. 그래서 나는 책상에 가 앉아서 우리 학생들이 나타나기를 기다리느라 마음이 급했다. 나는 한 줄기 작은 오르막길에서 눈을 떼지 못했다. 거기에, 아이들이 하늘 저 밑으로 가벼운 꽃장식 띠 같은 모양을 그리며 하나씩 하나씩, 혹은 무리를 지어 나타나는 모습을 볼 수 있는 것이었다. 매번 나는 그런 광경을 바라보면서 가슴이 뭉클해졌다. 나는 광대하고 텅 빈 들판에 그 조그만 실루엣들이 점처럼 찍혀지는 것을 볼 때면 이 세상에서 어린 시절이 얼마나 상처받기 쉽고 약한 것인가를, 그러면서도 우리들이 우리의 어긋나버린 희망과 영원한 새 시작의 짐을 지워놓는 곳은 바로 저 연약한 어깨 위라는 것을 마음속 깊은 곳에서 절감하는 것이었다.

나는 또한 그때 세상 구석구석으로부터 그들이 나를 향하여, 따지고 보면 그들에게 한낱 이방인에 불과한 나를 향하여, 길을 걸어오고 있다는 사실에 큰 감동을 느끼고 있었다고 생각한다. 오늘날에도 여전히 알지도 못하는 그 누군가에게, 나의 경우처럼 사범학교를 갓 졸업한 경험 없는 풋내기 여교사에게, 사람들은 이 지상에서 가장 새롭고 가장 섬세하고 가장 쉽게 부서지는 것을 위탁한다는 것을 느낄 때면 가슴이 뭉클해진다.

그처럼 거리가 멀리 떨어져 있어도 나는 아이들을 보면 이내 누가 누군지 분간할 수 있었다. 바디우 집안 아이들. 서로 손을 잡고 있는 것을 보면 알 수 있다. 오르막길에서만이 아니라, 나중에 안 일이지만, 거의 2마일 떨어진 농장에서부터 줄곧 서로 손을 잡고 온다. 마음이 불안한 어머니가 다섯 살 반짜리 꼬마는 여섯 살 반짜리 누이에게, 그 누이는 어린 오빠에게 맡겼기 때문이다. 아마도 이렇게 줄곧 손을 잡고 오면서 그들은 각자가 서로에게 보호자가 된 듯한 느낌을 가질 것이다. 셸리니 집안 아이들은 다섯 명 모두 아주 바싹 붙어서 무리를 이루고 온다. 오직 이단자 이반, 반항자 이반만이 뒤에 처져서 발을 질질 끌며 따라오고 있는데, 맏이 아델이 연신 뒤를 돌아다보며 빨리 좀 오라고 재촉한다. 우리 오베르뉴 출신 꼬마들은 별도의 무리를 이룬다. 이탈리아 출신들과는 절대 섞이지 않고 브르타뉴 출신들과는 더더욱 안 어울리는데 '기를 쓰고' 걷는 모습만 봐도 곧 분간이 된다. 날씨가 좋은 날이나 궂은 날이나, 시간이 늦으나 많이 이르나 상관없이 늘 정신없이 뛰어오고 있는 모리소 형제. 제일 큰 아이가 선두에, 제일 작은 꼬마가 맨 뒤에, 변함없는 걸음으로 서로 간에 똑같은 거리를 유지하고 지평선을 배경으로 사닥다리를 만들며 오고 있는 라샤펠 집안 아이들. 끝으로, 거의 언제나 혼자, 흔히 꼴찌로, 툭하면 지각생이 되어, 등에 멘 책가방이 힘에 겨운 듯 두 어깨를 앞으로 내민 채 발걸음을 재촉하는 꼬마의 실루엣.

아! 그 녀석, 나는 그 아이를 머리에 떠올릴 때면 늘 또다시 가슴이 메인다!

이름은 앙드레였다. 앙드레 파스키에. 그는 열등생이 아니었다. 전혀 아니었다. 집안이 궁색한 것도 아니었다. 그러나 뭐랄까, 그는 열심히 공부하고 성의 있는 아이로 이렇다 하게 꼬집어서 나무랄 데는 없으면서도 늘 딴 데 정신이 팔려 있었다. 뭔가 걱정이 있는 아이 같았다. 아마도 무슨 집안 걱정이 있어 학교에 와서까지도 마음에서 떨쳐버리지 못하고 애를 태우는 것 같았다. 그리고 또 그는 교실에 도착했을 때 이미 지칠 대로 지쳐 있었다. 그러니 그에게서 무슨 노력을 기대할 수 있겠는가! 집에서 이미 너무 많은 일을 하고 있는 것이 아닌가 싶었다.

어느 날, 반의 다른 아이들은 별로 시간이 걸리지 않고 간단히 해치운 문제를 가지고 풀지 못해 애를 쓰는 그를 보고 나는 그의 옆을 떠나지 못한 채 한참을 관찰했다.

"아니 왜 그러니, 앙드레? 피곤하니?"

"네, 조금" 하고 그가 말했다. 육체적으로 너무 지쳐서 진이 빠진 사람처럼 그의 두 눈이 풀려 있었다.

"집에서 일을 많이 하는 모양이지?"

"아니 그렇게 많이는 안 해요. 그냥 조금요. 어쩔 수 없는 걸요. 맏이니까 아버지를 도와야죠."

"걸어서 오니… 그 먼 데서?"

"2마일 반쯤 돼요."

맙소사! 그런 아이를 바로 그 전날만 해도 지각이라고 나는 야단을 쳤으니.

"상당한 거리구나" 하고 내가 그에게 말했다.

"아, 거리는 아무것도 아녜요" 하고 그가 내게 미소를 짓기까지 하며 말했다.

"바깥 공기를 쐬면 건강에 좋은걸요."

나는 그가 문제를―당장의 작은 문제를―풀도록 도와준 다음 생각에 잠겨서 자리로 돌아왔다. 그때부터 그 아이의 생각이 내 마음을 떠나지 않았다. 나는 그 아이가 적어도 배움을 통해서라도 너무나 힘들어 보이는 그의 삶에서 벗어날 수 있는 가능성을 찾아내도록 도와주어야겠다고 굳게 마음 먹었다. 나는 그가 반에서 기어코 좋은 성적을 올렸으면 싶었다. 그런데 어떤 방법이 좋을까? 방과 후에 남으라고 해서 함께 복습을 할까? 그렇게 되면 그의 하루 일과만 더 길어지는 것이 아닐까? 수업시간에 그에게 특별한 주의를 기울인다? 그 아이는 과민하고 자존심이 강했다. 그걸 알아채면 그는 더 내성적이 되어 제 속으로 꼭꼭 숨어버릴 것이다. 그렇지만 그것이 내가 그를 도울 수 있는 유일한 수단이었으므로 결국 그렇게 하기로 했다. 그러나 최대한 은근한 방법으로. 그게 먹혀들었다. 나는 일주일 만에 그가 다른 아이들과 거의 동시에 문제를 풀게 된 것을 보고 여간 마음이 놓이는 것이 아니었다.

나는 그를 칭찬해주었다. 그러자 자기 자신도 놀라서 어쩔줄 몰라 하는 그 아이가 과연 학교에 도착하면 이미 피곤할 대로 피곤해져서 혹시 술이 취한 것은 아닐까 의심마저 들었던 그 꼬마가 틀림없는지 알아보기 어려울 지경이었다.

"그것 봐, 마음만 먹으면 되잖아, 앙드레!"

그리고 나는 손을 내밀어 아이의 뺨과 이마를 쓰다듬어주었다. 전에는 그렇게 하려고 하면 멈칫 뒤로 물러섰는데 이제는 그러지 않고 이마에 흘러내린 제 머리카락을 쓸어넘겼다.

이때부터 그는, 아직 힘겨운 모습으로, 때로는 슬픈 얼굴로 지각을 하는 일이 있긴 했지만, 낮 동안에는 조금씩, 나이에 어울리지 않는 심각한 걱정보다는 경쾌하고 따뜻한 아이의 마음이 표정에 나타나면서, 열 살 먹은 아이답게 천진 난만한 순간을 즐기는 자신에 스스로도 놀라는 것 같았다.

어느 날, 나는 무엇인지 잘 기억나지는 않지만, 어떤 것을 가지고 그가 다른 아이들과 함께 웃어대는 소리를 들었다. 나는 깜짝 놀라 멈칫했다. 나는 그의 책상 옆으로 가서 공책 을 검사해보았다. 그가 많은 발전을 한 것이 분명했다.

나는 그에게 물었다.

"부모님은 네가 꼭 공부를 해야 된다고 하시지?"

"아, 그럼요! 아버지는 늘 제가 아버지처럼 배운 것도 없 고 직업도 없고 아무것도 가진 것이 없는 사람이 되면 안 된 다고 하셔요."

나는 집안 얘기만 나오면 그의 눈빛 속에 되살아나는 그 심각하고 고통스러운 기색을 반드시 쫓아내야겠다는 생각이 들어서 아이들에게 반은 웃으며, 반은 진지하게 말했다.

"너희들, 앙드레를 우습게보면 안 된다. 얘는 거북이처럼 출발은 늦지만 너희 토끼들보다 먼저 골인할지 알 수 없으니 까 말이다."

앙드레는 내게 주저하는 듯한 시선을 던졌다. 거기에는 '아무리 그렇지만 이건 좀 과하잖아요…' 하는 듯한 어른스 런 나무람과 동시에 어느 어린이나 다 지니고 있는 불가능에 대한 열광적 믿음의 섬광이 담겨 있었다.

대체 무슨 영문으로 내가 이토록 지각없는 희망을 내 마 음속에다, 그리고 그 아이의 마음속에 키우게 되었던 것일 까? 우리 둘 중에 더 철이 없는 것은 오히려 나였다.

수업이 있는 날은 오후 네 시가 되면 나는, 젊은 활력에도 불구하고, 너무나도 진이 빠지고 속이 허해져서 내 앞에 무더기로 쌓인 노트들에는 손을 댈 엄두도 못 낸 채 한참 동안이나 멍하니 책상에 앉아 있곤 했다.

내가 그 작고 외로운 언덕길로 눈을 들면 지평선의 스크린 위에는 아침에 본 그 짧은 필름이, 이번에는 역순으로 펼쳐지는 것을 볼 수 있었다. 이제는 앙드레가 두 어깨를 앞으로 내밀고 급한 일거리가 기다리는 곳을 향해 돌아가는 어른 같은 거동으로 앞장서 발걸음을 재촉하고 있었다. 다음에는 라샤펠 집안 아이들. 이번에는 줄지어 가는 것이 아니라 이상하게도 저녁에는 나이 든 아이들이 어린 동생들의 손을 잡고 걸었다. 오직 바디우 집안 아이들만이 아침이나 저녁이나, 이 주일에나 저 주일에나 변함없이 서로 손잡고 우아하고도 지칠 줄 모르는 동작으로 함께 모은 두 팔을 흔들어대고 있었다. 나의 이 모든 어린이들은 저마다 제 걸음, 제 방식으로 약간 높아지는 언덕길을 걸어 올라가면서 해질녘이면 흔히 벌겋게 불붙는 하늘을 배경으로 잠시 동안 뚜렷하게 고정되어 있다가 언덕의 어두운 쪽으로 금세 삼켜져 사라지는 것이었다. 나는 아침 못지않게 가슴이 뭉클해졌다. 그러나 다른 방식으로. 이번에는 내가 아이들을 잃어버리는 것이었다. 잠시 동안 그들이 길 꼭대기에 이르러 빛의 후광에 쌓여 있는 것 같았는데 이윽고 낯선 누군가가 그들을 그만 내게서 빼앗아가는 것이었다. 그럴 때면 나는 알지 못하는 저 머나먼 농가에서 지내는 그들의 삶을 상상해보려고 애를 썼다. 물론 저곳의 삶과 학교에서 지내는 우리들의 삶 사이에는 무한한 거리가 가로놓여 있으리라고 어렴풋이 짐작이야 했지만 나는 아직 현실과는 거리가 멀었다. 그 두 가지 삶 사이에는 그야말로 뛰어넘을 수 없는 경계선이 존재하고 있는 것이었다. 그렇지만 나는 그 격리된 농가들에 발을 들여놓고 그 침묵과 때로는 적대감으로 가득 찬 작은 집안으로 맞아들여지는 날을 꿈꾸었다. 그런데 마침내 바디우집 어린 여자아이 덕분에 기적적으로 그런 기회가 내게 주어졌다. 어느 날 그 아이는 내 책상 앞으로 쪼르르 달려오더니 어머니가 간곡히 일러주었다면서 참새가 지저귀듯 여리고 새된 목소리로 한마디 한마디를 그대로 옮겼다.

"선생님, 우리 엄마가요, 이렇게 말씀드리래요. 선생님이 편하신 날을 골라서 언제든 우리 집에 한번 오셔서 저녁식사를 해주신다면 더없이 기쁠 거라고요."

그 엄숙한 초대의 말을 한 마디도 빼놓지 않고 옮기기 위하여 그 어린 여자아이 뤼시엔느는 한 군데도 쉬지 않고 단숨에, 심지어 두 눈까지 꼭 감은 채 읊어나갔다.

나는 너무나 기뻐서 말했다.

"그럼, 가고말고, 뤼시엔느. 기꺼이 가지. 아니 그럴 것 없이 오늘 저녁 당장이라도 좋지 않을까? 오늘은 날씨도 이렇게 좋은데."

과연 한두 번, 밤에 하얗게 얼음이 얼고 난 뒤에 돌연 철 맞지 않는 야만의 여름이 되돌아왔다. 가장 날씨 좋은 여름날처럼 더워진 것이다. 그러나 누구나 잘 알다시피, 10월의 이같이 따뜻하고 빛나는 날들은 예외적이어서 금방이라도 물러가버릴 수 있는 것이었다. 나는 그런 기회를 잃어버리고 싶지 않았다.

어린 여자아이는 큰 만족감과 다소의 난처함 사이에 발목이 잡힌 채 주저하고 있었다.

"엄마가 집안일도 하고 이삭도 주워야 하고 해야 될 텐데, 케이크를 구울 시간도 없을 것 같아서요."

그러면서 아이는 아낙네가 아낙네한테 건네는 것 같은 곤란한 말을 할 때마다 두 손으로 제 옆구리를 톡톡 쳤다.

"하다못해 케이크도 준비 못 하면 엄마가 섭섭해하실 거예요."

"그럼 어때! 중요한 건 케이크가 아니라 같이 만나는 거야."

---

* **사일로** : 가축의 사료 등을 저장해두는 저장고.
** **야만의 여름** : 흔히 '인디언 섬머'라고 더욱 널리 알려진 북반구의 특이한 기후 현상으로, 가을에서 겨울로 접어들면서 첫서리가 내리고 난 뒤 이상적으로 한여름 같은 덥고 화창한 날씨가 잠시 나타날 때, 이를 가리켜 캐나다 생-로랑 지역에서는 '야만의 여름(l'été des Sauvages)'이라고 한다.

2

오후 네 시에, 내가 저희들 쪽으로 간다고 하니까 꽤 많은 아이들이 예의상 현관에서 나를 기다리고 있었다. 우리는 다 같이 출발했다. 그러나 이를테면 무리 속에 또 무리가 만들어졌다. 처음부터 바디우 집안 아이들은 특별히 신경을 써서 그 날 저녁에는 내가 자기들 차지라는 것을 분명히 하기 위하여 뤼시엥은 내 왼쪽에, 뤼시엔느는 내 오른쪽에 자리를 맡았기 때문이었다. 그들은 저희들끼리 그랬듯이 내 양손을 하나씩 꼭 잡고서 어찌나 신나게 흔들어대는지 얼마 가지 않아서 나는 팔이 끊어질 것만 같아 제발 손을 놓고 가자고 빌었다. 내 손을 놓아주고 나자 아마 그들 자신도 잠시 동안 서로에게서 놓여났다는 것을 느낀 모양이었다. 뤼시엥은 눈으로, 나무 막대기로, 벌레 구멍을 살피고 쑤시고 뤼시엔느는 스커트에 버섯을 따 담으며 이리저리 쫓아다녔으니 말이다. 그러다가 그들은 다시 내 옆자리로 돌아와서, 누가 그 자리를 차지하려들면 위협적으로 막았다. 그러나 결국 내가 정말로 그들에게서 벗어날 수 없다는 것을 깨닫자 마침내 감시를 늦추었다. 그렇지만 끈질긴 오베르뉴 출신 집안 아이들도 그들의 입지를 넓혀가기 시작했다. 이내 우리는 친구까지는 못 되어도 대체로 단합된 하나의 무리를 이루게 되었다. 오직 앙드레만이 앞장서서 걸었다. 그러나 전체 무리와 완전히 떨어져 있는 것은 아니었다. 그는 우리와 상당히 멀어졌다 싶으면 발걸음을 늦추거나 심지어 제자리에 서서 우리를 기다리기도 했다. 그러나 이내 자신도 모르게 다시 잰걸음으로 걷기 시작하는 것이었다. 천천히 걷는 법은 한 번도 배운 적이 없는 아이처럼.

우리는 조그만 언덕길에 이르렀다. 잠시 걸음을 멈추고 뒤를 돌아보았다. 나는 내 자리, 내 책상에 앉아서, 늘 저희들끼리만 있는 모습을 그토록 여러 번 보았던 그 아이들과 함께 길의 꼭대기로 올라가고 있는 나 자신을 바라보는 나를 마음속으로 그려보았다. 그러자 상상이 내게 투영해주는 그 이미지가 흐뭇하게 느껴졌다. 이곳에서 바라보니 학교는 학생 수가 많았던 옛날에 또 다른 한 학급을 수용했던 이층이며 멀리서 보면 아직 어느 정도는 흰빛이어서 그 흐릿한 전체 풍경 속에서 제법 눈에 잘 띄는 편인 퇴색한 페인트칠과 더불어 생각보다는 더 크고 중요해 보였다. 건물 꼭대기에 달린 우아하고 작은 종루 덕분에 건물은 어떤 세련미마저 느껴졌다. 요컨대 마을이 빈한하긴 했지만 그래도 그들의 가장 소중한 재산인 양 학교에 큰 투자를 하고 많은 기대를 걸었다는 것을 분명히 알 수 있었다.

그리고 나는 고개를 돌려 들판 쪽을 바라보았다. 날마다 저녁이 되면 내 어린 학생들이 잠겨들어가던 그 가없는 구렁텅이. 그 광경은 내가 마을에서 바라볼 때처럼 기쁘게 느껴지지 않았다. 사막, 바다, 광대한 평원, 영원 같은 것은 아마도 기슭에서 바라볼 때 무엇보다도 매력적인 모양이다.

나는 갑자기 말이 없어졌다. 아이들은 평소에 그들의 눈에 비쳐지던 인상과 달라진 나를 발견하자 당황한 기색을 감추지 못했다. 그들은 영문을 모르겠다는 듯 뾰족한 시선을 던졌다. 마치 이렇게 묻고 있는 것만 같았다.

"아니, 이분이 우리 선생님 맞아?"

그런 심각한 기분은 이내 가셨다. 그 기분은 아마도 내 생애에서 여러 번 그랬듯이 머나먼 미래 속에 감춰져 있는 어떤 슬픔의 예감에서 오는 것 같았다. 나는 다시 아이들에게로 돌아왔다. 내가 본래의 모습이 된 것을 알아차리자 그들도 쾌활하고 믿음이 가득한 수다쟁이들이 되어 진짜 새끼 까치들처럼 내게로 돌아와 재잘댔다. 단 십 분 동안에 그들은 내가 그들에게 여러 날 동안 가르쳤던 것 못지않게 많은 것을 가르쳐주었다.

투탕 집안에서는 암소가 새끼를 낳았다고 했다. 그 암소 때문에 여간 속을 썩인 것이 아니었다. 송아지가 발부터 먼저 나왔기 때문이다. 조 라보시에르는 자기 집 암퇘지를 수퇘지한테 데리고 갔다. 그래서 몇 달 후면 새끼돼지들이 생기게 된다. 그런데 투탕 부인은 갓난애를 잃었다. 친정으로 돌아간 지 석 달 만에.

"선생님, 여섯 달이나 먼저 난 아기가 얼마만큼 큰지 아세요? 별로 안 커요."

뤼시엔느가 내 소매를 잡아당기며 털어놓았다.

"우리 집에는요, 석 달 전에 엄마가 아기를 얻었어요. 정말이에요. 크고 예뻐요."

어쨌건 간에 내게는 사람이건 짐승이건 그들에게 태어나는 것에 대하여 알려줄 것이 하나도 없다는 것을 알아차렸다. 그들의 눈에는 사람이나 짐승이나 거의 마찬가지로 중요한 것 같았다.

마침내 우리는 어떤 집에 이르렀다. 여기서 라샤펠 집안 아이들과 헤어질 참이었다. 가슴이 크고 드러낸 팔이 퉁퉁하며 꽃무늬 찍힌 면제품 옷을 입은 부인이 문을 열더니 문턱에서 내게 큰 소리로 말했다.

"어디를 그렇게 가시는 길이세요?"

"바디우 집안에요."

"자기 나라 사람들은 제쳐놓고 프랑스 사람들만 만나시네요."

"아니, 부인!"

"그냥 해본 말이에요. 그래도 가실 때는 우리 집에도 잠시 들리셔야지요."

"물론이죠, 부인."

"그래야지요. 얘들아 이리 와. 새 옷은 벗고 헌 옷으로 갈아입어라."

그 순간, 학교에서는 내게 꽤 정답게 굴었던 라샤펠 집안의 다섯 형제들이 나를 본 적도 안 적도 없는 꼬마 이방인들 같이 변해버렸다. 만약, 어떤 어린이들의 경우, 가난이 얼마나 무서운 비정상의 광기로 몰아가는지를 이미 배우지 않았더라면 나는 그대로 놀라 자빠질 뻔했다. 나는 내 어깨 너머 울타리 말뚝을 가만히 쳐다보고만 있는 그 다섯 개의 목석 같은 얼굴들을 향해 그저 인사만 했다.

"잘 있어, 애들아. 내일 보자."

조금 더 가서 그 길과 보다 더 작은 샛길이 만나는 지점에 이르자 우리는 오베르뉴 출신 집안 아이들과 헤어졌다. 그들의 농가는 거기서 사분의 일 마일 정도 더 가서 광대한 평원에 외따로 떨어져 있었다.

계집아이들은 우리와 헤어지기 전에 불평을 하기 시작했다.

"엄마는 선생님이 가정방문을 바디우 집안에서부터 시작한다는 걸 알면 별로 기분이 좋지 않을 거예요."

"첫째, 이건 가정방문이 아냐. 그리고 만약에 너희 어머니께서 내가 찾아가기를 원하신다면 내가 기꺼이 찾아가겠다고 말씀드려."

이제는 수가 좀 줄어든 우리의 작은 무리는 길을 계속하여 걸어갔다. 말수가 적어졌고 걸음걸이도 더 느려졌다. 아마도 좀 피곤해졌기 때문이기도 하겠지만, 적어도 나의 경우, 주위의 정경을 좀더 느긋하게 음미하고 싶었기 때문이었다. 저물어가는 햇빛을 받아 풍경은 밝기가 고르고 잠든 듯이 고요해져서 그 무한한 깊이가 사람의 마음을 어느 면 좀

섬뜩하게 하는 느낌이었다. 추수한 곡식은 모두 곳간에 들이고 없었다. 아직도 남아 땅을 덮고 있는 것은 본래부터 금빛이었는데 저녁 나절의 빛을 받아 더욱 노랗게 물든 밀짚 그루터기뿐이었다. 오직 여기저기에 가을이 되어 단풍이 든 몇 그루 나무들만이 불타는 듯한 색깔로 빛을 뿜고 있었다. 그 밖의 모든 것은 부드러움과 평화, 그리고 알 수 없는 비밀로 가득 찬 대자연 속에서의 조화였다. 우리는 인가가 없는 긴 들판의 끝을 거쳐 가고 있었는데 닭 우는 소리나 개 짖는 소리는 물론 그곳에 깃든 자유로운 새 소리마저 끊어져 들리지 않았다. 앙드레는 이제 드디어 마음이 진정되었는지 우리와 보조를 맞추며 걸었다. 그는 우리의 대화에 끼어들지는 않았지만 한동안의 침묵이 지난 후 대화가 잠시 이어지자 약간 머리를 숙이고 귀를 기울이는 것 같았다. 이렇게 우리는 몇 마디 말을 주고받았다. 이제는 모두가 여기서는 풍년, 저기서는 흉년인 추수에 관한 이야기였다. 그러다가 우리는 다시 막연한 몽상에 빠져들었다. 아마도 부분적으로는 탁 터진 대기 속을 걷고 있기 때문이었지만, 또한 평원에서의 일몰이 가져다 주는 신비스런 영향 때문이었을 것이다.

곧 길이 약간 우묵하게 패이며 오르막이 되자 아직은 상당히 먼 저쪽에 집이 한 채 보였다. 집 주위에는 빙 둘러 말뚝들이 박혀 있었는데 모두가 우유통을 뒤집어쓰고 있었다. 모리소 집안의 꼬마들이 반가워하며 소리를 지르기 시작했다.

"우리 집이다! 우리 집이다!"

우리가 다가가자 그 아이들의 어머니가 울타리 앞으로 나와서 내게 인사를 건네는데 숨도 쉬지 않고 혼자서 두서없이 쏟아내는 독백이었다. 나에 관한 얘기는 물론 아이들, 수확, 학교, 머지않은 날로 예정되어 있는 자신의 읍내 여행, 지금은 날씨가 좋지만 금방 겨울인데 대체 어떻게 넘길지… 등등에 대한 이야기였다. 마침내 그녀가 자기 집 두 아이의 손을 잡더니 셋이 다 집 안으로 뛰어들어갔다.

그곳에서 약간 멀어지자 곧, 내게 뭔가 하고 싶은 이야기가 있으면 늘 내 팔소매를 잡아당기곤 하는 뤼시엔느가 나를 툭 치면서 말했다.

"저 아줌마하고 있으면 딴 사람은 도무지 말을 붙일 수가 없어요. 엄마는 세상에서 모리소 부인보다 더 수다스런 여자는 없다고 했어요."

"아마 세상 끝에 살고 있어서 너무 심심하니까 그렇겠지 뭐."

뤼시엔느는 내가 저의 생각에 속 시원히 맞장구를 쳐주지 않는 눈치이자 기분이 상한 표정이 되면서 계속해서 가시 돋친 어조로 말했다.

"우리는 더 외롭게 사는걸요."

앙드레의 얼굴에 미소의 그림자가 지나가는 것 같았지만 입을 열어 뭐라고 말하지는 않았다.

이제 넷만 남은 우리는 계속하여 길을 갔다. 모리소 가족의 집이 이 근방에는 드문 편인 몇 그루의 작은 나무들 중 하나에 금방 가려져 보이지 않게 되자 우리 앞에는 이 세상의 숨은 얼굴 같은 정경이 나타났다.

"해가 죽었구나!" 하고 갑자기 어린 뤼시엥이 탄식하듯 말했다. 지평선 저 뒤로 해가 떨어지는 것을 두려운 듯 쳐다보고 있던 그 아이는 내게 몸을 꼭 붙이고 슬픔에 떨었다.

그때 나는 저 어린 아이들이 해가 넘어가는 시간에 저희들끼리 저 얼마 안 되는 몇 그루 나무들—그들의 눈에는 숲으로 보일지도 모르는—속을 통과할 때 어떤 기분이었을까를 상상해보았다.

그렇지만 밤과 낮 사이에서 멈칫거리고 있는 그런 시간이면 나는 언제나 무엇인가에 홀리는 느낌이었다. 그 시간은 마치 어떤 꿈처럼 나를 손짓하여 부르는 것이었다. 그리고 지금도 나를 손짓하여 부른다. 꿈처럼. 그 속에서는 고뇌의 매듭이 스르르 풀리는 것만 같은 그런 꿈처럼. 나는 마지막으로 붉게 물 드는 지평선을 향하여 어둑한 하늘 밑 길을 알지 못한 사이에 두 시간 동안이나 쉬지 않고 걸어온 것이었다. 마치 태어난 이래 우리의 마음속에 두고두고 맴돌던 것에 대한 대답을 거기 가면 찾을 수 있다는 듯이. 그런데 그날 저녁 나는 어쩌면 너무 젊고 꿈 많은 나이였기에, 지금보다도 더 도취된 기분으로, 앙드레는 약간 앞에 세우고, 뤼시엥과 뤼시엔느는 손을 잡은 채—그 아이들을 안심시키기 위하여—그 감미로운 시간을 뚫고 걸어가노라니 마치 세 아이들과 나 이렇게 넷이서, 아직 눈에 보이지는 않지만 그리 멀지 않은 곳에서 확실히 믿을 수 있는 약속처럼 소복하게 기다리고 있는 행복을 향하여 자신 있게 한걸음 한걸음 걸어 올라가고 있는 것만 같았다. 약간 꺼진 길을 따라 올라가자니 우리는 지평선으로부터 나직하게 쏘고 있는 마지막 빛살에 눈이 부셨다. 앙드레는 그 빛을 정통으로 얼굴에 받았다. 그때 나는 이상하고 황홀한 그의 눈빛을 보고 몹시 놀랐다. 마치 햇빛에 쏘인 봄날의 나무 잎새 같았던 것이다.

침묵이 여전히 우리를 에워싸고 있었다. 그러나 생명의 부재를 말해주는 무슨 억누르는 것 같은 침묵이 아니라 이제 금방이라도 이루어질 행복한 계시로 온통 부풀어오르는 그런 침묵이었다. 그때 멀리 금빛으로 물든 밀짚 그루터기들 속에서 낭랑하게 새 우는 소리가 났다. 나는 한 손으로 아이들의 움직임을 멈추게 하고 다른 한 손은 나도 모르게 앙드레의 어깨 위에 얹으며 말했다.

"잘 들어봐! 들판의 종달새 소리에 가만히 귀를 기울여봐!"

뤼시엥과 뤼시엔느는 온 사방으로 눈을 두리번거리며 귀를 기울이는 시늉을 했지만, 앙드레는 세상의 그 어느 것도 약간 고독한 것 같은 이 새보다 더 잘 노래하지는 못했을 이토록 알맞은 기쁨의 표현이 대체 어디서 오는 것인지를 구태여 알아낼 필요가 없다는 듯, 그저 약간 고개만 숙이고 마음속으로부터 귀를 기울여 듣고 있었는데 바로 그때, 마침내, 가을걷이가 끝나 황량한 들판 한가운데, 어떤 돌 위에 앉아 있는 그 새가 눈에 들어왔다.

그 노랫소리가 끝나자 앙드레는 그저 내게로 눈길을 돌렸을 뿐이지만 그 눈길에는 나의 그것과 똑같은 황홀함의 공감이 담겨 있었다.

그 다음에 이어지는 길은 오랫동안 평탄했다. 저녁의 푸른빛은 어디를 돌아보나 대체로 고르게 짙어져가면서 그 균일함으로 눈을 흐리게 하더니, 결국 어느 것 하나도 또렷하게 보이지 않게 되었다. 바디우 집안 아이들은 그 거대한 허공 속 어딘가를 손가락으로 가리키기 시작했다.

"우리 집이에요! 우리 집에 다 왔어요!"

드디어 나는 보잘것없고 색깔 없고 현관도 없는 작은 집을, 우연이 거기 던져놓은 주사위 같은 집을 알아볼 수 있었다.

바디우 집안 아이들은 이제 나를 힘껏 잡아끌면서 그 끝없는 침묵 속에서 멀리까지 울리는 큰 소리로 내가 왔음을 알리기 시작했다.

"엄마! 엄마! 선생님을 모셔왔어요!"

그 말투가 내 귀에는 마치 이렇게 알리고 있는 것만 같이 느껴졌다. "선생님을 잡아왔어요!"

그러자 형국뿐인 희미한 길의 저 끝에 홀로 서 있는 작은 집에서 흰 족제비같이 동글동글하고 민첩하고 활기찬 작은 부인이 나오더니 나를 알아보고는 두 손으로 자기 허리를 토닥토닥 치면서 단숨에 소리쳤다.

"이렇게 오시니 얼마나 반가운지…." 그리고는 아연실색하여 "집 안이 누추해서! 부엌을 제대로 치우지도 못했는데!" 하고 말했다.

나는 좀 나중에서야 이곳에서는 주인집 사람들이 손님을 맞아들이기 위하여 집 안을 치울 여유를 주는 것이 예의라는 것을 알아차렸다. 그러나 결국 그 조그마한 여자의 원기 왕

성한 쾌활함이 '헌 누더기' 차림으로 '온통 어지러운' 집 안을 보여주는 부끄러움보다 앞선다는 것을 느낄 수 있었다.

집 안으로 막 들어가려다가 나는 길 쪽을 돌아보았다. 앙드레는 벌써 저만큼 멀어져가고 있었다. 내 눈에 그는 이제 거의 다 어두워진 저녁 속에서 너무나 외로워 보였다. 그의 두 어깨가 다시 축 처져 있었다.

"얘, 앙드레!" 하고 내가 말했다.

그가 뒤를 돌아보았다.

"너희 집은 아직 더 멀리 가야 되니?"

그는 상당히 큰 나무들의 우듬지가 솟아나 보이는 일종의 협곡 같은 것 쪽을 손가락으로 가리켰다. 나무들 사이로 사람이 사는 것 같지 않은 집의 지붕 하나가 어렴풋이 분간되었다. 그쪽은 모든 것이 평원에서도 다른 곳보다 더 어두워 보였다. 마치 밤이 그곳을 통해서 오고 있는 것만 같았다.

"아직 한참 더 남았니?"

"한 반 마일쯤이요" 하고 그가 말했다. "그래서 제가 지금 서둘러 가는 거예요."

그러나 그는 다른 아이들처럼 "선생님, 우리 집에도 언제 한번 와주세요…" 하고 말할 수 없는 형편인 것이 서운하다는 듯 어색한 표정으로 아무 말도 하지 않은 채 한동안 가만히 서 있었다.

그는 다만 두 팔로 기이한 몸짓을 해 보이며 서운한 마음을 표시했다.

"그럼, 잘 가, 앙드레. 내일 보자."

"안녕히 가세요, 선생님!"

거의 뛰다시피 하며 멀어져가는 그 아이를 바라보면서 나는 장차 그 아이를 보기가 그렇게도 어려워지리라는 것은 꿈에도 짐작하지 못했다.

야만의 여름의 그 찬란한 하늘 아래로 그렇게 다같이 걷고 난 뒤, 두 주일이 채 되지 않아서 문득 찬비와 함께 뼛속에 사무치는 듯한 바람이 불어대더니 이윽고, 정확하게 말해서 11월 첫날, 우리가 잠에서 깨어보니 평원 속에 던져진 가난한 마을은 사막의 모래 속에 서 있는 초소처럼 눈 언덕에 에워싸여 있었다.

그러나 적어도 그날 아침에는 저쪽 언덕길을 올려다보다가, 이번에는 등을 굽히고 두 어깨를 웅크린 어린 실루엣들이 아니라 여러 대의 '커터', 즉 말 한 필이 끄는 눈썰매들이 나타나는 것을 발견하는 즐거움을 맛볼 수 있었다. 가장 먼저 나타난 것은 셸리니의 커터였다. 그는 잠시 안으로 들어와서 화덕 위에 큼지막한 손을 녹였다. 만사를 신속히 해치우는 성격인 그는 잠시도 지체하지 않고 이제부터는 자기가 자기 아이들을 학교에 데려다 주고 정확하게 네 시에 다시와서 데리고 가겠다고 했다. 그리고 분명히 말해두지만 벌을서는 애가 있다면 자기는 그애를 위해서 일부러 기다리지는 않을 테니 그런 애는 제 발로 걸어서 돌아오면 되는 것이라고 했다. 그러면 스스로 깨닫는 바가 있으리라는 것이었다. 그 다음으로는 오딜롱 라샤펠이 나타났다. 어찌나 서둘러대는지 아이들 중 가장 어린 아이가 겨우 커터 밖으로 발을 내

딛자마자 벌써 돌아서 가고 있었다. 다음에는 어마어마한 덩치에 수염이 덥수룩한 사람이 나타났고 오베르뉴 출신의 꼬마들의 무리가 같은 곰가죽을 함께 덮어쓰고 그의 옆에 바싹 붙어 있었다. 그리고 끝으로 자기 집 애들과 더불어 바디우 집안 아이들을 데리고 온 모리소가 뒤따랐다. 그 광경을 보고 나는 그처럼 모든 사람들이 길을 나서느니 차라리 수고에 대한 대가를 지불하는 한이 있더라도, 그 사람 혹은 다른 어떤 사람이, 그쪽에 살고 있는 아이들을 모두 한데 모아서 데리고 오는 일을 맡아할 생각을 왜 미리 해보지 못했는지 알수가 없었다. 그렇게 하면 모두가 다 좋을 터인데 말이다. 그러나 필경 그런 것은 아직 당시의 그 사람들의 생각하는 방식이 아니었던 것 같다.

이제 더 이상 걸어서 다니지 않아도 되게 되어 기분이 좋아진 아이들이 현관으로 가서 외투를 걸고 저희들끼리 즐겁게 이야기를 나누고 있는 동안, 추위와 눈의 기분 좋은 냄새가 화덕 석쇠에서 뿜어 나오는 더운 기운에 중화되어 주위에 퍼져나갔다.

나도 아이들과 더불어 기분이 좋았다. 이제 아이들은 편안하고 즐거운 하루를 시작하게 될 것 같았다. 그때 나는 앙드레가 빠져 있다는 것을 알아차렸다. 나는 모리소와 바디우 집안 아이들에게 물어보았다.

"오면서 그 애를 못 봤니?"

"네."

그는 한 시간이나 더 늦게 걸어서 추위에 두 뺨이 빨갛게 얼어가지고 도착했는데, 오 분이 넘게 화덕 가에 서서 몸을 녹이고도 여전히 떨고 있었다. 그는 또다시 문법, 지리, 대수에 주의를 기울이는 데 많은 어려움을 느꼈다. 내가 보기에 그 과목들이 그렇게까지 고생을 할 가치가 있는 것 같지는 않았다. 나는 그 아이가 내게 공책을 보여주기 위하여 내 책상 옆으로 다가오자 그 잠깐의 기회를 틈타서 작은 소리로 그에게 물어보았다.

"너희 아버지도 곧 너를 데리러 학교에 오실 거냐?"

"절대로 못 오세요!" 하고 그가 말했다. "아침에 하실 일이 벌써 너무 많은걸요. 집안일도 있고 가축도 돌보아야 하고 젖도 짜야 하니까요…."

"하지만 그럴 경우라면 바디우나 모리소 집안 애들과 적당히 상의하면 되지 않니? 네가 그애들 집에까지만 걸어오면 그 나머지 길은 그애들이 너를 함께 데리고 올 수 있잖아?"

그는 어깨를 으쓱 하고 뒤로 젖혔다.

"남의 신세를 지고 싶지 않아요. 제가 그 집에 시간에 맞춰 가지 못하면 그애들은 저를 기다려야 되잖아요. 그들이 늘 같은 시간에 출발하는 것도 아니고요. 아녜요, 우리도 그 생각을 하긴 했어요. 하지만 그건 지나친 요구 같아요."

"그래, 좋아! 하지만 적어도 너희 아버지가 저녁에는 너를 데리러 오실 수 있잖니. 요즘은 날도 이렇게 빨리 어두워지는데."

산전수전 다 겪은 사람의 이미 체념한 시선보다는 덜 슬퍼 보이는 그 아이의 눈에 난처해하는 표정이 스치고 지나갔다 아마도 내가 그의 사생활을 너무나 속속들이 캐묻기 때문일 것이었다.

"저녁에도 마찬가지죠" 하고 그가 참을성 있게 설명을 했다. 마치 역할이 서로 뒤바뀌어 내가 오히려 고달픈 현실을 좀 똑똑히 보라고 요구받는 아이가 된 느낌이었다. "저녁에도 가축과 집안일과 젖 짜는 일은 계속이거든요. 그리고 우리 집 말은 늙어서 못 당해내요. 겨울에는 그 말이 전부예요. 벌써 일 마일 반 되는 곳까지 가서 물을 길어온걸요. 이런 날씨에는 그것만 해도 힘들어요. 또 얼음도 깨야 해요. 아버지는 두 번째 갔다 오시면 벌써 완전히 지쳐 있어요…. 너무 많은 걸 해달라고 할 수는 없어요" 하고 그가 가엾다는 듯이 말했다.

"물론이지, 앙드레. 나는 그런 것도 모르고 있었구나. 하지만 그래도 저녁에 바디우네 아이들과 같이 돌아갈 수는 있잖니. 거기서 반 마일만 더 가면 되니까… 내가 대신 좀 부탁해 볼까?"

그는 본래의 과묵한 천성과 내가 그에게서 얻어낼 수 있었던 신뢰감 사이에서 어쩔 줄 몰라 망설이고 있었다. 그러더니 마침내 두 팔을 힘없이 쳐들면서 중얼거렸다.

"그러실 필요 없어요, 선생님."

"왜 그래!"

그의 입술이 떨리고 있었다.

"사실은 말예요! 말씀드리지 않으려고 했었는데요. 엄마가 한두 주일만 더 기다려보라고 했어요. 그때 가보면 알 수 있다고요. 하지만 전 알아요, 어쩔 도리가 없는 거예요. 저는 학교를 그만두게 될 것 같아요, 선생님."

"학교를 그만둔다고! 앙드레, 무슨 소리를 하는 거야!"

그는 힘없는 두 날개처럼 팔을 늘어뜨렸다.

"아버지 혼자서는 다 감당 못하세요. 도대체 그렇게 짐승처럼 발버둥친들 뭐가 더 나아지겠어요? 아버지는 북쪽으로 가서 벌채하는 일을 맡을 거래요. 그렇게 하면 어떻게 좀 돈을 벌어 어려움을 벗어날 수 있대요. 그러니 제가 집을 볼 수밖에 없잖아요."

"그럼 너희 어머니는?"

"벌써 두 달째 병석에 누워 계세요."

"어머니가 아프다는 말은 안 했잖아?"

"어머니는 이제 곧…" 하고 그가 짧게 말했다.

그는 똑똑히 알아들을 수 없는 말로 내 귀에다 대고 말했다.

"만약 어머니가 자리에서 일어나면, 그때는 아기를 잃게 될지도 몰라요. 게다가 너무 많이 아파서 기껏 침대에 누운 채 시키는 것밖에는 아무것도 못 해요."

"너희 집에 도움 될 사람은 더 없니?"

"에밀뿐이에요."

"네 동생? 몇 살이지?"

"겨우 다섯 살인걸요."

근심 어린 그 눈동자 저 밑바닥에서 거의 모성적인 기쁨에 가까운 강한 자부심과 더불어 어떤 금빛 광채가 솟아나고 있었다.

"그애가 얼마나 도움이 되는지 여간 놀랍지 않아요. 나무를 안으로 들이고 그릇을 닦고… 에밀은 훌륭한 조수예요! 저녁에 시간이 나면 제가 공부를 가르쳐줘요. 에밀은 벌써 글을 읽어요. 나중에 학교에 오거든 보세요, 선생님, 그앤 저보다 훨씬 나을 거예요."

경계하는 갑옷을 벗자 그는 잠시 동안 제 동생 에밀에게 주어진 운명에 대한 몽상에 온통 젖어들었다.

"그렇지만 우선, 너 자신이 어린애에 불과하잖니. 집안을 돌보기에는 너무 어려."

그는 순간적으로 긴장하면서 항상 그의 장기인 그 참을성을 가지고 내 말을 고쳤다.

"만 열 살이 넘은걸요. 두 달만 있으면 열한 살이에요."

그날 저녁 나는 잘 부탁해서 기욤 모리소의 커터에 그 아이를 태우는 데 성공했다. 나는 기욤 모리소에게 몰래 청을 넣었다. "가능하다면 아침에도 앙드레를 기다렸다가 데려오고 저녁에도 좀 태워주도록 해보세요."

그는 내게 상당히 친절하게 대답했다.

"그 사람들이 좀 거만하게만 굴지 않는다면 이웃끼리 그런 도움이야 거절할 까닭이 없죠. 하지만 그 사람들하고는 말이 안 통해요, 정말예요, 선생님."

횡 하니 떠나는 썰매 위에 다른 아이들과 함께 가죽을 덮고 따뜻하게 앉아 있는 앙드레만은 내 눈에 그리 즐거운 표정이 아니었다. 걱정이 많은 그 큰 눈의 작은 얼굴은 그를 기다리는 힘겨운 노동을 미리부터 걱정하고 있는지 온통 정신이 딴 데 가 있었다. 그 아이는 이제 다시는 학교로 돌아오지 않을 것 같았다.

3

　여러 주일, 그리고 마침내 여러 달이 지나갔다. 나는 단 하루도 "그럴 수는 없어, 그 아이는 올거야…" 하고 혼잣말을 하지 않고 지내는 날이 없었다는 것을 알아차렸다. 하루도 빼놓지 않고 아침마다 나는 내가 처음 보았던 모습 그대로 보잘것없는 두 어깨를 웅크린 그 허약한 실루엣이 나타나는 것을 보고 싶은 일념으로 지금은 높은 눈의 장벽이 되어 버린 그 고적하고 조그만 오르막길을 유심히 바라보곤 했다. 그런데 여전히 아무것도 보이는 것이 없었다.

　나는 여러 번 모리소나 바디우 집안 아이들에게 물어보았다. 그들은 혹시 소식을 듣는지?

　"아뇨, 선생님! 파스키에 집안 사람들은 아무 기척이 없어요. 우리는 그저 기다릴 뿐이죠. 우리하고 상관없는 일에는 끼어들지 않는 게 좋으니까요."

　어느 날 나는 큰 상점에서 모리소 부인을 만났다.

"그 가엾은 부인은요" 하고 그녀가 파스키에 부인에 대하여 내게 말했다. "정말이지 안됐어요. 남들 같지 않은 체질 때문에 임신 동안 거의 줄곧 자리에 누워만 지냈잖아요. 도와주려고 했지만 쉽지 않았어요. 그 불쌍한 사람들이 어디 가까이할 수 있는 사람들이어야 말이지요."

성탄절 때 나는 바디우 집안 아이들을 통해서 학사위원회가 학생들 각자에게 주는 조그마한 선물을 앙드레에게 보냈다. 나는 거기에 개인적으로 에밀에게 주는 사탕과 과일을 동봉했다. 나는 일월 말경이 되어서야 겨우 감사의 말을 전해 받았다. 바디우 집안 아이들이 내가 보낸 것을 서둘러 전하지 않았지 싶었다. 짧은 감사의 편지에는 앙드레가 야무진 필체로 서명을 했고 그 밑에는 연필로 줄을 친 칸에다가 굵직한 글씨로 에밀이 제 이름을 써넣었다.

그리고 이월이, 그리고 눈부시게 아름다운 날들이 왔다. 햇살이 강해졌다. 어느 날 오후 한 나절의 따뜻한 날씨만으로도 표면의 눈을 녹이기에 충분했다. 그러나 그 눈은 다음 날 밤 추위에 수정처럼 얼었다가 그 이튿날에는 떠오르는 햇빛을 받아 수없이 많은 면으로 깎인 돌처럼 반사되어 반짝였다. 그 단단한 표면은 오래 지탱되었다. 나는 스키를 착용하고서, 애써 길을 따라갈 필요 없이 평원을 가로질러, 파스키에 집안의 농가를 향하여 출발했다.

이번에는 뒤쪽으로 접근하여 언덕 꼭대기에서 잎이 진 나무들 사이로 그 좁은 골짜기에 박혀 있는 집을 어렵지 않게 찾아낼 수 있었다. 그 집과 달아낸 아래채는 시간이 가면서 꺼멓게 그을린 모습으로 거기 납작하게 엎드려 있었지만 그 어둑한 둥지 가에 약간의 하늘을 붙잡기라도 해보려는 듯 솟아 있는 박공들 덕분에 그리 흉한 모습은 아니었다. 내 생각으로는 밝은 황색이었을 페인트칠이 아직 산뜻했던 몇 년 동안 그 집은 초목들 한가운데서 꽤 말쑥해 보였을 것 같았다. 나는 겨울 동안 많은 농가들에서처럼 유일하게 사용되고 있는 듯한 뒷문에까지 스키를 타고 갔다. 눈 속에 깊이 파놓은 긴 구덩이 길이 그리로 인도하고 있었다. 스키를 벗는 동안 집 안에서 뭔가 어렴풋한 소리가 나고 있었는데 내가 문을 두드리자 딱 멈춰버렸다. 내가 오는 것을 본 사람이 아무도 없었으므로 나는 집 안에서 뭔가 부딪치는 충격으로 인한 소리겠지 하고 추측했다. 마침내 나는 천천히 문의 손잡이를 돌렸다. 손가락 하나로 밀어도 문은 스르르 열렸고 앙드레의 그것과 같은 녹색과 금색이 섞인 눈빛의 어린아이 얼굴이 반쯤 문에 가린 채 나타났다. 그는 난파자가 섬에서 사람이 불쑥 나타난 것을 보았을 때처럼 깜짝 놀랐다.

"너 에밀이지, 맞지?"

그러자 그 아이는 문을 열고서 아직은 단 한 마디 말도 하지 않은 채 나를 들여보내주고 나서 강한 호기심이 서린 눈으로 나를 빤히 쳐다보았다. 내가 들어선 곳은 여기저기로 건너지르는 빨랫줄에 빨래들이 잔뜩 늘어진 크고 밝은 주방이었다. 주방 쪽으로 면한 어떤 방에서 약한 목소리가 물었다.

"누가 왔냐? 누구냐, 에밀?"

그제야 에밀의 어리고 높은 목소리가 신이 나서 방 쪽을 향해서 대답했다.

"학교 선생님이 오셨어요, 엄마."

"아이고! 이걸 어째!" 하고 그 목소리가 순간적으로 진정 어린 어조로 변하면서 소리쳤다.

"어서 안으로 모셔라, 에밀. 화덕에 장작을 한 토막 넣고. 외투를 받아드려. 몸이 좀 더워지시거든 이리 모시고 오너라."

그리고 나를 보기도 전에 약간 어색하게지만 나에게 직접 말을 건넸다.

"집 안이 어지러운 것을 용서하세요, 선생님. 이리 오세요."

문 열린 방으로 들어서자 커다란 철 침대에 반듯이 누워서 부른 배가 붕긋하게 보이도록 이불을 덮은 어떤 부인이 보였다. 얼굴이 아름다운 그 부인은 마음의 동요를 감추지 못하면서 아주 슬프고 다정한 큰 눈으로 나를 가만히 건너다 보았다.

"어서, 에밀, 의자 위에 놓인 것을 치우고 선생님께 권해야지… 아니, 옷은 차라리 상자에 얹어놔…. 아! 상 위가 온통 먼지로구나! 걸레로 좀 닦아라, 에밀."

그리고 나에게,

"좀 앉으세요, 선생님, 앉으세요."

내가 침대 가까이에 가 앉자 곧 그녀는 여윈 손을 내밀어

내 손을 꼭 쥐었다. 그녀의 얼굴에 눈물이 흘러내렸다. 문간에 선 에밀도 눈물을 간신히 참고 있었다. 그녀는 그걸 알아차리고 다정하게 그 아이를 내보냈다.

"자, 어서 말 좀 들어, 이 녀석아. 의자 위에 올라가. 화덕의 연통 손잡이를 조금 열어라. 하지만 장작이 소리 내며 타거든 다시 올라가서 닫아야 돼. 의자 위에 올라간 김에 빨래를 좀 걷어라. 대충 말랐을 테니. 그리고 깨끗하게 개켜."

아이가 화덕을 손보느라고 시끄러운 소리를 내는 바람에 우리들의 목소리가 잘 들리지 않을 정도가 되자 그녀가 내게 양해를 구했다.

"자리에서 일어나서 손님을 맞아들이지도 못하니 원, 선생님께서 뭐라고 생각하실지! 하지만 의사 선생님이 절대로 일어나지 말라고 하셔서요. 아이를 위해서 그렇게 오래 견디어왔으니 지금 무슨 일이 있어서 애를 잃고 싶지는 않아요" 하고 그녀는 내 손을 잡아 자기 배 위에 부드럽게 갖다대면서 말했다. "그렇지만 우리가 처음부터 이 아이를 원했던 것은 아니랍니다."

그녀의 두 눈이 다시 축축해졌다.

"에밀은, 그래요, 저애는 원했지요, 앙드레를 낳기 전에 육 개월 동안이나 자리에 누워 지냈기에 또 어떤 고생을 해야 하는 것인지 모르는 바는 아니었지만요. 하지만 앙투안느와 저는 그럴 만한 가치가 있다고 생각했어요. 그렇지만 에밀을 낳고 나자 우리는 서로 말했어요. 다시는 안 낳는다고요! 그런데 이것 보세요. 천지신명도 야속하지…."

에밀이 다시 방 문턱으로 돌아와 그 조그만 얼굴을 쑥 내밀고서 우리가 주고받는 말을 듣고 있었다.

어머니가 다시 그를 내보내서 불을 살펴보고 주방을 좀 쓸라고 시켰다.

그리고 그녀는 다시 내 손을 잡고는 눈물어린 눈으로 거의 즐거움에 찬 미소를 지어 보였다.

"앙드레가 좋아하겠어요. 지금은 일하러 나가고 없습니다. 우리는 가축 여러 마리를 이웃 농장으로 보냈어요. 아이슬란드 사람이죠. 좋은 사람이에요, 토르그센이라고. 그분이 우리 집 장도 봐다준답니다. 하지만 그래도 역시 식구들이 마실 우유를 위해서 암소 한 마리는 키우지 않을 수 없어요. 그리고 또 토르그센이 없을 때를 생각해서 늙은 말 한 마리도요. 닭 모이도 줘야 하고, 암소 젖도 짜야 하고, 우리도 쳐야 하고, 열한 살 먹은 애한테는 벅찬 일이죠…. 식사 준비는 말할 것도 없고요."

나는 바디우 부인이 뭐든 도와줄 의향이 있는 것 같던데 왜 좀 도움을 청하지 않느냐고 그녀에게 넌지시 물어보았다.

"아, 물론이죠!" 하고 그녀가 대답했다.

"착한 부인이지요! 그렇지만 그 댁에만도 이미 애가 여섯인데 맏이가 아직 일곱 살이 채 안 되었어요. 어느 한 해도 거르지 않고 애를 낳은 거죠. 그이는 비록 임신 기간이 힘들지는 않았지만 사실 끝도 없이 삐치면서 애를 낳거든요. 지난번에는 사흘 동안이나 고래고래 고함을 질러댔어요…."

갑자기 나 자신이 더 이상 참을 수가 없어서 그녀와 함께 여자들의 비참한 처지를 슬퍼하며 울었다.

"적어도 바깥양반이 돌아오시기만 하면 그래도…."

"아! 그럴 수만 있다면! 하지만 거기서 그이가 겨울 동안 꼬박 버는 월급, 그게 우리 집의 유일한 희망이죠. 결국 그걸 가지고 탈곡기 비용도 다 물어주고 빚도 갚고 할 생각이죠. 그러지 않고서는…."

그때, 눈을 밟는 발소리가 들려서 우리는 말을 그쳤다. 앙드레가 들어오더니 귀를 가리는 부분을 접게 되어 있는 모자를 벗어서 벽에 박힌 못에다가 휙 하니 걸고 저고리를 벗은 다음 몸을 굽혀 목이 긴 장화의 끈을 풀기 시작했다. 그의 몸짓, 태도, 그리고 얼굴의 표정은 그날 그날의 일에 지쳐 약간 멍해진 채 귀가한 어른의 그것이었다. 방의 반대편 쪽에서 빨래를 개키고 있던 에밀이 그에게 소곤소곤… 누가 와 있는지 좀 보라고 말했다.

앙드레는 고개를 들고 어머니 옆에 앉아 있는 나를 알아보았다. 그의 얼굴은 감격한 나머지 상기된 표정이 되었다. 그는 손을 내밀고 약간 격식을 차리면서 다가왔다. 그러나 일단 인사를 하고 나자 걱정스러운 태도로 몸을 굽혀 어머니를 들여다보았다.

"다른 데 아픈 데는 없었어? 괜찮아?"

그녀는 손을 내밀어, 내가 그토록 여러 번 그러고 싶었던 것처럼, 눈 위로 흘러내린 회색빛 머리카락을 쓸어 올려주었다.

"아주 좋아" 하고 그녀가 말했다.

"한데, 선생님께 대접을 좀 해야겠는데. 네가 오믈렛을 좀 만들어볼 수 있겠니?"

그는 신이 난다는 듯 그렇게 하겠다면서 주방으로 가서 멜빵이 달린 큰 앞치마를 걸치고 이번에는 제가 어린 에밀에게 여러 가지 명령을 내리기 시작했다.

"자! 불을 피우게 자잘한 나무와 나무껍질을 주워 와. 어서. 아니, 그보다 우선 의자에 올라가서 화덕의 바람구멍을 좀 열어. 나무 지저깨비는 내가 가서 주워 올 테니까."

의자 위에 올라가! 내 일생 동안 나는 분명 그 짧은 시간 동안에 그 명령이 그리도 빈번히 반복되고 실시되는 것을 본 적이 한 번도 없었다. 내가 부엌 쪽으로 눈길을 돌릴 때마다 과연 어린 에밀이 의자 위에 올라가서 발끝을 처들고 높은 장 안으로 손을 뻗어 제일 좋은 접시들을 집거나 새 식탁보를 꺼내거나, 정말이지 너무 요란한 소리를 내고 있는 화덕의 연통 손잡이를 다시 닫고 있는 것을 볼 수 있었다.

한편 앙드레는 저대로 분주히 움직이고 있었다. 어머니는 일을 하고 있는 아이들을 일일이 눈으로 따라갈 수 있도록 침대를 좀 당겨서 올려달라고 내게 부탁했다.

"계란을 좀 살살 휘저어라, 앙드레."

나는 내가 가서 좀 도와주겠다고 제안했다.

그녀가 나직하게 말했다.

"그러지 마세요. 앙드레는 저 혼자 하는 걸 좋아해요. 좀 과민한 아이거든요. 하지만 저도 일에 습관을 붙여야지요."

드디어 나는 식탁에 초대되었다. 오믈렛을 한 입 먹어보왔다. 고무처럼 질기기만 하고 아무 맛도 없는 물질이 씹혔다. 그래도 나는 앙드레가 내 접시에 담아준 상당히 많은 몫을 목구멍으로 넘길 수 있었다. 그는 나의 반응을 줄곧 살피고 있더니 내가 마지막 토막을 다 삼키자 에밀을 툭 치면서 말했다.

"그것 봐, 내가 제대로 만들었잖아, 오믈렛을 말이야!"

에밀은 상을 찡그리면서 제 접시를 밀어냈다.

"못 먹겠어. 낡은 구두짝처럼 질기기만 해!"

나는 어머니 쪽을 돌아보았다. 우리는 서로 은근한 미소를 주고받았다. 앙드레가 그녀에게 조그만 음식 쟁반을 가져다 주었다. 그녀는 베개를 여러 개 등에 받치고 침대에서 약간 몸을 일으키고서 먹었다.

디저트가 나올 때 그들은 각자 침대의 양쪽으로 가 앉아서 작은 쟁반을 손에 들고 그녀에게 핌비나 젤리를 스푼으로 떠 먹여주었다.

"앙드레 꺼 한 스푼!"

"에밀 꺼 한 스푼!"

입맛이 없으면서도 그녀는 아이들의 마음을 생각해서 간신히 음식을 삼켰다.

나는 꿀벌 세계의 여왕벌을 연상했다. 거느린 일벌들의 도움을 받아 최선을 다하여 종족을 먹여 살리는 그 고달픈 사명을 다하는 여왕벌을.

식사를 끝내자 앙드레는 아침과 점심 때 것까지 설거지를 다 한꺼번에 하기 시작했다. 에밀이 그를 도와 접시의 물기를 닦고 의자 위에 올라가서 접시와 잔들을 정리해 넣었다.

나는 아이들의 어머니에게 잠을 좀 자라고 권하고 그동안 나도 온 길을 되짚어가려면 곧 떠나야 할 터이니 그 전에 좀 쉬겠다고 했다.

그녀가 다시 내 팔을 붙잡았다.

"저, 혹시… 너무 수고스럽지 않으시면 앙드레를 좀 도와주세요. 그 마지막 산수 문제는 저 자신이 도와줄 수가 없더군요. 애가 용기를 잃고 책을 열어보려고 하질 않아요. 너무 가슴이 아파서요!"

나는 물론 도와주겠다고 했다. 그러자 앙드레는 젖은 걸레로 둥근 탁자의 밀납 먹인 상보를 닦고 잘 떨어지지 않는 얼룩을 손톱으로 긁어서 지웠다. 그리고 책, 공책, 잉크병 등 공부에 필요한 모든 것을 가서 가져왔다. 이런 것들을 큰 탁자에다가 잔뜩 늘어놓고 나니 공부하는 교실 같아졌다. 에밀은 그 무슨 알 수 없는 축제의 신비스러운 준비 과정인 양 우리가 하는 것을 하나도 빼놓지 않고 눈으로 따르며 바라보았다.

나는 앙드레가 부딪친 어려운 점이 무엇인지를 알아차리고 그에게 설명을 하기 시작했다. 갑자기 나는 피곤에 지쳐 흐려진 그의 얼굴이 무거워지면서 어깨 위로 떨어지고 자신도 모르게 그의 두 눈이 스르르 감기는 것을 보았다. 이렇게 그 아이는 거의 의자에 똑바로 앉은 채 잠이 든 것이었다. 오 분, 어쩌면 십 분쯤. 나는 꼼짝도 하지 못한 채 난감하면서 동시에 안도하는 느낌으로 내 앞의 그 조그만 얼굴을 물끄러미 바라보고 있었다. 얼굴에는 오직 연약한 어린아이의 모습만이 남아 있었다. 어깨 위로 머리를 기울인 채 자고 있는 그는 내게 너무 가냘픈 대궁 위로 고개를 숙이고 있는 꽃을 연상시켰다. 그는 잠이 들 때처럼 갑작스럽게 깨어나더니 고개를 흔들어 털고는 용서를 구했다. 그리고 이제 내 설명을 들을 준비가 되었다고 말했다. 그리고 실제로 그가 내 설명을 드디어 이해하게 된 것을 보자 나는 기분이 좋았다. 그 자신도 자랑스럽고 행복한 모양이었다.

"저 자신을 위해서 이러는 건 아녜요. 그게 아니라 나중에 에밀 차례가 되면 도와주고 싶어서요."

"너 자신의 공부도 되는 거지" 하고 어머니가 고쳐주었다. "일 년 공부를 다 놓쳐버리지 않을 방법만 있다면 좋으련만!"

나는 앙드레가 제대로 이해했는지 확인하기 위하여 문제를 다시 풀어보라고 했다. 답은 어디든 보이지 않는 데에 적어놓고 가능한 한 그 답을 보지 않은 채 문제를 여러 번 다시 풀어보라고 시켰다. 기왕에 온 김에 나는 미리 할 일, 다른 산수 문제, 몇 가지 문법 규칙 등 요컨대 혼자서 공부하는 데 도움이 되는 사항들을 그에게 약간 마련해주었다. 그는 다시 학교에서처럼 잔뜩 긴장하여 학과내용을 알아들으려고 애를 썼다. 그런 노력과 일종의 심각한 기쁨으로 인하여 그의 이마가 발그레하게 상기되어 있었다. 시간이 어찌나 빨리 흘렀는지 옆방에서 들려오는 어머니의 부드러운 목소리에 나는 깜짝 놀랐다.

"얘, 에밀! 어떻게 아직 글자가 보이는지 모르겠다. 의자 위에 올라가서 램프를 꺼내가지고 성냥하고 같이 가져오너라. 불을 좀 켜줘야겠다."

나는 펼쳐놓은 공책과 책들에서 눈을 들었다. 골짜기 가장자리 저 너머 내 눈에 들어오는 들판은 벌써 흐릿해져 있었다. 해가 지평선 너머로 떨어진 것이었다. 그때 내 눈에는 어떤 신비스러운 즐거움이 어두워진 이 작은 집을 가득 채우는 느낌이었다. 에밀이 제일 먼저 신이 난 듯 떠들었다.

"이제 선생님은 못 가시겠어요. 밤이 되었으니 가다가 늑대한테 잡아먹힐지도 몰라요."

그보다는 덜 노골적이지만 그래도 단호하게 앙드레가 맞장구를 쳤다.

"정말이에요, 선생님. 이 시간에 떠날 수는 없어요. 가다가 깜깜해질 터인데요. 여기 있는 우리가 불안해서 못 견딜 거예요."

어머니가 그들의 말에 동의를 표시했다.

"맞아요, 이 시간에 떠나는 것은 현명하지 못하죠."

잠시 망설이다가 나도 그들의 반대에 지고 말았다. 사실 그런 시간에 외롭고 을씨년스러운 모습의 들판을 가로질러 모험을 감행한다는 것은 내게도 그리 탐탁지 않았다. 내가 수긍하는 뜻으로 고개를 끄덕이자 그 작은 집안이 금방 커다란 철 침대로부터 지휘와 명령을 받는 가운데 뜨거운 생기로 가득 차면서 부산해졌다.

"앙드레, 뚜껑 문을 떠들고 저 위의 큰 방에 올라가서 리넨 시트를 가져오너라. 우리가 프랑스에서 가져온 것 말이다. 화덕 문을 열어 그 앞에 의자들을 늘어놓고 그 위에 시트를 펼쳐놓아라, 따뜻해지게. 위로 올라가기 전에 어서 가서 저 아래 다른 방문을 열어놓아라. 그래야 더운 기운이 흘러들어가지."

연통과 벽난로가 너무 뜨겁게 달아오르는 것을 언제 걱정했냐는 듯이 화덕에 가득 넣은 자잘한 나무들이 신나는 소리를 내며 타닥거렸다. 에밀은 의자 위로 올라가 또다시 바람구멍을 잡아당겨 열어놓으라는 명령을 받았다. 따뜻해지라고 의자들의 등받이를 맞붙여 늘어놓고 그 위에 펼쳐 널어놓은 시트가 집 안을 기분 좋은 냄새로 가득 채우는 동안 앙드레는 주발 하나와 밀가루 컵을 손에 들고 어머니에게로 와서 크레프 반죽을 만들려면 내용물의 양을 어느 정도 섞어야 하는지 물었다.

저녁식사로 우리가 무엇을 먹었는지는 잘 기억나지 않는다. 그런 것은 중요하지 않았다. 잊을 수 없는 것은 그 실내의 흐뭇하고 정다운 아름다움, 하나는 어머니의 방에, 다른하나는 우리들을 위하여 주방에 켜놓은 두 개의 램프, 어둠에 에워싸인 창유리에 반사되는 그 불빛이었다.

설거지를 끝내고 외양간에서의 집안일이 너무나 빨리 마무리되어 혹시 앙드레가 암소의 젖을 반만 짜고 만 것은 아닌지 싶을 지경인데 어린 에밀이 물었다.

"우리 밤샘하나요? 진짜 밤샘하는 거지요?"

낮 동안의 힘든 노동을 다 끝내고 그 무게에서 벗어난 듯 앙드레가 너그럽게 그렇게 하자고 했다. 그는 겨울 동안 난방을 하지 않고 비워두는 거실에 가서 나팔 달린 축음기를 가져다가 탁자 위에 올려놓고 손잡이를 돌려 감았다. 그리고 음반을 걸었다. 거기서 어딘가 까마득하게 모리스 슈발리에의 옛 노래와 비슷한 것이 흘러나왔다. 그러나 무엇보다 내 귀에 들리는 것은 물 새는 소리, 바람 소리, 고양이 우는 소리… 같은 것이었고 그러다가 이윽고 금방이라도 모든 것이 다 해체되어 무너져내릴 것만 같았다. 그럴 때면 앙드레가 얼른 축음기의 손잡이를 몇 번 더 돌려 감는 것이었다. 물 새는 소리, 고양이 우는 소리, 떨리는 목소리가 다시 계속되었다. 아이들은 도취한 듯했다.

세 장의 음반을 듣고 또 듣고 나자 에밀이 내발 밑 땅바닥에 와서 무릎을 꿇고 팔꿈치를 내 무릎에 올려놓더니 애원하는 듯한 태도로 나를 쳐다보았다.

"우리한테 이야기 하나 해줄 수 있어요?"

의자를 돌려놓고 등받이에 두 손을 모아 어른같이 걸터앉은 앙드레의 얼굴에도 에밀과 똑같은 욕구가 글씨로 쓴 듯이 나타나 있었다.

나는 그들을 가까이 오게 했다. 맙소사, 피곤해 죽을 지경이라 그저 자고 싶은 생각뿐이면서 대체 나는 왜 알라딘과 마술램프의 그 기나긴 이야기를 시작했던 것일까?

아마 외따로 떨어진 그 가난한 집에서 단 하나 흐릿한 불이 켜진 램프가 자아내는 그 기적 같은 분위기 때문이 아니었을까 싶다. 그러나 잘 알다시피 그 이야기는 끝이 없는 것이었다.

나는 이야기를 하다 말고 나 자신부터 잠이 들곤 했다. 나는 에밀을 가만히 살펴보았는데 그의 눈이 무거워지는 것을 보고, 그러면 그렇지, 이 녀석도 이제 잠이 들겠구나, 나도 드디어 해방되겠지, 하고 생각했다. 그러나 그는 두 손으로 눈을 비비고서 억지로 눈을 반쯤 뜬 채로 버티더니 졸음이 다소 가시고 나자 또 나를 사정없이 다그쳐댔다.

"어서 해요! 이야기가 아직 다 끝나지 않았잖아요!"

드디어 이야기가 끝났다. 나는 두 아이와 함께 어머니가 밤을 보낼 수 있도록 준비를 해주고 밤인사를 했다. 우리도 자리에 들었다. 나는 그들이 가리킨 동쪽 방을 쓰고 에밀은 부엌으로 면한 일종의 구석방에서, 앙드레는 어머니가 부르면 즉시 들을 수 있도록 어머니 방 가까운 장의자에서 자기로 했다.

앙드레는 열기가 내 쪽으로 들도록 하기 위하여 불을 어찌나 세게 돋워놓았는지 나는 이불을 걷어버리고 나서도 너무 더워서 한참이나 뒤척이다가 잠이 들었다. 그러나 두어 시간 정도 지났을까, 나는 으스스 추운 느낌에 잠이 깨었다.

어머니가 나직한 목소리로 부르는 소리가 들렸다. 부르면서도 정작 아이를 깨우지 않고 싶은 듯한 목소리였다.

"앙드레! 불이 꺼졌어. 추워지기 시작하는구나, 앙드레."

잠시 뒤에 부르는 소리가 또 들렸다. 앙드레는 꼼짝도 하지 않는 것 같았다. 나는 자리에서 일어나 그 아이가 자고 있는 장의자 쪽으로 다가가보았다. 하얀 만월의 달빛이 부드럽고도 고요하게 부엌 창문 가득히 흘러들고 있었다. 그 빛이 앙드레의 얼굴을 비춰주고 있었다. 마침내 아무런 걱정도, 고통도, 책임의 짐도 없이 휴식에 든 얼굴을. 이마는 반들반들했고 입술의 윤곽은 뚜렷했다. 갑자기 반쯤 열린 그의 입술에 알 수 없는 미소가 스치고 지나가는 것 같았다. 꿈속의 무슨 생각이 마침내 그에게 이 같은 긴장의 이완을 가져다 준 것일까?

달빛이 훤해서 나는 불을 다시 피우는 데 필요한 것들을 어렵지 않게 찾을 수 있었다. 불이 잘 붙기를 기다리는 동안 나는 어머니 곁에 가 앉았다. 그녀의 두 눈이 흐릿한 어둠 속에서 반짝거렸다. 그녀는 손에 묵주를 쥐고 있었다.

내가 그녀에게 물었다.

"해산할 때가 되면… 어떻게 하실 건가요?"

"아주 간단해요" 하고 그녀가 나를 안심시켰다. "앙드레가 달려가서 우리 착한 이웃 토르그센에게 알리죠. 그러면 그이가 말을 매어가지고 의사를 데리러 가는 거예요."

"날씨가 아주 사나운 날이면 어쩌죠?"

"그래도 토르그센은 갈 겁니다. 그렇게 하겠다고 우리 집 바깥양반한테 약속을 했으니까요. 더군다나 저를 위해서 그렇게까지 걱정하실 건 없어요, 선생님. 임신 기간 동안은 힘이 들지만 막상 해산은 쉽게 하는 편이니까요. 사실, 한 사람이 모든 불운을 도맡아 가지는 건 아니거든요."

나는 물러나려고 했다. 그때 그녀가 이미 여러 번 보여준 그 가슴 뭉클한 몸짓으로, 마치 깊은 신뢰와 결합된 어떤 대단한 영혼의 필요를 표현하려는 듯이, 내 손을 꼭 잡았다.

"만약 우리 집 바깥양반이 약속한 대로 사월 말 혹은 오월 초에 돌아오고 앙드레가 다시 학교에 가게 된다면 그애가 과연 낙제를 하지 않고 진급할 수 있을까요? 그렇게만 된다면 무슨 일이든 하겠어요."

내 마음속에서 나는 확실한 자신이 없었다. 나는 그저 이렇게 대답했다.

"제가 할 수 있는 최선을 다해보겠습니다."

내 손을 쥔 손에 힘이 더해지면서 감사의 마음을 표시했다. 나는 다시 화덕의 손잡이를 조절하고 나서 내 자리로 돌아가 누웠다. 내가 잠이 깨었을 때는 이미 날이 훤히 밝아 있었다. 금방 갈아서 끓인 커피와 불에 구운 빵 냄새가 집 전체에 향긋하게 배어 있었다.

놀랍게도 앙드레는 우리들에게 아주 멋진 아침식사를 성공적으로 차려주었다. 특히 어머니의 지휘를 받아 집에서 직접 만든 버터의 맛이 별미였다.

나는 내가 어렸을 적에 할머니 댁에 갔을 때 이후 한 번도 이렇게 감칠맛 나는 버터를 먹어본 적이 없다고 말했다. 앙드레는 얼굴이 빨개지면서 좋아했다.

이번에는 절대로 더 이상 지체할 수가 없었다. 해가 높이 뜨자 들판은 그 전날 아침처럼 반드럽고 부드럽고 빛나는 바다 같았다. 이 빛이 가득한 시간을 이용하여 서둘러 갈 필요가 있었다. 나는 그 전날 오후에 갑자기 거의 음산한 느낌이 드는 밤이 찾아들던 때를 상기하자 이상하게도 마음이 불편

해졌다. 내가 떠날 차비를 하는 것을 보자 돌연 심각한 표정이 된 어머니와 두 아이들에게 나는 작별인사를 했다.

나는 골짜기의 높은 가장자리에 이르러 그곳을 넘어 좀더 높은 곳으로 기어올라갔다. 그리고 약간 높은 언덕에 이르렀다. 거기서 발걸음을 멈추고 잠시 뒤를 돌아다보았다. 나는 깔때기 모양으로 생긴 골짜기 저 안쪽의 작은 외딴 농가를 아직은 잘 분간할 수 있었다.

갑자기 집 뒷문이 열렸다. 가냘픈 어깨를 약간 앞으로 웅크린 실루엣이 하나 나타나더니 물통에 든 것을 눈 위에 냅다 쏟고 나서, 한쪽 손이 자유로워지도록 물통 손잡이를 팔에 걸고서 문 옆에 있는 헛간에서 땔나무 몇 조각을 집어들고 안으로 들어가면서 등 뒤로 문을 발로 걸어 당겨 쾅 닫았다. 잠시 후 골짜기에서 짙은 연기가 피어올랐다.

나는 다시 길을 나서면서 혼자 생각했다. 하나도 걱정할 것이 없구나, 집을 잘 보고 있으니.

찬물 속의 송어

1

내 여교사 생활 전체에 있어서 그 아이에 대해서만큼 겁을 집어먹은 적은 한 번도 없었다. 게다가 나는 대평원 속에 격리된 그 마을의 교사 자리에 갓 부임하여 속수무책인 상태였는지라 그 아이는 아직 만나보기도 전이었다.

나는 도착해서 처음 며칠이 지나면서부터 학생들과의 사이가 어느 모로나 다 좋게 시작되는 느낌이어서 아주 만족스러운 기분이었다. 그런데 큰 상점의 우편 취급 코너에 들러서 우편물이 도착하기를 기다리는 동안 내가 유쾌한 기분으로 그 이야기를 꺼내기라도 할 양이면, 그때마다 어김없이 누군가가 나서서 신참내기 특유의 내 신선한 열정을 꺾어놓곤 하는 것이었다.

"아, 그렇게도 잘 돼간다니! 좋군요! 좋고말고요! 실컷 즐기시죠. 메데릭이 나타나면 사정이 전혀 달라질 테니까요."

그들의 얘기를 들어보면, 그 아이는 '전임 여교사'가 벌을 주려고 자로 때리려 하자 주머니칼을 꺼내 위협하며 대든 적이 있다는 것이다. 들리는 말로는⋯ 들리는 말로는⋯. 만나는 사람마다 예외 없이 우리 두 사람 사이에는 일대 전쟁이, 끝장을 보지 않으면 안 될 일대 전쟁이 벌어질 거라고 예언했다. 그런데 과연 우리들의 관계는 일대 전쟁이 될 판이었다. 그러나 그건 사람들이 예언한 것보다 훨씬 더 복잡한 전쟁, 말하자면 우리 두 사람 다 아무런 준비 없이 맨손으로 대결해야 하는 신비스러운 전쟁이었다.

구월의 첫 이주일이 지나갔다. 대다수 농가의 힘든 농사 일들이 마무리되어갔다. 추수한 밀을 실어다가 마을의 거대한 사일로 속에 부려서 쌓았다. 그 옆으로 지날 때면 매캐한 냄새가 풍겨나왔지만, 그 속에는 달콤하게 익어가던 여름의 맛도 실려 있었다. 추수를 돕던 덩치 큰 아이들도 하나하나 교실로 돌아왔다. 모두가 다 나왔는데 메데릭만은 예외였다! 나는 그가 등교하기를 기다렸지만 시간이 흐를수록, 날이 갈수록 그가 마음속에 점점 더 미운 모습으로 상상되어 더 겁이 났다. 그런데 일에 정신이 팔려서 그를 어느 정도 잊고 있던 어느 날 아침, 그가 불쑥 나타났다. 과연 그 아이답게 나의 허를 찌른 것이었다.

내가 칠판 쪽으로 돌아서 있을 때였다. 나는 무슨 문제를 써주고 있는 중이었다. 갑자기 내 등 뒤가 말할 수 없이 고요해졌다! 나는 당황하여 즉시 뒤를 돌아보았다. 교실의 아이들 모두에게 나는 안중에도 없었다. 작은 아이건 큰 아이건 모두가 평원 저 멀리에서 빠른 속도로 다가오고 있는 어떤 하얀 점 하나에 눈을 박고 있었던 것이다. 나 역시 그들처럼 그쪽을 바라보았다. 그 하얀 점이 검은 갈기를 휘날리는 말로 변했다. 이내 나는 말안장 위에 거의 엎드리듯 자세를 낮추고 이미 광란 상태인 말을 더 빨리 달리도록 정신없이 몰아치는 젊은 기사를 알아볼 수 있었다. 그의 머리 뒤쪽에 걸린 큼직한 카우보이모자는 자세히 볼수록 일부러 거칠게 다루어 찌부러진 몰골이었다. 나는 곧 그게 메데릭이라는 것을 깨닫고 아이들 못지않게 그 요란한 도착 광경에만 온통 정신이 팔려 있었다.

그는 벌써 학교 마당의 입구에 와 있었다. 그는 제대로 된 길로 들어오지 않고 말에 박차를 가하여 철조망을 펄쩍 건너뛰고 내친걸음으로 국기가 펄럭이고 있는 높다란 깃대 앞까지 내달았다. 단숨에 땅바닥으로 뛰어내린 그는 말을 매었다. 말이 미친 듯이 머리를 내둘러대는 바람에 깃대가 흔들리면서 국기가 광풍을 만난 듯 떨렸다.

이렇게 미친 듯이 달려와서는 잔뜩 긴장하고 있는 우리들에게 어디 기다려보라는 듯 그 자신은 전혀 서두르는 기색이 없이, 오히려 발을 질질 끌고 몸을 흔들흔들하면서 다가왔다.

이윽고 그 아이는 이제 그 챙 넓은 모자를 이마 쪽으로 당겨쓰고 교실 문턱에 이르렀다. 그는 거기서 두 다리를 벌리고 술이 늘어진 바지 주머니에 두 손을 찔러넣은 채, 못이 박힌 혁대를 허리에 두르고 멕시코식 문양이 장식된 굽 높은 장화를 신은 차림으로 떡 버티고 섰다. 거기서 그는 우리들을 휩쓸 듯이 쫙 훑어보았다. 그 시선에는 갇힌 수인들과도 같은 우리에 대한 멸시와 동정이 서려 있었다. 어쩌면 그 같은 허세의 밑바닥에는 너무나 오래 겪어온 고독에 대한 이해가 깔려 있는지도 몰랐다. 이윽고 그는 부드러운 보폭으로 마치 한길을 걸어가듯이 휘파람을 불면서 교실 가운데 통로로 걸어 들어갔다.

우리 교실에는 당시 대부분의 시골 학교가 다 그랬듯이 긴 학생용 책상에 고정시켜 붙인 2인용 장의자들이 늘어놓여 있었다. 책상의 상판 구석에는 잉크병이 달려 있고 연필을 놓을 수 있도록 홈이 파져 있으며 책상 속은 두 개의 칸으로 나뉘어 있었다.

메데릭은 교실 한가운데에 이르렀다. 거기에는 가장 덩치가 작은 아이들 중 하나가 한쪽만 차지하고 있는 책상이 있었다. 메데릭은 그 옆자리에 털썩 주저앉더니 엉덩이로 툭쳐서 그 아이를 왼쪽 통로로 날려 보낸 다음 자기 혼자서 두 자리를 다 차지한 채 버티고 앉았다. 그와 동시에 그가 내게 던지는 시선 속에는 어떤 방자함보다는 심심한데 어디 뭐 재미있는 일 좀 있었으면 좋겠다는 희망 같은 것이 담겨 있는 듯했다.

나는 모든 소지품이 마룻바닥에 떨어져 널린 가운데 엉덩방아를 찧고 앉아 있는 그 덩치 작은 아이를 붙잡아 일으켰다. 그리고 말했다. "이리 와. 배운 것 없는 이 키다리 옆에 있느니보다는 차라리 딴 데 가 앉는 편이 좋겠다."

내친 김에 이런 어조로 계속하고 싶은 마음이 굴뚝같았지만 나는 꾹 눌러 참고 마치 아무 일도 없었다는 듯이 수업을 계속했다. 그렇지만 마음은 오직 메데릭에게만 가 있었다. 나는 한쪽 눈 귀퉁이로 그를 주시하면서 조그만 허점이라도 없는지 감시를 게을리하지 않았고 그 역시 마찬가지인 것 같았다. 왜냐하면 안달이 난 듯, 어쩌면 내가 화를 내지 않은 것을 경계하는 듯 그의 시선이 몇 번이나 나를 찾고 있는 것을 보았기 때문이다. 그렇지만 잠시 후 약간 놀라움이 느껴지는 그의 시선이 내게로 향하면서 내가 그의 관심을 끌었다 싶어지는 순간, 그리하여 그의 관심을 붙잡아두기 위하여 더욱 안간힘을 쓰는 순간, 그는 내 면전에 대고 커다랗게 입을 벌리고 보라는 듯이 하품을 하면서 길고 가는 다리를 통로 쪽으로 쭉 뻗었다. 이렇게 하여 그리로 지나가는 거의 모든 사람들에게 딴지를 걸어 코방아를 찧게 만들 준비를 갖춘 것이다. 나 자신이 그 통로로 걸어갈 때는 마지못해 약간 뒤로 물러나 앉는 게 고작이었다.

그런데도 나는 가만 놓아두었다. 어쩌겠는가! 내 나이 겨우 열여덟 살이었고 그는 이제 곧 열네 살이 될 참이었다. 그는 나보다 머리 하나 정도는 더 키가 컸고 인생살이의 여러 면에서는 어쩌면 그 이상 성숙해 있었을 것이다.

그런데 일부러 그런 것은 아니었는데도, 메데릭을 상대하는데 있어서 처음부터 내게 가장 큰 도움이 된 것은 바로 나의 서투름이었다. 이 나이의 아이를 어떻게 다루어야 할지 알 수도 없었고 감히 어떻게 할 용기도 없는지라 나는 아무 말도 하지 않은 채, 그러나 태연한 척하기 위하여 거리를 두고 접근이 불가능한 상태를 유지했는데 결국은 그 때문에 그가 어지간히도 자극을 받은 모양이었다. 심심해진데다가 어떻게 하면 내 약을 올릴 수 있을지 궁리하던 끝에, 그는 공책을 찢어 그 종이를 뭉쳐가지고 여러 개의 공을 만든 다음, 거기에 풀칠을 하여 자를 발사대로 삼아 정확하게 손가락으로 퉁겨서 천장에 가서 딱 달라붙게 하는 놀이를 시작했다. 이런 놀이를 벌여도 내가 별로 관심을 보이지 않자 오래도록 재미를 못 느끼는 눈치이긴 했지만, 일단 시작한 놀이라 점점 따분해하면서도 그야말로 어쩔 수 없이 계속할 수밖에 없는 처지가 되고 말았다. 이렇게 하루가 지나갔다. 오후 네시에 교실의 아이들이 떠날 준비를 하고 있을 때 내가 처음으로 그의 이름을 불렀다.

"메데릭 에마르!"

그는 어색하게 돌아보았다. 벌써부터 눈에 불을 켜고 두 주먹을 움켜쥔 채 방어자세를 취하고 있었다.

"그냥 얘기나 좀 할까 했는데. 하지만 겁난다면 할 수 없고!"

그는 눈짓으로 반 아이들 전체를 한통속으로 끌어들여, 자기가 겁을 먹을 수 있다고 여길 정도로 고지식한 나를 한바탕 비웃도록 유도하려고 했다. 그러나 벌써 그는 지배력을 상실한 것일까? 별로 많은 시선들의 호응을 얻지는 못했다. 전열이 무너지면서 그는 해변에 쓸려 내려온 나무토막처럼 교실 한가운데 혼자 남았다. 그는 아직도 허세를 부려보려고 애쓰면서 제자리로 돌아갔다. 내가 아무 말 없이 침묵 속에 시간을 끌자 그는 곧 제 손톱을 물어뜯기 시작했다. 책상에 앉은 채 나는 태연한 척했다. 서류를 정돈하고 공책을 펼쳤다. 나는 일에 열중한 체했다. 실제로는 마음이 진정되기를 기다리고 있는 것이었다. 마침내 나는 눈을 들어 그를 바라보았다. 그 역시 나 못지않게 힘들어하는 눈치였다. 우리가 그 텅 빈 공간을 사이에 두고 여교사 대 학생으로서 말을 한다는 것은 우스꽝스럽다는 생각이 들었다. 나는 자리에서 일어나 그의 책상 쪽으로 걸어갔다. 그리고 약간 겁먹은 채 스커트 자락을 여미면서 그의 긴 의자 한쪽 끝에 앉았다. 그러자 그는 다리를 약간 끌어들여 내게 자리를 내주었다. 우리는 아무 말 없이 나란히 앉아서 한동안 앞만 바라보고 있었다. 나는 머리를 흔들어 머리카락을 뒤로 넘겼다. 그 중 몇 올이 내 얼굴을 약간 가렸다. 나는 용기를 내어 메테릭을 쳐다보았다. 그 순간 나는 그가 별수 없는 한 어린애에 불과하다는 것을 보았다. 목은 가늘었고 몸은 쭉 뻗었지만 호리호리했다. 특히 내게서 한없이 멀어져 있는 것만 같은 그의 두 눈이 인상적이었다. 그 눈은 내가 전에도 후에도 결코 본 적이 없는, 푸른색과 보라색 사이의 색깔로 가끔 여름날의 황혼에서나 볼 수 있는 아주 드문 그런 것이었다.

매우 두터운 길고 검은 눈썹 속에서 지금 그 두 눈은 어색하고 당황하고 혼란스러워하는 모습이었다. 나는 하숙집 여주인의 말을 떠올렸다. '메테릭의 천사 같은 눈에 속지 마세요. 다른 사람들을 골탕먹이려고 그런 눈빛을 하는 거예요.' 어쨌건 아무 말 없이 옆에 와 앉아 있는 내가 그에게는 상당한 위협이 되었던 것이다. 그나 나나 다같이 어떻게 하여 일이 이렇게 되었는지 알 수 없기는 마찬가지였지만. 나는 몇 분이 더 지나도록 아무 말도 하지 않았다. 손가락을 모아쥔 채 긴 의자 한 끝에 침묵을 지키고 앉아 있다는 것이 의식하지 못한 채로나마 그에게는 나의 위력으로 작용했다.

마침내 나는 혼잣말을 하듯 중얼거렸다.

"가령 장학관이나, 별로 웃는 편이 아니라는 신부님이나, 아니면 그저 학사위원회 위원 같은 사람이 찾아와서 '천장에 붙은 저 이상한 장식들은 뭘까?…' 하고 의문을 품기라도 한다면 난들 뭐라고 대답하겠어. '말씀 마십시오, 우리 반에서 제일 키 큰 학생 짓이죠. 제 키보다 반 피트는 더 큰 학생이라 제 말은 듣지도 않는걸요'라고 할밖에."

나는 잠시 쉬었다가 말했다.

" …사실 마음만 내킨다면 저걸 다 떼어낼 수 있을 만큼 충분히 키가 크죠…."

자기 앞쪽 먼 곳에 비끄러매고 있던 눈길을 돌리지 않은 채였지만 메데릭은 그래도 알아들은 시늉을 했다. 내 말을 부정할 수는 없는지 어깨가 꿈틀거리고 얼굴 위에 난처한 표정이 번지는 것으로 보면 알 수 있는 일이었다.

그는 갑자기 긴 의자에서 벌떡 일어나 교실 뒤쪽에 있는 사닥다리를 찾아오더니 거기 올라가서 빗자루로 자기가 그날 낮 동안에 해놓은 작업을 제거하려고 애를 썼다. 밑에서 나는 그를 응원했다.

"여기 이쪽 구석에도! 이쪽 구석에도!"

애를 쓰느라고 벌게진 얼굴로 내려온 그는 내가 보기에

수모를 당했다기보다 어떻게 해서 내가 그에게 가정부나 할 일을 하게 만들 수 있었는지 싶어 몹시 놀란 것 같았다. 그러나 무엇보다 어서 자리를 떠나고 싶다는 듯 갑자기 인사말 한마디 없이 밖으로 나갔다. 그는 말 위에 올라타더니 커다란 모자를 목 뒤로 휙 넘기고 큰 소리로 고함치며 전속력으로 말을 내몰았다. 그리하여, 아침에처럼, 그러나 이번에는 매순간 점점 더 작아지면서 이내 광대한 평원 속에서 검고 흰 점으로 변하여 사라졌다. 나는 우리들 사이의 먼 거리가 푸른빛으로 변하면서 그를 완전히 삼켜버릴 때까지 그를 눈으로 따라갔다. 아마도 오직 창가에 서서 바라보는 내게만 주어진 듯한 그 광경이 이번에는 소년 시절이 끝나가는 마지막 날들이 아니고서는 그토록 깊을 수 없는 어떤 고독의 고백 같아만 보였다.

2

그렇다고 해서 메데릭을 완전히 손아귀에 넣었다고 생각
한 것은 나의 오산이었다. 그가 다른 아이들 앞에서 내 권위
를 위협하는 행동을 더 이상 하지 않게 된 것은 사실이다.
심지어 그는 교실에 들어서면 카우보이모자를 선선히 벗었
다. 한쪽 손으로 그 모자를 벗어 쥐고 그는 내게 인사하는
시늉까지 했다. 너무나도 과장된 그 인사를 예절의 표시라고
는 볼 수 없었지만. 그러나 우리들 가운데서 그의 태도는 반
전체를 조롱거리로 삼을 때 이외엔 항상 종잡을 수가 없는
것이었다. 나는 그의 주의를 끌기 위하여 유례없는 노력을
바쳐 온갖 짓을 다 고안해냈다. 가끔 그는 자신도 모르게 한
동안 솔깃해져서 말을 잘 들을 것처럼 나를 쳐다보곤 했지만
금방 딴 데 정신이 팔렸다. 그는 먼 곳에 눈을 준 채 우리들
같은 것은 하나도 안중에 없다는 듯 몽상 속으로 떠나버리는
것이었다. 저런 말 안 듣는 녀석쯤이야 될 대로 되라지 하는

심정이었지만 나는 애가 탔다. 그가 나타나기 전에는 우리 반은 잘만 되어가고 있었는데 무엇 때문에 이 괴상한 녀석을 물려받게 되었는지 알 수가 없었다. 두세 번, 나는 그를 못 본 체하고 자신이 바라는 대로 무지와 무료함 속에 팽개쳐두리라는 생각도 했다. 그러나 이내 나 자신도 어쩔 수 없게, 무슨 일이 있어도 그를 밀어주어야겠다는 열망에 다시 사로잡히는 것이었다. 그처럼 당시 나의 열정은 사랑만큼이나 절박한 것이었다. 사실 내가 일생 동안 느꼈던 그 뜨거운 욕구, 지금도 내가 각자에게서 최고의 것을 얻어내려고 싸우는 그 욕구는 사랑이었다.

나는 끊임없이 메데릭 곁으로 돌아와서 그 떠도는 정신을 붙잡으려고 온갖 수단을 다 동원했다. 늘 딴 데 정신이 팔린 그 얼굴에서 잠시 동안이나마 관심을 나타내는 표정이 살아나는 때가 더러 있기도 했지만, 그는 곧 내 손이 닿지 않는 곳으로 빠져나갔다. 가끔, 그렇게 가까이 있으면서도 금방이라도 달아날 준비가 되어 있는 듯한 그를 바라보면서 나는, 결국은 사로잡히고 말 순진한 짐승 같다는 인상을 받곤 했는데 그를 사로잡기를 바라면서도 동시에 그 짐승에 대하여 가슴 아픈 느낌을 지울 수가 없었다. 메데릭은 그의 자유로운 꿈속에서 무한히 먼 곳으로 헤매고 다니고 있는 것이 분명했다. 왜냐하면 참다 못해서 내가 좀 큰 소리로 그를 부르기라도 하면 그는 한참 만에야 공상에서 되짚어 나오는 것이었고 매번 어딘가 묶인 것을 풀려는 듯이 목을 흔들며 학교의 책상 뒤에 앉아 있는 자신을 확인하는 것이었다. 나는 그래서

그를 상상의 여행에서 불러내오는 것이 어쩐지 망설여지곤
했다. 그 여행이 한결같이 행복한 것이어서 그런 것은 아니
었다. 그의 눈빛이 유난히 황혼빛으로 변하는 것을 보면 그
여행이 때로는 그를 고통스러운 추억들로 인도한다는 것을
눈치챌 수 있었다. 그러나 많은 경우 그의 몽상은 가장 상처
받기 쉬운 나이의 아이가 스스로 구축하는 저 범접할 수 없
는 피난처로 그를 데려가는 것이었다. 머지않아 그런 여행중
일 때 그를 불러내는 것이 내게는 가장 꺼림칙하게 느껴졌
다. 나 자신 그런 시절의 상처를 이제 간신히 치유한 상태였
고 겨우 청소년기의 몽상에서 벗어나 아직 성년의 삶을 잘
받아들이지 못하고 있는 형편이었으므로, 이른 아침 교실에
서서 내 어린 학생들이 세상의 새벽인 양 신선한 들판 위로
그 모습을 드러내는 모습을 바라볼 때면, 학교라는 함정 속
에서 그들을 기다리고 있을 것이 아니라 그들에게로 달려가
서 영원히 그들의 편이 되어야 옳을 것 같다는 느낌을 받는
것이었다.

"자, 메데릭, 정신차려야지!"

이제 내가 그에게 조심스럽게 청하듯이 주의를 주게 되었
으므로 그 역시 내가 말하면 한동안은 시키는 대로 정신을
차렸다. 때로는 나를 알아보고 미소를 짓는 때도 없지 않
지만… 이내 또 몽상 속으로 되돌아갔다.

나는 그에게 같은 책상을 사용하는 짝을 정해주지 않았
다. 그가 누구와도 짝이 되는 것을 견디지 못한다는 것을 알
았기 때문이다. 사실 누구를 그의 짝으로 정해주겠는가? 나

이에 비해 진도가 늦었으므로 그보다 어린 아이를 배정해야 할 텐데 그러면 그게 모욕으로 받아들여져서 그는 더욱 외톨이가 된 느낌이 들었을 것이다. 나는 긴 의자의 오른쪽 자리를 비워두었다. 그리하여 그 자리는 메데릭에게 어떤 문제를 개인적으로 설명해줄 필요가 있을 때 내가 자신도 모르게 그 옆에 가 앉는 익숙한 자리가 되었다. 무의식적으로 나는 이 늘씬한 소년 옆에 가 서게 되면 내가 보잘것없이 작아진 것만 같았고, 그 때문에 그의 눈에 장점과 권위를 잃게 된다고 상상한다는 것을 알아차렸다. 반면에 내 책상에 앉아서 그를 내 곁으로 부르게 되면 호리호리하고 서투른 그가 교과 설명을 따라가기 위하여 몸을 구부릴 수밖에 없어 모양이 안 좋아지는 것이었다. 한사코 그의 머릿속에 어떤 교과내용을 집어넣어야겠다고 열을 올리면서 내가 그 긴 의자의 한끝에 가 앉기 시작한 것은 바로 그렇게 모양이 안 좋아지는 일을 피하려는 목적에서였다. 이윽고 그렇게 하는 것이 아주 자연스러운 일이 되면서 나는 자주 그렇게 했다. 우리들 사이에 가능한 한 많은 공간을 남기도록 조심했지만. 어느 날 부주의로 우리 두 사람의 무릎이 서로 스치자 그가 놀란 짐승처럼 재빨리 다리를 비켰다. 그런 때 외에는 그는 내가 자기 옆에 가 앉는 것을 당연한 일로 받아들였다. 사실 나는 다른 몇몇 아이들 옆에도 가 앉곤 했었다. 그보다 작은 아이들이긴 했지만. 한사코 그의 눈을 쳐다보면서 이야기를 하려고 노력하면 내가 유리한 입장을 차지할 수 있다는 느낌이었고, 언젠가는 그 아이로 하여금 공부에 맛을 들이게 할 수 있으리라는 생각이 들었다.

그보다 경험이 더 많은 나는, 그가 적어도 나와 동등한 입
장이 되고 많은 경우 내가 질 수도 있다는 것을 어쩌면 알아
차리게 될지도 몰랐다.

어느 날, 문법책을 앞에 펼쳐놓고 분사 일치법칙을 이해
시키려고 애를 먹고 있다가 나는 그의 표정에서 또다시 그가
내 말을 정신차려 듣고 있지 않다는 것을 알아차렸다. 그의
시선은 주변의 들판을 헤매고 있었는데 한참 동안, 밖으로
나가고 싶은 욕망을 어찌나 역력히 드러내고 있는지, 갇혀
있는 죄수를 한 번도 본 적이 없으면서도 나는 아마 자유로
운 지평선을 바라보는 그들의 눈빛이 바로 저렇겠지 하고 상
상했다.

갈기가 검은 흰색 종마인 가스파르는 깃대에 묶인 채 지
금 그 늘씬한 머리를 쳐들고 학교 쪽으로 눈길을 던지고 있
었다. 조만간 학교를 방문하기로 되어 있는 장학관으로부터
대영제국 여왕폐하의 깃발을 욕되게 하는 짓을 용납했다고
필시 내게 질책이 떨어질 수 있으니 말을 딴 데 매라고 그에
게 몇 번이나 말한 바 있었다. 메데릭은 내게 입을 삐쭉해
보이면서 그토록 고상한 동물에게 여왕폐하의 상징을 결부
시킨다는 것은 그 고귀하신 폐하에게 오히려 영광을 돌리는
표시가 되는 것이 아니겠느냐고 은근히 암시하는 것이었다.
그래도 그 문제에 대해서는 내 요구를 들어줄 의향이 있는

것 같았다. 그러나 학교 주변에 다소 높은 장소라고는 그 작은 언덕뿐이었으므로 가스파르가 몹시 심심해질 때면 하다 못해 거기서 교실 안을 넘겨다볼 수라도 있는 것이었다. 그 종마는 이따금씩 수업 도중에 이상한 소리를 내면서 울어대곤 했는데, 그 우는 소리가 너무나 부드럽고 애원하는 듯해서 수업의 흐름은 완전히 끊어져버리는 것이었다. 메데릭은 낮 동안 가끔씩 가스파르가 창문 너머로 아이들을 바라보며 위안을 얻는 것마저 못하게 하면 절대 반대하고 나설 것임을 나는 알고 있었다. 나는 전전긍긍하는 마음으로 제발 날씨가 추워질 때까지 장학관의 방문이 늦추어 지기를 간절히 바라고 있었다. 메데릭이 "만약에 내가 그때까지도 여전히 학교에 오게 된다면 가스파르한데 근처에 있는 어떤 마구간에 아주 따뜻한 자리를 하나 얻어줘야겠어요" 하고 내게 말한 적이 있었던 것이다.

그리하여 내가 그날―지금도 나는 그때 일을 똑똑히 기억한다―"분사가 일치하는 경우는 이러이러한 때이고, 반면에 일치하지 않을 경우는 이러이러한 경우다…" 하는 대목까지 설명을 하고 있으려니까 가스파르가 우리들이 공부하고 있는 교실 쪽으로 그 좁고 길쭉한 얼굴을 가진 머리를 돌려대고 있었다. 잠시 후, 오후의 고요 속에서 원망에 찬 비명이 진동하며 터져나왔다. 그것은 가스파르의 평상적인 울음소리가 아니었다. 마치 그 짐승이 우리들에게, 자기는 깃대에, 선생과 학생인 우리는 책상에, 비끄러매여서 살아간다는 것이 얼마나 미친 짓인가를 깨닫게 하려고 내지른 비명 같았다. 그 탄식의 비명은 우리들 전체의 마음에 와 닿았던 모양이었다. 우리는 다같이 고개를 들고서 부동자세로 몽상에 잠겨, 침묵의 무리가 되어 창 밖으로 탈출해버렸으니 말이다. 날은 숨이 막힐 정도로 청명한데 우리 눈에 보인 것은 아직 극히 일부에 지나지 않았던 것이다. 눈에 거칠 것 하나 없이 펼쳐진 풍경 속 저 멀리 짓푸른 색의 팽팽한 지평선에 바싹 닿은 채 가을 단풍빛으로 불덩이가 된 숲이 나지막한 선을 그으며 타오르고 있었다. 불타는 인상이 어찌나 강했는지 거기 그 불덩이 위의 대기가 아지랑이처럼 떨리는 느낌이었다. 그러니까 그 불은 꺼질 줄 모르고 무한히 타오르면서 투명한 대기, 미묘한 하늘의 채색, 그리고 특히 그 광채에도 불구하고 깊어만 가는 그 한나절의 정적을 더욱 두드러지게 하고 있었다. 따지고 보면 불타는 숲을 유난히 눈에 띄도록 하는 것은 다름아닌 그 침묵, 첩첩이 쌓인 고요, 바로 그것이었던 것이다.

제 살을 게걸스럽게 파먹으면서도 고스란히 남아 있기만 하는 듯했던 그 기막힌 순간의 명상으로부터 나는 간신히 현실로 돌아왔다. 나는 곧 그 전문 몽상가에게 시비를 걸었다.

"메데릭, 정신을 어디다 팔고 있는 거야?"

나를 정면으로 쳐다보지는 않은 채 그는 그래도 자신의 은밀한 일에 열중한 사람 특유의 미소를 보일락 말락 지어 보일뿐 자기를 귀찮게 하는 내게 거친 반응을 보일 생각은 없는 듯했다.

"보나마나 저기 불타는 작은 숲으로 가스파르하고 같이

신나게 달리고 있겠지 뭐" 하고 내가 말했다.

이번에는 그가 내 쪽으로 고개를 돌려 쳐다보았다. 동공이 몽상의 베일에 덮여 있었다. 거기에는 몽상의 자취가 다 걷히지 않은 채 남아 있었다. 영상들이 완전히 지워지지 않은 가운데 아직 김이 서린 듯한 그 얇은 막은 이쪽 세상과 저쪽 세상을 가르는 여린 경계였다.

"아뇨" 하고 자기 의지와 상관없다는 듯한 어조로 그가 말했는데 아마도 자신이 내게 속마음을 털어놓고 있다는 것을 의식하지 못하는 눈치였다.

"오늘 만약에 학교 수업이 없었다면 저는 밥코크산에 올라갔을 겁니다."

나 역시 이 마을에 부임하기 위하여 오는 길에 거쳐온 그 작은 산들의 기억이 눈에 삼삼하여 늘 잊지 못하고 있었다. 그 산을 보러 다시 가봐야지 하고 거의 매일같이 벼를 정도였던 것이다.

"기차에서 보는 것은 아무것도 아녜요" 하고 메데릭이 비웃듯이 말했다. "거긴 말을 타고 가야 해요… 아니면 걸어서 가든가…." 그리고 나지막한 목소리로 이렇게 덧붙였다. "…혼자서요."

"오, 너한테 그런 야성적인 장소가 좋아 보인다는 거야 상상하기 어렵지 않지만" 하고 나는 꽤 세차게 반박하지 않을 수 없었다. "저 가스파르야 그런데 가서 뭐가 좋겠어?"

"특별한 풀이 있으니까요" 하고 이번에는 그가 내 무식함을 눈감아준다는 듯이 대답했다. "공기도 더 싱싱하구요, 하지만 무엇보다 주변을 멀리까지 볼 수 있잖아요."

"내가 알기로는 말은 시야가 짧다는데."

"그럴지도 모르죠" 하고 메데릭이 인정했다. "하지만 전
망이 확 터진 높은 데가 있는 목장에다가 말을 한번 풀어놓
아보세요. 몇 시간만 있으면 그 녀석은 제일 높은 곳에 올라
가서야 비로소 행복한 표정이 된다는 걸 알 수 있어요."

"네 말이 맞아" 하고 그의 정확한 지적에 놀란 내가 말했
다. 그건 일종의 칭찬에 가까운 것이어서 그도 흐뭇해하는
눈치였는데, 나는 왜 그 뒤에 한마디 더 붙여서 잘 되어가는
일을 다 망쳐놓았는지 알 수가 없다.

"자연에 대해서 관심을 갖는 만큼 교실에서도 열심히 공
부했더라면 일등을 했을 텐데."

그는 그런 것쯤은 전혀 신경 쓰지 않는다고 잘라 말했다.
그렇지만 내게 언짢은 기분을 드러낸 것은 아니었다. 오히려
그는 갑자기 내게 거의 호의에 가까운 감정을 보였다. 나는
곧 그 이유를 깨달았다. 내 마음이 누그러진 틈을 이용해서
한 가지 허락받을 것이 있었던 것이다.

"선생님, 나가서 가스파르한테 물을 좀 먹이고 와도 될까
요, 잠깐이면 되는데요."

조금 전에 끝난 휴식시간에 그는 이미 학교 소유의 부지
끝에 있는 물 먹이는 곳으로 말을 데리고 갔다 왔다. 그러니
까 그가 가스파르에게 먹이려는 것은 물이 아닌 딴것이었다.
나는 그를 쳐다보면서 잠시 생각해보았다. 아무리 봐도 애정
을 보이는 대상에게만 복종하는 것을 보면 그 또한 그의 말

과 다를 것이 없었다. 결국 그를 제압할 수 있는 주인을 만나다면 그 역시 군말 없이 복종할 것이다.

"좋아" 하고 나는 마지못한 척하며 대답했다. "가스파르한테 달려가서 조금만 참으라고 해. 오늘 하루 수업도 끝나가니까. 하지만 빨리 해. 네 변덕과 온갖 기발한 행동 때문에 마을 사람들이 날 흉보겠어."

"아이구, 마을 사람들쯤이야!" 하고 그는 유쾌하고 한심하다는 듯이 내뱉고는 휙 밖으로 나가서 가스파르에게 뭐라고 격려하는 말을 수군대는 눈치였다. 그가 매여 있던 말을 풀어서 끄는 것이 아니라 그냥 곁에 가서 귀에다 대고 뭐라고 말을 하는 것 같았으니 말이다. 그러자 말은 이마를 숙이고 알아들었다는 듯 목걸이 줄을 몇 번 빠르게 흔들었다. "좋아, 참고 기다리도록 해보지. 하지만 너도 빨리 수업 끝내도록 해."

그가 가스파르와 의기투합하게 되어서, 그리고 아마도 그의 옷에서 톡 쏘는 듯이 풍기는 그 신선한 공기를 들이마신 덕분에 기분이 좋아진 표정으로 교실로 돌아왔을 때 나는 좀 짜증이 나는 느낌이었다. 내가 그렇게까지 노력을 했는데도 그는 항상 학교보다 밖에 나가 있을 때가 더 즐거운 눈치였기 때문일 것이었다. 그래서 나는 때아니게 그를 나무라는 소리를 내뱉었다.

"정말이지, 메데릭 에마르, 그렇게까지 학교가 싫은데 뭐하러 오는지 알 수가 없구나."

그의 눈의 보라색이 까맣게 변했다. 내가 그렇게 오래 공들여 얻어낸 그 얼마 안 되는 신뢰마저 잃어버리는구나 싶었다. 흥분한 나머지 닥치는 대로 다 때려 부술 듯한, 내가 마을에 처음 왔을 때 누구나 입에 담던 모습의, 그런 광포한 소년의 모습이 나타나려는 것을 보았다. 사실 나로서는 처음 보는 모습이었다. 그렇지만 잘 생각해보니 나 정도는 크게 화를 낼 상대가 못 된다고 판단했다는 듯 그는 곧 마음을 진정시켰다. 그리고 담담하게 대답했다.

"아버지 때문에 어쩔 수가 없어요. 그렇지만 않았으면 정말이지 이 망할놈의 학교에 다시는 오지 않았을 거예요. 법은 아버지 편이죠. 벌써 두 번이나 경찰이 꽁무니에 붙었었는걸요. 지난 봄에, 제가 어떤 농가에서 일자리를 찾았을 때 그랬고 또 한 번은 배낭을 둘러메고 밥코크산 쪽으로 돌아다녔을 때 그랬어요."

"아, 메데릭, 난 몰랐어" 하고 내가 아주 난감한 어조로 말했다.

용서를 구한다는 것이 기껏해야 책상 위에 얹어놓고 있는 그의 손에 내 손을 포개놓은 것이 고작이었다. 내 손은 그의 손을 겨우 반쯤 덮을까 말까 했다. 그는 별 생각 없이 우리 두 사람의 손을 내려다보다가 그걸 알아차리고, 마음속이 편치 않은 가운데서도 신기하다는 느낌이 들었던 모양이었다. 이상할 정도로 은근스럽고 무뚝뚝한 어조로 "아이고, 선생님 손이 내 손보다 더 작네" 하고는 곧 제 손을 책상 밑으로 숨겼다. 그의 눈에는 여전히 어떤 고통이 사라지지 않고 남아 있는 것 같아 나는 그걸 지워보려는 생각에서 말했다.

"올해에도 또 산으로 달아나려고 해본 적이 있었니?"

"겨우 이틀 동안이었죠. 아버지가 망을 보고 있거든요. 나는 거의 대번에 발각돼 끌려왔어요. 도둑놈처럼….."

그는 오랫동안 억눌렀던 원망 때문에 말없이 전율했다. 그리고는 도전적으로 머리를 쳐들고는 내뱉었다.

"이제 곧 열네 살이 되요. 그렇게 되면 아버지도 나를 강제로 학교에 보낼 수는 없게 되죠. 나는 자유예요."

나팔 소리처럼 터져나온 그 말을 들으니 나 역시 얼마 전까지만 해도 세상의 그 무엇보다도 더 간절하게 자유를 원했었다는 사실이 생각났다.

"자유가 되면 뭘… 뭘 할 건데?"

"나는… 나는…."

"네가 그렇게도 좋아하는 가스파르조차도 자유롭지 않아. 봐라, 가스파르는 줄에 매여 살지 않니."

"그거야 나를 기다려야 하니까 그렇죠. 하지만 내가 자유롭게 되면 가스파르한테도 자유를 주겠어요."

"저 불쌍한 짐승이 자유를 뭣에 쓰겠니. 기껏해야 다시 너한테로 달려오겠지. 너를 못 찾기라도 하는 날이면 아마 슬퍼서 죽을걸."

메데릭은 눈을 내리깔았다. 놀라움과 슬픔이 깃든 눈이었다.

"하긴 선생님 말이 맞아요. 그렇다면 자유는…."

그리고 그는 어쩌면 이 세상의 그 어떤 것도 결국 열세 살 먹은 아이가 바라는 바를 만족시켜주지는 못하리라는 예감에 떨었다.

"그 이상으로 더 중요한 것이 있을지도 모르지."

"뭐가요?"

"아, 난들 알겠냐! 어떤 사람들에겐 일이나 의무 같은 게 그렇겠지. 또 어떤 사람들에겐 사랑이 그렇겠고. 어쨌든 사람의 마음을 매는 것이 있는 거야."

"아 고맙지만, 나는 아녜요. 나한테는 언제나 자유가 제일 중요해요."

좋을 대로 생각하라지. 하지만 바로 그날부터 그는 마음이 흔들렸는지 내 말을 귀담아듣기 시작하여 심지어 수업시간에 실제로 열심히 들으려고 애를 쓰는 것이었다. 그런데 그가 공상에 빠지는 자신의 성벽을 이기려고 싸우는 바로 그때, 이번에는 내가 더 이상 견딜 수가 없어 그만 무너지기 시작했다. 저 하늘가에서 계속 낮게 타오르고 있는 거대하고 거센 불이 이제는 나를 어떤 불복종의 상태로 몰아가고 있었다. 너무나 젊었던 나는 자신이 여교사라는 직분 속에 영원히 갇혀버렸다고 느끼는 것이었다. 나아가서 그 일의 재미있는 면은 더 이상 보이지 않고 오직 벗어날 길 없는 인습만 보였다. 그러나 사실 나는 일이 어떻게 돌아가는 것인지 도무지 알 수 없는 상태였다. 어떤 날은 평소와 마찬가지로 아이들의 수업 진행에 골몰하다가도 그 다음 날은 우울증에 빠져버렸다. 끝나가는 가을의 찬란한 마지막 날들이 어쩌면 이 세상에서 가장 귀중할지도 모르는 것을 즐기지도 못한 채 그냥 흘려보낸다고 책망하는 것만 같았다. 가스파르가 자유를 호소하는 소리를 내지르면 이번에는 내가 탁 트인 높은 하늘로 눈길을 던졌다. 나는 자문해보았다. "자신의 재능과 삶을 어디에다 바치는 것이 값진 것일까?"

어느 날 메데릭 옆으로 지나가다가 그의 작문노트를 들여다보려고 고개를 숙였다. 그런데 작문에 대한 말 대신 불쑥 이렇게 물었다.

"네가 말하는 산이란 게 사실은 그냥 작은 언덕에 불과한 거지?"

그는 연필을 집어들더니 놀라울 정도의 솜씨로 아주 뚜렷한 획을 그어 촘촘한 산맥을 그린 다음 여기저기에 나무와 무너진 바위 무더기를 그려 넣고 비탈에는 낮은 나무 덤불을 보탰다. 별것 아닌 것을 가지고 말할 수 없이 한적한 어떤 장소의 분위기를 살려낸 것이다. 그런 곳에 가서 긴장을 풀면 좋을 것 같았다.

긴 의자의 한끝에 앉은 채 나는 그 야성적인 장소가 생명을 얻어 생생하게 살아나는 모습에 정신을 팔고 있었다. 물의 흐름을 그리면서 메데릭이 설명했다.

"여기 가운데는 시내가 있어요. 어느 날 물이 흘러나오는 샘까지 따라 올라가봤어요. 걸어서 네 시간 걸려요! 넘어진 나무등걸 밑에 숨어 있어서 찾기가 쉽지 않아요. 물이 아주 차죠. 그 꼭대기에 오두막을 짓고 사는 어떤 영국 사람이 몇 년 전에 시내에다가 새끼송어들을 방류해놓은 것 같아요. 아직도 더러 남아 있어요. 그리고 말이죠, 더 재미있는 건, 선생님…"

산에 대한 이야기가 시작되자 구속에서 풀려난 아이의 모습이 되살아나는 것을 볼 수 있었다. 그는 마음이 느긋해졌는지 숨을 깊이 들이마셨다. 속마음을 계속 털어놓으려다가 그는 잠시 주저하면서 내가 정말로 관심 있어 하는지 살피더니 궁금해죽겠다는 내 표정을 보고는 제가 마음속으로 그토록 귀중하게 여기는 것을 나와 나누어 가지게 된다는 도취감을 억제하지 못한 채 말을 이었다.

"그게 뭔데, 메데릭?"

"… 에, 그건 말이죠, 송어 떼가 가끔 샘으로 거슬러 올라오는데, 거기 찬물 속에서 말이죠, 선생님은 아마 못 믿으실 거예요, 이놈들이 그냥 손에 잡히는 거예요. 정말예요. 손으로 잡고 쓰다듬어도 가만 있어요… 정말 신기하잖아요?"

"어쩌면 물이 하도 차서 물고기가 얼얼해진 통에 감각이 없어진 모양이지" 하고 나는 생각나는 대로 그냥 말했다.

"손으로 잡아서 쓰다듬다니" 하고 그는 꿈같다는 듯 되풀이하여 말했다. 그 순간 나는 나른한 보랏빛이 감도는 그의 두 눈과 투명한 얼굴에 가장 미묘한 사랑의 표정이 스치는 것을 보았다. 나는 청소년 시절에 있어서 사랑의 첫 충동은 물과 땅에 사는 작고 자유로운 생명체들 쪽으로 기운다는 사실을 발견하고 다시 한 번 더 깊은 놀라움을 맛보았다. 이 세상에서 가장 경계심 많은 물고기가 기꺼이 손 안으로 들어와주었을 때 그걸 손에 느끼며 맛보는 기쁨의 전율이 그의 얼굴 위로 지나가는 것을 보면서, 나는 나 자신이 보다 민감하게 대처하지 않으면 상처받기 쉬워만 보이는 그 아이가 이제 머지않아 어떤 손아귀에 붙잡히고 말 것이라는 생각을 했다.

또 한번은 속마음을 털어놓을 기분이 되었는지 그는 내게 가장 깊은 산속에서 바싹 마른 무슨 뼈 무더기를 발견한 적이 있다는 얘기를 했다. 너무나 오랜 세월 동안 닳고 닳아버린 뼈들이어서 그게 무슨 짐승의 잔해인지 알 수조차 없는 것들이었다고 했다. 짐승들이 스스로 찾아가서 죽은 무덤이었을까? 아니면 짐승을 잡으려고 옛날 사람들이 쳐놓았던 무슨 덫의 자리일까?

"오히려 후자일 것 같은데."

그는 내 대답에 만족한 것 같았다. 그리고 그 뒤부터는 얼른 보기에 나의 지식과는 거리가 먼 것 같은 문제에 있어서조차 내게서 배울 것이 있다고 믿는 눈치였다.

마침내 그는 자신의 가장 놀라운 발견을 내게 알려줄 정도에 이르렀다. 즉, 저기 산꼭대기에는 뭔가가 새겨진 돌이 있다는 것이었다. "그걸 어떻게 설명하면 되는 거죠, 선생님? 물고기 모양이 새겨져 있는 거예요!"

"화석이구나! 있을 수 있는 일이지. 여러 세기 전에 아가씨즈바다가 우리 대륙의 내륙 거의 전체를 뒤덮고 있었거든. 물이 빠지면서 심지어 산꼭대기에까지 바다와 조개껍질의 자취가 남았다는 것은 충분히 가능한 일이지."

내가 실력 발휘를 하자 황홀해진 그는 이제부터 내가 하는 말이면 무엇이든 다 믿을 준비가 된 것 같았다. 나는 당장 그 기회를 이용하여 그에게 말해주었다.

"메데릭, 온 사방으로 돌아다니기만 하면서 배우려 하지 말고 책을 좀 읽으면 책에도 기가 막히게 멋진 것들이 가득하다는 것을 알게 될 거야."

나는 그에게 백과사전 중 어느 한 권을 가서 가져오라고 시켰다. 가난하기 짝이 없는 우리 학사위원회에 요청하여 내가 우리 학교에 간신히 구입해놓은 책이었는데, 나는 그에게 아가씨즈바다 항목을 찾아보라고 시켰다. 우리는 그것과 관계된 긴 설명을 함께 읽었다. 나중에, 나는 찬물 속에서 손 안에 들어오는 송어 이야기를 할 때와 마찬가지로 꿈에 젖은 눈빛을 메데릭에게서 보았다.

"내가 본 그대로네요!" 하고 그는 두껍고 거창한 책에서 자기가 본 것을 확인해주는 내용을 발견하자 기쁨과 놀라움을 이기지 못하여 소리쳤다.

그것이야말로 메데릭의 내면에서 책에 대한 사랑이 깨어나는 바로 그 순간임을 나는 알 수 있었다. 그 점이 나는 더할 수 없이 기뻤다. 그런데 이상한 일이었다. 그가 삶의 흐름과 놀라움과 신비스러움을 구체적인 기록 속에서 확인하는 만족감을 맛보게 되는 바로 그 순간에, 이번에는 내가 그 책들 저 너머 그 책들의 모체가 되었지만 책이 다 말해주지는 못하는 세계로 되돌아가보고 싶은 꿈에 온통 사로잡혀버린 것이었다.

"네가 말하는 그 산에는 사람이 살고 있니?" 하고 나는 나중에 그에게 물어보았다.

"아무도 없어요. 거기선 언제나 혼자예요, 가스파르하고 나하고요" 하고 그는 의기양양하여 말했다.

한 가지 감정에서 다른 감정으로 옮아가면서, 나는 그 나이에 벌써부터 고독에 맛들이고 있는 그를 나무라고 싶었지만 나 역시 이를테면 사람들에게 등을 돌리고 살아온 시절을 막 벗어난 참이라는 사실을 상기했다. 그런 시절로부터 사랑에 이르기 직전, 청소년 시절에는 흔히 인생의 가장 본질적인 고뇌가 그쪽에서 오리라는 예감에 사로잡히게 되어, 가능한 한 그 무슨 가냘픈 은신처에 몸을 웅크리거나 아니면 메데릭처럼 온통 순수하기만 한 땅으로 피해 들어가 숨으려고 애쓰는 것이 아닐까 한다.

이제 그는 그의 약간 거친 여러 가지 즐거움에 대하여 가슴을 열어 보이기 시작했다. 그는 하루도 빠짐없이 무슨 희귀한 화본과 식물이나 그 지역에서는 지극히 찾아보기 어려운 새둥지를 나한테 보여주고는 곧 날려 보낼 생각으로, 살아 있는 새를 저고리 속에 따뜻하게 품고서 찾아오는 것이었다. 그것들은 우리가 책의 원색도판 속에서 그림으로 보았던 것의 견본들이었다. "선생님, 이걸 진짜로 보았으면 좋겠다고 했잖아요."

바로 어제까지만 해도 메데릭과 동등하게 내 세상 같았던 그 왕국의 한계를 벗어나는 즉시, 나는 그를 안내자 삼아 그곳으로 되돌아가는 것을 꿈꾸었고 그를 따라가기만 하면 잃어버린 경계선을 다시 발견할 수 있다고 상상하는 것이었다.

어느 날, 다른 아이들을 다 보내고 난 뒤 어떤 문제를 다시 한 번 더 풀어보기 위하여, 그를 데리고 멀리 있는 숲의 불그레한 빛을 받아 아직 훤한 교실 안에 단둘이서 나란히 앉아 있다가, 내가 또 무슨 엉뚱한 비탈로 미끄러질지 모를 일이라는 생각을 하면서도 불쑥 그에게 물었다.

"메데릭, 네가 말하는 그 산은 아주 멀어?"

"아녜요. 내가 아는 지름길로 가면 구 마일밖에 안 돼요."

잠시 후, 그는 그런 질문을 던지게 만든 나의 관심이 어떤 것인지를 차츰 깨닫게 된 모양이었다.

"거기 가보고 싶어요?"

내가 아니라고 해보아야 소용이 없었다. 그는 내 속을 훤히 들여다본 것이었다. 완연히 달라진 표정으로 보아 그는 마침내 나보다 유리한 입장이 되었음을 은근히 느끼고 있는 것이 분명했다.

"좋은 말만 있으면 아무것도 아니죠 뭐. 마을에서 출발해서 세 시간이면 가는걸요, 선생님."

그 어조는 은근하고 애원하는 듯했다. 부드러운 보라색으로 변해가는 눈빛도 마찬가지였다.

"그렇다면 하루에 갔다 올 수 있단 말이지?"

"그러고도 시간이 남는다니까요, 선생님."

그 순간, 나는 사태를 막기 위해서 얼른 말했다.

"하지만 난 말이 없는걸."

"우리 집에 아주 순한 암말이 한 마리 있어요. 전혀 사납지 않아요, 선생님. 요 다음 토요일날 일찍 데리러 올까요?"

"아니, 그렇게 빨리 말고, 그렇게 빨리 말고!"

"가을이 다 가는데요."

"십일월도 좋을 텐데."

"하지만…."

나는 깊이 생각해보았다. 내가 지금 무슨 분별없는 짓에 동조하려는 것인가 하는 점에 대해서가 아니라 판단력이 흐려진 가운데서도 이상하게, 나를 산으로 데려가고 싶어 달아오른 메데릭의 욕심을 어쩌면 좋게 이용할 수도 있겠다는 점에 대한 생각이었다. 나는 그의 눈빛을 살폈다. 거기에는 오직 자신이 살고 있는 어떤 세계, 그 속에서 혼자만 살다보니 마침내는 그 한없는 찬란함에 대한 확신마저 흔들리게 된 그 세계에 대한 사랑을 그럴 만한 자격이 있는 사람과 나누어 가지고 싶은 일념뿐인 소년기의 열광만이 가득했다. 갑자기 메데릭은 내가 자신에게 그 야성적인 세계의 아름다움에 대한 확신을 심어주기를 바라는 뜨거운 열망에 사로잡혔다.

"그럼 그 전에 나한테 한 가지 약속을 할 수 있겠니?"

그러자 순간 그의 눈에는 성인들에 대한 그 거만한 멸시의 기색이 약간 스치고 지나갔다. 그것은 아이가 성년의 세계로 진입하기 직전에 가장 강하게 느끼는 그런 멸시와 반항의 감정이었다.

"흥정을 하겠다는 얘긴가요?"

"이를테면 그렇지, 그러나 이건 공평한 거야. 네가 이걸 모두 다—나는 문법교과서의 꽤 많은 분량을 손가락으로 가리켜 보였다—복습해서 가령 2주일 동안에 이 동사변화를 다 외울 수 있게 된다면 난 그 즉시 너하고 같이 밥코크 산으로 가겠어."

그가 어떻게 했을까? 나는 지금도 잘 이해할 수가 없다. 월말 시험 때 옆 사람의 답안을 그대로 베꼈을까? 그럴 수는 없다. 내가 바싹 가까이에서 지켜보고 있었던 것이다. 내 책상 속을 뒤져서 미리 작성해놓은 문제지를 찾아내 미리 공부해두었을까? 그럴 것 같지는 않다. 어쨌든 분명한 것은 언제나 반에서 꼴찌를 하던 그의 성적이 이번에는 중간 이상으로 뛰어올랐다는 사실이다. 내가 그에게 성적표를 내밀자 그걸 본 그에게서는 마치 자기 자신에게 비꼬는 축하의 말을 던지기라도 하듯 야유 섞인 찬미의 휘파람 소리 같은 것이 새나왔다. 나는 그 순간 그의 시선에서 어떤 승리자의 빛을 볼 수 있었다. 그것이 약간 건방지게 느껴져서 나는 좀 당황했다. 그러나 곧 그가 단순히 내기에 이긴 것을 기뻐할 뿐임을 알 수 있었다.

그 다음 토요일, 전날 밤 약간의 결빙으로 공기가 맑고 칼칼해진 아침 일찍, 그는 가스파르의 등에 올라탄 채 작고 순한 암말 플로라를 끌고 우리 집 문 앞에 와 있었다. 붉은색 바탕의 털에 이마에서부터 콧잔등까지 흰 줄무늬가 악센트처럼 찍혀 있어서 갸름한 얼굴이 생각에 잠긴 듯이 보이게 하는 그 암말이 즉시 내 마음에 들었다.

3

벌써 두 시간이 넘도록 우리는 올라가고 있었다. 메데릭
이 앞장섰다. 마지막 순간까지도, 더할 수 없이 기이한 균형
을 이루면서 쌓여 있는 돌 더미 사이로 그때까지보다 더 높
고 더 야성적인 곳으로 교묘하게 빠져나가는 틈새가 있으리
라고는 짐작도 할 수 없었다. 그토록 평탄하고 한결같은 우
리 고장에 그렇게까지 우락부락한 성격의 풍경이 감추어져
있으리라고는 절대로 상상하지 못했다.

가끔 메데릭은 발걸음을 멈추고 시각 못지않은 길잡이가
되어주는 듯한 공기의 냄새를 맡곤 했고, 내 눈에는 그저 뒤
엉킨 풀숲으로밖에 보이지 않는 곳에서 놀라울 정도의 후각
으로 통로를 찾아내는 것이었다. 아주 늦은 가을이었는데도
날은 찬란한 하루를 예고하고 있었다. 평소에 눈과 폭풍이
일찍부터 몰아치는 우리 고장에서는 드문 일이었다. 내가 그
느낌을 말하자 메데릭은 당연히 그렇게 말할 줄 알았다는 듯

이 별로 놀라지도 않으면서 싱긋이 웃었다. 그러고 나서 우리는 힘든 산길에 신경을 쓰느라고 더 이상 말을 주고받지 않았다. 그렇지만 이따금씩 메데릭은 나를 돌아보곤 했는데 챙이 넓은 모자 밑으로 그의 얼굴이 내 쪽으로 잠깐잠깐 밝아지면서 나를 격려하고 머지않아 우리가 노력한 보상이 있을 것이라고 약속하는 듯했다.

우리는 또 하나의 가파른 비탈을 향하여 내달았다. 우리가 타고 가는 말들의 발밑에서 무너지는 돌들의 폭포는 산비탈을 따라 끝없이 굴러 떨어져 내려갔다. 때로는 돌멩이 한 개가 다른 것들보다 한참이나 뒤에 바닥으로 떨어지면서 그 깊은 고요 속에서 잊을 수 없는 소리를 내며 울리기도 했다. 또 다른 둥근 골짜기가 나타났고 우리는 다시 숨 막힐 듯한 침묵 속에 갇혔다. 흐릿한 바위 그늘 속에서 다시는 해를 볼 수 없었고, 찬란한 가을날의 것이라곤 이따금 길 잃은 빛의 화살들을 만나는 것이 고작이었다. 줄곧 폐쇄되어 도무지 속을 보이지 않은 채 점점 더 빡빡하게 조여지며 나선상으로 올라가기만 하는 그 고장에서 나는 기가 죽어버렸다. 저 아래에 있는 학교, 마을, 나의 생활, 정답게만 느껴지는 그 모든 것들이 이제는 오래전부터 등 뒤에 남아 있다는 생각을 했다. 심지어 내게 등을 보이고 있는 메데릭의 실루엣까지도 이제는 낯익은 것이 아니었다. 그리하여 따지고 보면 잘 알지도 못하는 사내아이와 함께 사람 하나 살지 않는 이 험한 고장에 와서 모험을 하고 있다는 느낌이 들었다. 가벼운 두려움이 가슴을 스쳤다. 그때 메데릭이 큼직한 모자 밑으로 만면에 웃음을 가득 담고 돌아보더니, 의기양양한 몸짓으로 우리들 저 앞에 이젠 아주 가까워진 한 곳을 가리켜 보였다. 여러 시간 동안 우리가 더듬어 올라온 목표점이 거기 있었다.

험한 모습의 돌덩어리들이 차츰 드문드문해졌다. 풍경이 훤하게 트였다. 바위 더미들 사이로 뚫린 하늘이 넓게 드러났다. 세찬 빛줄기가 우리를 맞았다. 그리고 갑자기 눈에 익숙하고 평화스러우면서도 여러 시간 동안 사라져 눈에 보이지 않았기 때문에 더욱 새로워지고 훨씬 더 눈에 잘 들어오는 평원이 요지부동의 모습으로, 그러나 어떤 역동성과 억누를 수 없는 충동을 가지고 다시 나타났다.

그때의 정경을 어찌 잊을 수 있겠는가? 지금도 여전히 그 정경의 추억을 맞아들이려는 듯 내 영혼이 고즈넉하고 행복한 느낌과 함께 넓게 펼쳐지는 것을 느낄 수 있다. 어떤 높은 곳에서 목도하게 되는 그런 풍경 속에는 과연 무엇이 있기에 우리에게 그토록 커다란 만족감을 주는 것일까? 그 풍경을 획득하기 위하여 치른 고생이 그만한 보상을 주는 것일까? 지금도 나는 그 까닭을 잘 모르겠다. 한 가지 확실한 것이 있다면 그것은 그날 아침 메데릭과 나란히, 서로 머리를 마주대고 있는 말 위에 올라앉아 있을 때만큼 확실하게 그 평원의 광대함, 그 쓸쓸한 고귀함, 그 변모한 아름다움을 본 적이 없다는 점이다.

가장 먼 곳까지 우리 눈앞에 확 펼쳐진 그 평원은 마음을 사로잡는 디테일들을 무수하게 드러내고 있었다. 가령 푸른 하늘 가까이에는 이제 막 갈아엎은 땅이 그 위를 날고 있는 어두운 불새만큼이나 윤나는 검은 색을 띠고 있고, 더 높은 쪽에는 밤안개가 아직도 땅바닥에 엎드린 채 흰 바탕에 검은 색의 지극히 미묘한 목탄화를 만들고 있는 들판, 그리고 아주 먼 곳에는 작은 울 안에 갇힌 봄인 양―아마도 어린 겨울밀 싹인 듯―부드러운 녹색의 자그마한 사각형. 그러나 평원이 마음에 사무치는 것은 가장 희귀한 그 겉모습들 중의 어떤 한 가지 때문이 아니라, 오히려 그와 반대로 겉모습들이 결국은 모두 다 평원 속으로 사라져버리기 때문이었다. 처음에는 그 정경의 이러저러한 모습, 특히 울 안에 갇힌 봄 같은 모습이 눈에 들어오긴 하지만 머지않아서 우리는 오직 요지부동인 것만을 의식하게 되니까 말이다. 물결들은 바다로, 나무들은 숲으로 돌아가고, 마찬가지로 거의 모든 인간적 삶의 지표와 모든 디테일들은 결국 평원의 무한한 넓이 속으로 돌아간다. 이렇다 할 그 무엇 하나 말하지 않으면서도 그 평원은 이렇게 하여 그토록 많은 것을 말해주고 있는 것이었다. 아마도 그래서 그 평원은 그토록 자주 나를 행복하게 해주었을 것이다.

나는 메데릭 쪽을 쳐다보았다. 이제는 이마 위로 푹 눌러 쓴 모자 차양 밑에서 그는 나를 열심히 훔쳐보고 있었다. 그는 이 높고 기이한 장소에서 내가 맛보게 되기를 간절히 바랐던 행복감이 서서히 내 얼굴에 나타나는 것을 유심히 살피면서, 평원을 바라보고 있는 나를 쉴새없이 주시하고 있었던 것이다. 이제 내 얼굴이 밝게 빛나는 것을 보자 그의 얼굴 역시 밝게 빛났다. 그것은 그가 순수하게 타고난 자질이었을까? 아니면 삶에, 특히 젊은이들의 삶에 있어서 흔히 그러하듯이, 그는 자신이 소유하고 있는 것을 충분히 깨닫기 위해서는 다른 사람이 그것을 함께 즐기는 것을 볼 필요가 있었던 것일까? 우리는 한동안 서로를 바라보고 있었다. 내 기억으로는 두 사람의 눈 속에 어떤 기쁨이 가득했던 것 같다. 이윽고 우리는 조금씩 웃기 시작했다. 부드럽고 가벼운 웃음, 약간 나른한 웃음이었다. 우리는 왜 웃었을까? 아마도 두 존재 사이에서 문득 생겨난 저 드물고도 신기한 공감 속에서 너무나 굳게 결속된 나머지, 서로를 이해하는 데 더 이상 말이나 몸짓이 필요 없게 된 자신을 발견했기 때문이었을 것이다. 그럴 때 그들은 웃는다. 아마도 해방에서 오는 웃음을.

이상하게도 바로 그 다음, 우리는 아무 말이 없게 되었다. 심각하기까지 했다. 각자 우리를 결속시켜주는 풍경에만 신경을 썼다. 거대하고 자유로운 공간이 다 그렇듯, 그 공간이 우리들의 마음속에 불러일으키는 것은 삶, 우리들의 미래, 그리고 시간이 흐르면서 우리가 갖게 될 얼굴에 대한 꿈속 같은, 그러나 흔들림이 없는 믿음이었다. 사실 지금 다시 생각해보면 내가 살아오면서 맛본 순수한 믿음의 순간들은 모두 메데릭과 내가 산꼭대기에 전망대처럼 만들어진 좁은 고원의 정상에서 행복하게 경험한 그때의 그 어렴풋한 행복과 관련된 것임을 지금도 알 수 있다. 지금 상상해보면, 그때 우리가 멀리까지 바라볼 수 있었으므로 만약 저 아래 평지에 있는 어느 농가에서 사람들이 가파른 산꼭대기에 뚜렷하게 드러난 두 사람의 실루엣을 바라볼 생각을 했더라면 우리들 자신도 먼 거리에서 보일 수 있었을 것이다.

가장 높은 곳으로부터 눈앞에 펼쳐지는 모든 것을, 어쩌면 미래까지도 바라보려는 듯이 여전히 말 위에 올라앉은 채 거의 미동도 하지 않고 우리는 얼마 동안이나 그러고 있었던 것일까? 마침내 메데릭이 우리 두 사람을 사로잡고 있던 몽상에서 깨어난 듯 평원의 가장자리에서 쾌활한 어조로 내게 제안했다.

"선생님, 송어 떼가 그대로 있는지 보러 갈래요?"

나는 기꺼이 그러기로 하고 플로라의 머리를 돌려 그를 따랐다. 어느새 앞장서서 내달으며 그는 내게 "아래를 보지 마세요, 선생님…" 하고 소리쳤다. 내가 약간 어지럽다고 말했기 때문이다. 굽이굽이 돌고, 되돌아오고, 다시 왔던 길을 되짚어가며 그가 나를 인도해간 좁은 골짜기에서, 나는 마치 땅에 엎드려 수면에 직접 입을 대고 물을 마시는 사람처럼 가로누워 있는 한 그루의 커다란 죽은 나무 아래로 맑고 빠른 물살이 세차게 흐르고 있는 것을 보았다.

메데릭은 끈적거리는 나무등걸 밑으로 손을 넣었다. 그는 물속 여기저기를 짐작으로 더듬었다. 햇살이 우리들에게까지 파고들면서 우리들의 손과 얼굴을 발그레하게 물들였다. 그 순간 메데릭의 얼굴에서 기쁜 홍분에서 오는 내면의 빛이 뿜어 나왔다. 저 위에 있는 평원의 전망대에서 나는 어느 면 그의 나이에 비하여 조숙하다 싶은 심각하고 평화로운 행복에 빠진 그를 보았었다. 그런데 지금 여기서 보는 그는 어린 아이 특유의 기쁨, 흔히 흥분과 열광을 감추지 못하는 기쁨에 사로잡혀 있는 것이었다.

"있어요, 선생님. 금방 내 손에 미끈하고 만져졌어요. 자, 이것 보세요! 그냥 잡아도 가만 있어요. 손 안에 있어요, 선생님!"

그는 물고기를 놀라게 하지는 않아야겠는데 기쁨과 흥분은 걷잡을 수 없어 속삭임을 고함쳤다. 아니 즐거운 고함 소리를 속삭이고 있다고 해야 할 것일까. 나도 어떻게 말해야 할지 잘 알 수가 없다.

"선생님도 한번 해보세요" 하고 그는 내게 열심히 권했다.

마지못해 나는 찬물 속에 손을 넣었다. 아주 싸늘한 느낌이 손에 전해져왔다. 손가락 끝에 뭔가 스치는 느낌이어서 나는 아마 물속 깊은 곳에 자라는 수초가 손가락을 건드리는 모양이라고, 메데릭이 말한 그 느낌은 바로 거기서 오는 것이라고 생각했다. 의심이 많은 나는 여전히 한동안 그렇게만 생각하며 물속을 더듬고 있었다! 그런데 갑자기 반쯤 벌린 내 손 안에서 뭔가 조그맣고 미끄러운 것이 어렴풋하게 꿈틀했다. 분명히 살아 움직이는 생명체였다. 게다가 내가 가볍게 손을 오므려도 그것은 도망갈 생각을 하지 않았다. 내 손 안에 잡힌 그것은 손가락들 사이에서 재미있다는 듯이 이리 저리 몸을 뒤집고 있었다. 나는 메데릭과 똑같은 황홀감 속에 빠져들었다.

"내가 직접 느끼지 못했더라면 네 말을 곧이듣지 않았을 거야" 하고 내가 말했다.

"믿기 어려운 일이거든요" 하고 그가 인정했다.

이제 그는 샘가의 풀 위에 무릎을 꿇고서 두 손을 물속에 담그고 있었다. 연방 반짝거리는 그의 두 눈은 의심을 모르는 야성의 생명을 손가락 끝에 감지하는 쾌감을 또다시 순간순간 맛보고 있음을 말해주곤 했다. 나 역시 그와 똑같이 했다. 샘의 여기저기에서 눈과 눈을 맞추며 우리는 같은 행복감의 같은 미소를 입가에 번지게 만드는 너무나도 유사한 인상들을 서로 주고받고 있었다.

"한 마리 왔어요, 선생님?"

"응… 그런 것 같아!"

"그냥 가만히 있죠? 쓰다듬어도 가만히 있죠?"

"그래, 정말 그래!"

"가도록 가만 놔둬보세요…. 다시 돌아오는가 보게요…. 돌아와요?

"돌아왔어…. 하지만 같은 놈일까?"

그는 잠시 동안 거칠고 구겨진 풀 위에 두 무릎을 고이고 꿇어앉았더니 모자를 팔로 툭 쳐서 뒤로 넘기고서, 아마도 생전 처음일 듯, 학생의 선생에 대한—나이 차이는 별로 나지 않지만—존경심이 얼마간 담긴 어조로 내게 물었다.

"선생님, 선생님은 책도 많이 읽었고 아는 것도 많으실 텐데, 지금처럼 송어들이 사람을 안 무서워하는 건 어떻게 설명할 수 있을까요?"

"그거야 자연의 온갖 비밀에 대해서 그리도 아는 게 많은 네가 오히려 그걸 나한테 설명해줘야지."

그는 당혹스러운 듯 미소를 짓더니 약간 무뚝뚝한 어조로 대답했다.

"아이구 참, 선생님, 말도 안 돼요, 그건!"

우리는 다시 손을 물속에 담갔다. 송어들이 다시 찾아와서 이해할 수 없을 정도로 마음 턱 놓고 손 안에 들어왔다.

"정말 알 수 없는 일이네" 하고 메데릭이 깊은 숭배의 감정 속으로 빠져드는 시선과 목소리로 말했다. 뭔가 서서히 이해되기 시작한다는 듯한 눈빛. 아직은 희미한 채로나마 차오르는 어떤 먼 슬픔으로 인하여 이 세상에서 그토록 많은 기쁨들을 한꺼번에 맛보게 된 특권이 약간 위협받는 느낌인 눈빛이었다. 그는 낮게 중얼거렸다.

"세상이 온통 알 수 없는 것 투성이에요, 안 그래요?"

나는 그렇다는 뜻으로 고개를 끄덕였다. 훗날, 나는 송어들이 산란기여서 그렇게 맥을 놓고 있었던 것인지도 모른다고 생각했다. 혹은 물이 워낙 차서 그랬으리라는 생각도 했다. 훗날, 나는 샘물 속에서의 그 현상에 대하여 온갖 종류의 합리적인 설명들을 찾아내려고 노력하게 될 것이었다. 그러나 메데릭과 내가 쉽사리 잡히지 않는 그 작은 생명들을 우리와 함께 즐거워할 정도로 길들였다는, 세상에서 가장 순진한 기쁨을 맛보았다는 사실은 부정할 수 없는 일이었다!

"물고기 잡기가 이렇게 쉬우니 저녁 반찬거리는 충분하겠네" 하고 내가 장난스럽게 말했다.

"아, 선생님, 죄받아요!"

"왜?"

"아니, 그건… 지금… 이 녀석들이 우리를 꽉 미… 믿고 있는데…."

나는 그가 자신에게 어떤 새로운 정서적 의미나 특히 심각한 의미를 지닌 표현을 쓸 때면 말을 약간 더듬는다는 것을, 아니 자신이 아직 그 사용 방법을 알지 못하는 어떤 새로운 무기를 만나면 문득 주저하게 되고 거의 괴로울 정도로 겁을 낸다는 것을 알아차렸다.

"그렇지만 저 산 밑에 가서는 물고기를 잡아다가 프라이팬에 튀겨 먹자고 했잖아? 그것하고 뭐가 달라?"

그는 아주 놀란 표정으로 나를 쳐다보았다.

"아니, 저 아래 물고기들은 우리를 꽉 미… 믿고 있지 않잖아요. 그 물고기들은 도… 도망갈 수라도 있으니까요. 그건 다르죠."

"그건 그래. 그건 아주 다르지. 하지만!"

처음에는 하얀 뼈들이 잔뜩 쌓여 있는 이상한 무더기 옆에서, 또 다른 곳에서는 잠시 휴식을 취하고 뭘 한 조각 먹고 가느라고, 또 나중에는 암벽에 보이는 화석들을 살펴보느라고 시간을 많이 지체했기 때문에 모르는 사이에 하루가 다 지나가버렸다.

이미 날이 많이 저물어 인적이 끊어진 대로에 발굽 소리를 크게 울리며, 어쩌면 창문마다 사람들이 몰래 내다보고 있는 가운데 마을로 돌아올 때에야 비로소 나는 메데릭과 내가 이 외출로 인하여 사람들의 악의에 찬 시선에 노출되었다는 느낌을 갖게 되었다. 검푸른 어둠 속에서 우리가 누군지 좀더 잘 알아보기 위하여 불 켜기를 늦추고 있는 집집마다 곱지 않은 시선들이 우리를 따라오고 있다는 것을 나는 느낄 수 있었다. 우리가 지나가자마자 우리들 등 뒤의 창문들에서 하나씩 불이 켜졌으니 말이다. 하루를 가득히 채워주었던 그 순수한 즐거움에서, 맑고 깨끗한 물속에 쓸개를 풀어놓은 듯, 고약한 의심의 뒷맛이 흘러나왔다.

'멋대로들 생각하라지!' 하고 나는 마음속으로 고함쳤다.

나는 땅 위에 내려 서서 고맙다는 뜻으로 플로라를 한번 쓱 쓰다듬어주고는 지칠 대로 지쳐 현관 쪽으로 비틀거리며 다가갔다. 곧 메데릭이 극도로 피로해진 어린 말 플로라를 뚜벅뚜벅 조심스럽게 이끌며 돌아가는 모습이 보였다. 그 순간, 그들이 캄캄한 어둠보다도 더 마음을 흔드는 그 흐릿한 빛 속으로 잠겨 들어가는 것을 보면서 나는 어쩌면 저들을 영원히 잃어버릴지도 모른다는, 서로 머리를 맞대고 걷는 저 두 마리 짐승과 힘을 내라고 정다운 몇 마디 말을 던져주며 그들을 이끌고 박명 속으로 서서히 묻혀가는 저 소년을 다시 는 보지 못하게 될 것만 같은 느낌이 들었다.

4

　백과사전 이외에 다른 책은 메데릭의 관심을 오래 붙잡아 두지 못한다는 점은 인정하지 않을 수 없다. 너무 무거워 다루기 힘들고 온갖 도판들과 그가 뜨거운 관심을 가진 주제들의 정보가 가득한 그 책들을 그는 그밖의 거의 모든 학습 자료들과는 딴판으로 아주 좋아했다. 가끔 그는 자신의 생각이 과학적으로 뒷받침되고 있다는 사실에 너무나도 만족한 나머지 두 손 안에 그 두꺼운 책을 펴든 채 문제의 대목을 손가락으로 짚으며 내게 찾아와 보여주기도 하는 것이었다.

　"보세요, 선생님, 전에 말했던 그 큰 새가 분명 수리부엉이잖아요."

　때로 나 역시 그의 관심에 휩쓸려들어서 전에 내가 의아해했던 점이나 그날 낮에 내가 받은 질문과 사전에 기록된 지식을 관련시켜 보이며 즐거워하기도 했다. 그러나 나는 또한 엄격한 태도를 유지하려고 노력하기도 했다. 아마도 이번에는 그렇게 해도 주먹으로 위협받는 일은 없으리라는 것을 느낄 수 있었기 때문일 것이다. 그러나 그동안 그에 대하여 정도 이상으로 허물없이 대했던 태도를 추슬러야겠다는 생각도 있었을 것이다.

그러다가 예를 들어 그가 들이나 숲에서 내게 어떤 새로운 선물을 가져다 줄 때 그 순진함이 가득한 눈을 들여다보고 있노라면 그의 고지식한 면에 홀린 나머지 나는 그만 무장해제당하는 것이었다.

어느 날 저녁, 나는 하숙집 여주인에게 이렇게 말했다.

"저 메데릭이란 녀석은 덩치만 어른처럼 컸지 가만 보면 아주 어린애예요."

"정말 그렇게 생각해요?" 하고 그녀는 나를 뚫어지게 쳐다보면서 이상하게 신랄한 어조로 반문했다.

그러고 난 뒤 어느 날 아침 메데릭이 내게 가져온 소식은 학교는 물론 온 마을을 떠들썩하게 했다.

"아버지가 읍내에 나가셔서 백과사전 한 질을 다 사오셨어요. 열두 권이나요! 이젠 집에서 아주 재미난 저녁을 보내게 되었어요."

나는 감동했다.

메데릭의 아버지가 그 비싼 백과사전을 살 만큼 돈이 있다는 사실은 의심할 여지가 없었다. 그는 과연 아주 부자로 알려져 있었다. 뜻밖인 점은 사람들이 그를 교양 없고 무식하며 태도가 거친 사람으로 알고 있었다는 사실에서 오는 것이었다. 그러나 그날부터 메데릭은 연초와는 달리 자기 아버지에 대하여 말할 때 더 이상 적대적인 태도를 취하지 않고 오히려 정중한 어조로 말하게 되었다.

"아버지가 읽는 것은 특히 장래를 예고하는 것이나 예언, 별자리, 하늘에 나타나는 징조, 예를 들어서 노스트라다무스 같은 거예요… 또 교회분리… 서로 갈라진 교황들, 보르지아 같은 것도요…."

그 말에 나는 미소를 짓지 않을 수 없었다. 그만큼 그가 입에 올린 항목들은 그가 몸담고 있는 환경을, 그리고 어느 정도까지는 메데릭 자신을 여실히 말해주는 것이었다.

그러면서도 나는 왠지 불안했다. 이제는 그의 아버지에 대하여 너무 쉽게 믿는 그의 태도나 메데릭에 대한 그의 아버지의 선심이 내게는 전혀 좋은 징조로 느껴지지 않았던 것이다. 나는 하숙집 여주인에게 로드리그 에마르가 어떤 종류의 인물인지를 물어보았다. 그녀가 내게 해준 이야기는 놀라웠다. 그 사람은 젊었을 때 미남에 사람을 홀리는 데가 있었고 이미 부자였는데, 반은 인디언 피가 섞인 처녀한테 반해서 따라다니다가 마침내 여자의 부모에게서 그녀를 납치해 와서 결혼했다. 그 사랑은 오래가지 못했다. 메데릭이 태어난 지 얼마 되지 않아서 젊은 여자가 사라져버렸다. 어떤 사람들은 로드리그가 그녀를 내쫓았다고도 하고, 또 어떤 사람들은 그녀가 한밤중에 말을 타고 도망쳐서 자신의 부족에게로 돌아갔으며, 그녀를 되찾아오려고 애쓰는 남편에 대하여 그 부족이 그녀를 보호하고 있다고 했다. 여러 차례에 걸쳐서 그녀는 아이를 다시 찾아오려고 애를 썼지만 법정에서 아

버지에게 양육권을 인정했기 때문에 허사로 돌아갔다. 어찌
되었건 그때부터 로드리그 에마르는 자신을 돌보지 않은 채
폭음하기 시작했고 정서적인 불균형을 드러내었는데 때때로
스스로를 다잡으려고 노력했지만 다시 무절제하고 과도한
생활 속으로 빠져들어갔다. 이런 소문들이 얼마만큼 진실일
까? 하숙집 여주인도 과장이 많을 것이라고 인정했다. 그렇
지만 한 가지 분명한 것은 메데릭이 '성'이라고 불리는 거대
한 저택에 아버지와 단둘이 살고 있다는 사실이라고 그녀는
내게 알려주었다. 하긴 이웃에 사는 어떤 여자가 간신히 집
안 청소 정도를 해주고 집주인의 식사나 그밖의 필요한 일을
돌보아주긴 하지만.

메데릭의 삶은 내게 전혀 짐작하지 못했던 국면으로 드러
나고 있었다. 그런데 얼마 지나지 않아서 그는 자신의 아버
지가 그 다음 일요일날 저녁식사에 초대한다는 말을 정중하
게 알려왔다.

나는 할 말을 잊었다. 뭔가 께름칙한 일이 생길 것만 같은
막연한 예감에 몸이 오그라드는 것만 같았다.

"너는, 내가 꼭 그래줬으면 싶니, 메데릭?"

그때 그는 아버지가 시키는 대로 내게 말을 하고 있다는
느낌이었다. 그에 대한 그의 아버지의 점점 커가는 영향력이
내게는 점점 더 놀라워 보였고 솔직히 말해서 두렵게 느껴졌
다. 그리고 얼마 전부터 그는 자기 집이 부자라는 것을 유난
히 과시하는 경향을 보였다는 사실이 새삼 머리에 떠올랐다.
그것은 전에 보지 못했던 것일 뿐 아니라 그의 진정한 천성

과는 어울리지 않는 태도였다.

"우리는 선생님이 방문해주시지 않은 유일한 집이에요" 하고 그는 나를 원망하듯 말했다. "마치 에마르 집안에만 유독 발을 들여놓지 않고 싶어하신다고 생각될 정도예요. 아버지는 선생님이 그러시는 건 일종의 모욕이라고 하셨어요."

"너도 잘 알잖아" 하고 내가 말했다. "나는 남자만 사는 집에는 어디도 찾아간 일이 없었어."

나는 그런 식으로 적당히 빠져나갈 생각이었지만 일은 호락호락 끝나주지 않았다. 메데릭에게 이미 준비된 대답이 있었던 것이다.

"여자도 한 사람 있어요. 아버지가 고용한 이웃 여자예요. 그 여자가 저녁식사를 준비해놓도록 할 테니 걱정 말라고 하셨어요."

나는 다른 방법으로 빠져나갈 구멍을 찾아보았다. 에마르 농장은 마을에서 3마일도 더 떨어져 있었다. 내가 가르치는 학생들 중에서 메데릭이 가장 멀리 사는 학생이었다. 그리고 겨울철이면 그 길은 바람이 너무나 거세게 불어서 툭하면 눈이 마차 높이만큼 쌓여 있곤 했다.

"겨울철에는 너희 집까지 갈 수 있을지 거의 예측할 수 없을 정도잖아."

"제가 모시러 올 텐데요… 선생님…."

나는 메데릭의 초대를 받고 나서 하숙집 여주인에게 의견을 물었다.

"가지 마세요!" 하고 그녀는 큰 소리로 말했다. "로드리그

에마르는 그의 아내가 집을 나간 뒤부터 미치광이나 마찬가지가 되었어요. 제발 그 집에는 가지 마세요."

한편 메데릭은 내게 압력을 가해왔다.

"아버지가 그러시는데 날씨가 안 좋아지더라도 전혀 걱정하시지 말래요. 그럴 경우 제가 선생님을 모시러 오도록 베를린 마차를 내주시겠대요."

그가 그 경우를 생각하며 너무나 흐뭇해하는 것 같아서 내가 물어보았다.

"베를린 마차를 모는 게 그렇게도 좋아?"

"선생님, 그 마차를 몰아보게 해달라고 아버지를 조른 게 벌써 이 년이에요. 그런데 처음으로 그걸 허락해주시겠다는 거예요…."

이렇게 하여 나는 별로 내키지 않으면서도 초대에 응했다. 이 이야기는 이제 누구나 다 알게 되었고 모두들 내가 에마르 집에 가지 않을 거라고 예언했었다. 그러면서도 나는 메데릭의 편에 서주지 않을 수 없는 입장이었다. 또 한편으로 나는 그 어떤 알 수 없는 천박한 힘에 위협받고 있는 느낌인 메데릭에 대하여 내 영향력을 지켜나가야 한다는 생각도 했지 않았나 싶다.

그 다음 일요일은 아침 일찍부터 악천후의 조짐이 완연했다.

"에마르처럼 미치광이가 아니고서야 이런 날 길을 나설 사람은 아무도 없어" 하고 하숙집 여주인이 투덜댔다. "아! 이번엔 제발 오다가 길을 잃기라도 했으면 좋으련만!"

그 집안을 그렇게 노골적으로 욕해서야 되겠느냐고 막 나무랄 참이었는데 벌써 눈보라가 치는 우리 집 문 앞에 생전 처음 보는 기이한 마차가 와서 멈추었다.

"아이고 맙소사!" 하고 하숙집 여주인이 소리쳤다. "로드리그 에마르가 위니펙의 유명한 장인에게 맞춰 제작한 신혼용 베를린 마차네! 마리아가 집 나간 뒤부터 다시는 못 봤는데. 저 엉큼한 로드리그가 그걸 다시 내놓은 걸 보면 무슨 꿍꿍이속이 있는 거야. 나라면 단단히 조심하겠어요."

"미신이라도 믿는 거예요?" 하고 나는 웃으면서 말하고 서둘러 외투의 단추를 채웠다.

바람을 받아 거세게 후려치는 눈보라 속에서 문제의 베를린 마차를, 사실은 양날의 스케이트 위에 단 하나의 좌석을 앉히고 넓고 검은 가죽덮개로 얼굴 높이까지 숙여서 완전히 덮은 높다란 썰매를 보는 즉시, 나는 저 달리는 동굴 깊숙이 자리잡고 앉아서 눈보라를 헤치며 간다는 생각에 벌써부터 기쁨을 억제하기 어려웠다.

메데릭이 거기서 내렸다. 그는 평소보다 더 날씬해 보였다. 그가 문 쪽으로 몇 발자국 다가섰을 때에야 비로소 나는 그 까닭을 알 수 있었다. 그는 새 옷을 갖추어 입은 것이었다. 밝은 색 천의 긴 망토에는 검은색 장식단추가 달려 있고 이마 위에 높다랗게 얹어 쓴 부드러운 보닛과 세트로 모피칼라가 붙어 있었다. 평소에 한결같이 너덜너덜한 술이 달린 저고리와 카우보이바지 차림이었던 그 떠돌이가 심지어 손에 장갑까지 끼고 있었다. 나도 모르게 빙그레 웃음이 나오려는데 하숙집 여주인의 한마디가 가로막았다.

"한 수 더 떠서 저 애를 청년같이 차려입혀가지고 데리러 보냈네요."

솔직히 말해서 그 당장에 나는 그런 것은 별로 눈여겨보지 않았다. 마차를 타고 드라이브한다는 생각에 한창 도취되어 있었던 것이다. 메데릭이 내게 마차의 문을 열어주었다. 베를린의 내부는 더 매혹적이었다. 푹신하게 속을 넣은 좌석에는 곰가죽이 씌워져 있고 등받이는 우아한 곡선을 그리고 있었다. 내가 자리에 앉자 메데릭은 보다 더 부드러운 또 하나의 모피로 내 몸을 덮은 다음 습기가 차지 않도록 그 위에 똑딱단추로 좌석 양쪽에 고정시킨 일종의 앞치마 같은 것을 펼쳐놓았다. 모자의 차양처럼 생긴 마차 덮개 가장자리 아래로 잘 보호받기는 하면서도 아주 편리하게 바깥 경치를 내다볼 수 있도록 되어 있었다. 메데릭이 내 옆에 자리를 잡고 나서 노래하듯 휘파람을 불자 가스파르가 출발했다.

길을 떠나자마자 우리의 덜컹거리는 마차 위로 덮쳐드는 가루 같은 눈, 거센 바람, 그리고 전후좌우로의 요동으로 인하여 우리는 높은 파도에 실린 보트! 급류에 나부끼는 조각배! 가 되어 광란하는 꿈속으로 빠져들었다. 메데릭과 나는 하늘과 땅의 저 노호하는 수난에 함께 내맡겨진 자신에 대한 극도의 행복한 흥분으로 두 눈을 번쩍이며 어두침침한 베를린 마차 안에 들어앉아 서로를 쳐다보고 있었다.

5

그러나 그 신명나게 노호하는 대자연의 소리로부터 벗어
나는 즉시 정장의 비대한 남자, 그것도 금방 친근한 체하면
서 이십 보 밖에서부터 술 냄새를 풍겨대는 남자의 영접을
받으며 거만한 집 안으로 발을 들여놓다니 이보다 더 분위기
잡치는 일이 또 어디 있단 말인가. 내가 보아 알다시피 자유
에 목말라있는 메데릭이 이런 집에서 살 수밖에 없다고 생각
하니 그 어느 때보다도 그의 편이 되어주고 싶다는 생각이
간절해졌다.

퇴색한 비로드천의 무거운 가구들이 갖추어진 어둑한 식
당에서 헌 신발을 신은 어떤 여자가 차려주는 식사는 오래
걸렸다. 집주인은 그 여자를 손가락을 딱딱 마주쳐서 부르고
마찬가지로 퉁명스럽게 내보내곤 했는데, 그 여자는 한참 동
안이나 가지 않고 문틈에 얼굴을 댄 채 우리가 주고받는 말
에 귀를 기울였다.

묵직한 구식 회중시계 줄을 배 위에 늘어뜨린 채 주인은 육중한 테이블 한쪽 끝에 버티고 앉아서 앞에 놓인 포도주병의 술을 간단없이 부어 마셨고 메데릭과 나에게도 수십 번씩이나 잔을 권하려고 들었다.

너무나도 의외인 여러 가지 일들을 목도해야 했던 나는 바로 그 순간에야 메데릭 역시 마찬가지로 새 것인 실내용 의상을 차려입고 있다는 것을 알아차렸다. 블루마린 바탕에 밝은 색의 굵직한 줄이 쳐지고 어깨에 속을 넣어 부풀린 양복 차림이 너무나도 읍내 상점의 카탈로그에서 금방 골라 입고 빠져나온 젊은이 같아서 그 모습이 뭐라고 말할 수 없을 만큼 어색했다. 천성이 온통 자연스러움 자체인 그가 그런 어울리지 않는 옷으로 가장하고 있는 것을 보자니 여간 가슴이 아픈 게 아니었다. 그 자신도 옷을 제대로 차려입었는지 확인을 얻고자 쳐다본 내 눈에서 그걸 알아차렸는지 갑자기 내 앞에서 아주 거북한 표정이 되고 말았다. 비록 몰취미한 것이긴 하지만 새 옷을 입게 되어 흐뭇했던 그의 기분을 깨뜨렸구나 하는 생각에 나 또한 거북해졌다. 실제로 마음 편한 사람은 특히 몇 잔의 술을 더 마시고 나서 끝없는 독백을 시작하여 말을 그칠 줄 모르는 로드리그뿐이었다.

대체 그는 무슨 말을 그렇게 많이 하는 것이었을까? 사실 나는 모든 것이 다 가짜 같아 보이는 그 무대장치 가운데서 단 한 가지 진정한 현실로 느껴지는 저 머나먼 산꼭대기의 길을 찾아 그 슬픈 방에서 가능한 한 멀리 도망가 있었던 것이다. 그래서 아이의 아버지가 하는 말은 한쪽 귀로만 듣고 있었다. 그의 말은, 그 자신 별로 교육을 받을 기회가 없었으니 무엇보다도 자식만은 '신사…'로, '멋진 사내…'로, '교양 있는 남자…'로 만들어야 하겠다는 것이었는데, 그 모든 것이 메데릭과는 너무나도 어울리지 않았고 그의 진정한 천성을 전혀 고려하지 않은 것이어서 나 역시 마음속으로 따분해진 나머지 그저 멀리 도망가버리고 싶은 마음뿐이었다.

그런데 갑자기 나를 향한 질문이 날아왔다.

"말을 듣자니 훌륭한 여선생님이라고들 하던데, 아이들을 겪어볼 만큼 겪어보았을 테니 솔직히 말씀해주시죠. 우리 아이가 훌륭한 공부를 하길 바라는 것이 옳은 것인지 아니면 돈과 시간을 낭비하는 것인지, 어떻습니까? 애가 적어도 공부할 머리는 있습니까?"

내 눈이 메데릭의 시선과 마주쳤다. 그 짙은 보라색 동공 속에는 오래된 적대감의 징조가 쌓이면서 금방이라도 다시 불거져나올 것만 같았다. 나는 그가 들으라는 듯이 대답했다.

"어떤 의미에서 메데릭은 저의 가장 우수하고 가장 성실한 학생입니다. 가령 자연 속에서 자기가 좋아하는 것에 가장 애착을 가지고 있고요…."

로드리그 에마르는 쾅, 하고 테이블을 주먹으로 쳤다.

"자연, 자연이라고! 그런 건 알 바 없어요! 내가 바라는 건 교육입니다. 메데릭이 그렇게 재능이 있다면 왜 반에서 일등을 해서 나를 기쁘게 해주지 못하는 거죠?"

"그건 아마도 그럴 마음이 없어서겠죠."

그러자 로드리그 에마르는 더 이상 설명을 하지 못한 채 더할 수 없이 경멸적이고 험악한 웃음을 터뜨렸다. 나는 그 남자에 대하여 더 이상 어떻게 생각해야 좋을지 알 수가 없었다. 이따금 그의 울먹거리는 어조는 분명 자신의 운명에 대하여 동정심을 얻고자 하는 주정뱅이의 그것이었다. 이윽고 나는 어떤 무겁고도 예리한 시선이 나를 짓누르는 것을 느꼈다. 그는 아주 관심 깊게 나를 훑어보고 있었는데 나로서는 그 뜻을 알아차릴 수 없었다. 그의 어조의 변화 때문에 또 한 번 놀란 내 귀에 그가 이번에는 상당히 부드럽게 내 말을 긍정하는 소리가 들렸다.

"물론 그렇죠, 말씀하신 대로 공부도 마음이 있어야 하는 거죠. 세상엔 이런 마음도 있고 저런 마음도 있어요. 마음에 대해 얘기하자면 사람은 정말이지 오해를 할 수도 있거든요. 가령, 난 말입니다, 처음부터 끝까지 잘못 생각했답니다. 메데릭만한 나이였을 때" 하고 그는 반쯤 꿈에 젖은 듯이 말했다. "난 공부를 좋아했어요, 머리도 좋았던 것 같았고요. 만약 그때 내 장래를 깊이 생각해주는 어떤 분의 지도를 받기만 했다면 내 운명이 어떻게 변했을지 알 수 없는 일이죠."

나는 또다시 아연실색했다. 이제는 고민으로 일그러진 얼굴과 무거워진 두 눈 속에서 실패한 인생의 끝에 이르러 젊은 날에 품었던 꿈의 추억을 되살리게 된 저 형언할 수 없는 고통을 읽는 것 같았으니 말이다. 나는 괴로워하는 그 허풍쟁이에 대하여 자신도 모르게 연민의 정에 사로잡혀 좀더 솔깃하게 귀를 기울였다.

"바로 그 때문에 말입니다" 하고 그는 마치 무슨 비밀이라도 말하려는 듯이 내 옷소매를 끌어당기며 속마음을 털어놓았다. "그 때문에, 나는 내가 이루지 못해서 그토록 마음 아팠던 것을 메데릭이 이루어주기를 애타게 바라는 겁니다." 그러더니 그는 갑자기 큰 소리로 고함을 쳤다. "그렇지 못했다가는 이놈을 그냥 요절을 내버릴 거예요, 요절을 내버린다구요…."

그러나 그는 곧 마음을 가라앉히고 또다시 나를 빤히 바라보기 시작했다. 이번에는 그성이 일종의 애정 어린 관심을 내비치는 눈빛이어서 나는 여간 난처한 것이 아니었다.

"저애한테 그토록 영향력이 크신 선생님이고, 선생님 말씀이라면 애가 한 마디도 놓치지 않고 귀를 기울이는 터이니, 진지하게 공부를 하도록 어떻게 좀 설득해주실 수 없겠습니까?"

"저로서는 최선을 다하고 있습니다, 에마르씨."

"최선을 다하신다고요?"

그 어조, 어쩌면 그 얼굴 표정이 뭔가 유쾌하지 못한 저의를 내비치고 있었지만 나로서는 그것이 무엇을 겨냥하고 있는지 알기 어려웠다.

"그전의 선생님들이 보여주신 최선이란 것은, 솔직히 말해서 별것 아니었습니다. 하지만 선생님은 젊고 섬세하고, 또 이런 표현이 어떨지 모르겠지만 쪽 반하게 예쁘시니, 선생님의 최선이란 감당 못할 만큼 매혹적이지 않겠어요?"

그의 아버지의 말투가 그렇게 수상한 쪽으로 돌아가기 시작하면서 메데릭과 나는 서로 얼굴을 쳐다보기를 피하고 있었지만, 그 순간 우리 두 사람의 눈은 우리의 정직한 우정이 그런 더러움에 노출되는 것을 보는 두려움 속에서 서로를 찾지 않을 수 없었다.

그러나 로드리그 에마르는 또다시 화제를 바꾸어 자신이 실현하지 못했던 것을 메데릭이 성취하는 모습을 보고 싶다는 집념으로 되돌아왔다.

"그 욕망은 강해요, 선생님" 하고 그가 내게 말했다.

그 말에 나는 다시 한 번 더 진심이라고 믿고서 또 그를 동정했다. 그렇지만 메데릭이 그 나름대로의 길을 가도록, 자기 식으로 배움을 얻도록, 자기 식으로 행복해지도록 맡겨둔다면 더 성공적인 결과를 얻을 수 있을 것이라고 지적해주었다.

그러자 포도주로 머릿속이 잔뜩 무거워진 로드리그는 자꾸만 내려앉는 눈꺼풀 밑으로 어찌나 매서운 시선을 흘려보내는지 갑자기 술이 깬 것 같은 인상을 주었다.

"자기 식으로 행복해진다! 저 녀석하고 단둘이서 하루 종일 산에서 지낼 때 가르쳐주려는 것이 바로 그거요?"

나는 그런 모욕적인 말을 들으면서도 최대한 자제하면서 올이 굵은 레이스의 커튼 저 너머 점점 위협적이 되는 바깥으로 눈길을 던지려고 애를 썼다. 마음의 평온을 되찾게 되자 나는 용기를 내어 말했다.

"불순한 날씨가 시시각각 더 심해지는군요. 이제 그만 떠나는 게 좋겠습니다."

또 다시 집주인은 웃음을 터뜨렸다.

"천만에, 아니죠! 아직 한두 시간은 더 있어야 큰 눈보라가 칠걸요. 거실로 가서 커피를 마실 시간은 있어요."

자리에서 일어선 그는 비틀거리는 듯하더니 내 어깨를 짚으려고 했다.

"겉보기완 달리 이제 난 건강이 전 같지 않아요, 선생님. 불쑥 세상 뜰 수도 있는 거지요… . 물론 메데릭이 모든 걸 다 유산으로 받게 될 테고, 내 뜻에 맞는 사람이 들어온다면 나중에는 내 며느리가…. 보시다시피 난 내 식으로 우리 애를 사랑해요. 그런 문제도 다 생각해두었으니 말입니다."

거실로 들어서다가 나는 문득 매우 아름다운 젊은 여자의 소박하지만 매력적인 초상화 앞에서 마음이 끌려 걸음을 멈추었다. 두 눈은 메데릭의 그것처럼 길고 검은 속눈썹 아래로 슬픈 꿈이 가득한 그늘진 보라색이었다.

"죽은 내 아내예요" 하고 로드리그가 설명했다. 또다시 그는 갑자기 터뜨린 웃음을 억제하지 못하는 듯했다. 그것이 다스리지 못할 고통 탓인지 아니면 끈질긴 원한 때문인지 알 수 없었다. "사실 편의상 그렇게 말은 했습니다만, 솔직히 말해서 그 여자는 죽은 게 아닙니다. 하지만 나와 귀한 우리 아들을 두고 떠난 뒤엔 죽은 거나 마찬가지죠. 사실은 인디언 거주구역에 있는 부족에서 데리고 온 여자였어요. 그러나 이미 혼혈이었을 겁니다. 그 어떤 지체 높은 약탈자의 것이 아니라면 그런 눈빛을 누구한테 물려받았겠어요? 나 역시 그 눈빛 때문에 첫눈에 홀렸죠. 하기야 이 초상화를 보며 생각할 때마다 지금도 홀려요. 메데릭은 사내아이면서 눈빛이 그러니 아주 우스꽝스럽죠! 그렇지만 그 여자의 눈을 보고 있으면 혼이 쏙 빠져버려요. 그래서 믿기지 않겠지만, 나는 그녀의 발밑에다가 아낌없이 다 갖다 바쳤는데, 집도 그렇죠, 돈 많이 들었어요, 정말입니다. 값비싼 가구들이며, 위니펙에서 주문해온 옷들이며 이름 있는 사람이 제작한 베를린 마차며, 선생님도 보셨죠? 전부 다, 심지어 인디언 여자를 모시는 하인들까지, 그런데 글쎄 그 모든 것과 자기 부족 둘 중에서 그 여자는 텐트를, 부족을 택한 거예요."

그는 멸시하듯 메데릭을 턱으로 가리켰다.

"그런데 저놈도 언젠가 똑같은 짓을 할 테니 두고 보세요. 일말의 희망이 있다면 선생님이 저애한테 영향력을 끼쳐주시는 거예요. 선생님이 마음만 먹는다면 더한 영향을 끼칠 수도 있겠지요. 분명히 알아두세요, 선생님. 아버지 에마르는 은혜를 모르는 사람이 아닙니다."

가구에 몸을 기댄 채 고개를 돌리고 있는 메데릭은 마치 그 자리에 있지 않기라도 하듯 그의 아버지가 자기에 대하여 하는 얘기를 듣지 않기 위해 눈을 피하고 있었는데 보기에 딱할 정도로 창백해진 얼굴이었다. 나는 산꼭대기의 고원에서 눈 아래 펼쳐진 평화롭고 무한한 정경을 바라보며 그때의 신뢰와 공감을 함께 나누지 않고는 못 배기겠다는 듯 '선생님, 여기선 세상이 온통 우리 것만 같아요!'라고 말했을 때 느꼈던 그의 이미지를 지금 이 순간과 비교해보았다.

그렇지만 이 순간 가장 내 마음을 아프게 하는 것은 메데릭의 옆모습에서 그의 아버지와 닮은 일면이 엿보인다는 사실이었다.

"하기야 저애가 젊은 야만인 계집애들과 좀 사귀어보는 것도 나쁠 건 없겠지만요. 고것들 꽤 삼삼하고 조숙하니까요. 그럼 저 어리석은 녀석도 이제 곧 여자 맘에 들 나이란 걸 알게 될 테지요. 하지만 내가 시키는 말을 귀담아듣겠다면 말해주고 싶어요. 좀 쓸 만한 여자가 나타날 때까지 기다리라고 말입니다. 여자라곤 하나같이 무식하고 멍청한 것들뿐인 가난한 시골구석이고 보니 어느 날 하늘에서 떨어지듯 나타나는 학교 여선생 말고 쓸 만한 여자가 어디 또 있겠어요. 나 역시 저 멍청한 녀석만한 나이였을 때, 아니 그보다 좀 더 되었을까, 우리 학교 여선생을 꽤나 기다렸죠. 데이트도 하고 밤 모임에도 데리고 가고 싶어서…. 그렇지만 우리 때에는 여선생이 나타나서 나를 무식에서 구제해주고 내 인생을 이끌어주는 일은 없더군요."

그는 자기연민으로 두 눈이 젖어 있었다.

"우리 애는 당신이 왔으니 행운이죠" 하고 그는 말을 이었다. "그래서 난 이렇게 말하는 거예요, '너희 여선생 놓치지 마라' 하고 말예요. 네 살길이야, 이 녀석아."

나는 자리에서 일어나 메데릭에게 말했다.

"가자. 나 좀 데려다 주겠니?"

그는 달려나가더니 망토를 다시 입고 거실로 돌아왔다. 내 외투도 가지고 와서 입는 것을 거들어주었다.

온통 비틀거리면서 문턱까지 우리를 배웅하면서 로드리그 에마르는 우리가 제대로 안면을 트기도 전에 너무 일찍

떠난다고 나를 나무랐다. 그의 마지막 말은 발작적으로 거세게 불어대는 바람 소리에 묻혀버렸다.

6

미친 듯이 몰아치는 폭풍이 저 먼 곳에서 열어놓은 댐의 수문에서 쏟아져 나오는 거센 물소리를 내며 위협하고 있었지만 농장 출입로를 따라 촘촘하게 늘어선 가로수가 폭풍을 막아주는 동시에 그 정신없는 소용돌이 속에서 길 안내까지 해주고 있어서 우선은 아주 힘들지는 않았다. 우리는 각자 말없이 좌석의 양끝에 멀찍이 떨어져 앉아 있었다. 나는 가끔 메데릭에게 눈길을 던지곤 했다. 부풀어오르는 폭설 속에서 때로 불쑥 나타나는 이상한 불빛을 받아 그의 상처받은 얼굴이 눈에 들어왔다. 마침내 그가 겨우 들릴까 말까 한 소리로 말했다.

"죄송해요, 선생님. 아버지가 선생님을 우리 집 지붕 밑까지 데리고 와서 모욕을 줄 줄 뻔히 알고 있었어요. 왜 아버지가 온갖 선물로 내 비위를 맞추려고 했는지 이제 알겠어요. 아, 수를 쓴 거예요! 정말이지, 선생님, 우리 아버진 악마예요!"

　나는 힘을 내라는 뜻에서 손을 내밀어 그의 손을 잡아주려다가 이제 다시는 그럴 용기를 내지 못하리라는 것을, 더 이상 그래서는 안 된다는 것을 의식하고 그만두었다. 그 결핍의 감정으로부터 어떤 막연한 고통이 찾아와서 어떤 불분명한 미래 위로 확 펼쳐지는 느낌이었다. 이 상황에서 대체 누구를 동정해야 할지 알 수가 없었던 것이다. 그를, 아니면 나를, 아니면 성년의 나이에 이르면 자연스러움이 한 부분 파괴되고 그와 더불어 영혼의 생생한 몫을 잃어버리고 마는 모든 존재를?

　어쨌건 우리는 가로수가 늘어선 농장 출입로의 끝에 이르렀고 이제부터는 일체의 대화를 불가능하게 만드는 저 요란한 소용돌이 속에서 바람을 정면으로 받으며 싸워야 할 참이었다. 과연, 출입로를 따라 돌아서 활짝 터진 들판으로 접어들자마자, 마치 그런 대로 배가 다닐 수 있는 지류로부터 이제는 물살을 거슬러 올라가야 할 백 배나 더 거센 분류 속으로 내달은 형국이 되었다. 우리는 어떤 야성의 힘으로부터 오는 저항과 압력을 느꼈다. 그것은 광란하는 소리와 미친 듯이 밀어닥치는 백색 꿈의 형상으로 도처에서 폭발하고 있었다. 가스파르는 우리가 탄 연약한 배의 뱃머리를 이루고 있었다. 그가 폭풍을 가르고 나아가면, 계속되는 휘파람 소리와 뒤엉킨 외침으로 가득한 광란의 빠른 연주 속에서 폭풍은 둘로 갈라져서 눈썰매의 양쪽으로 흘러내렸다. 때로는 마치 반대편으로부터 격류에 휩쓸리는 뗏목에 실려 눈에 보이지 않게 우리 옆으로 스쳐 지나가면서 절망적으로 구원을 요청하는 사람들의 고함 소리가 들리는 것 같기도 했다.

메데릭은 몸을 온통 뻣뻣하게 긴장한 채, 바람과 눈이 지어내는 그 광란의 실루엣들 가운데서 이제부터는 우리들에게 유일한 안내의 표적이 되어줄 보잘것없는 전신주들의 열을 분간해내려고 온통 정신이 팔려 있었다. 나는 그가 금방이라도 길 옆 구덩이에 처박힐 듯이 전신주의 열에 바싹 붙어서 마차를 몰고 있는 것을 볼 수 있었다. 그래서 나는 눈을 부릅뜨고서 다음 표적이 나타나는지 지켜보면서 그를 도우려고 애를 썼다. 한참이 지나도록 다음 표적이 나타나지 않을 때면 우리는 벌판 가운데서 멀리 떨어진 곳으로 빗나가 영원히 길을 잃은 것만 같은 느낌이었다. 그러다가 옥죄어드는 그 어렴풋함 속에서 둘 중 한 사람이 전선줄을 언뜻 보기라도 하면 크게 소리쳐 알렸다. 이렇게 하여 우리는 토막 난 채로나마 서로에게 말을 하기 시작했다. 아마도 서로를 격려하며 살아남기 위해서. 오히려 마음속은 백번 죽고 싶은 기분이었지만.

이내 메데릭은 전신주가 눈에 보이는 순간들이면 벌써부터 땀에 흠뻑 젖어 있는 가스파르를 쉬게 했다. 그럴 때엔 그 가엾은 짐승은 바람을 받으며 고개를 푹 숙인 채 완전히 기진한 몰골이 되어 있었다. 잠시 후, 다음 표적이 나타나면 말은 시키지 않아도 스스로 발을 멈추고 곧 예의 극도로 피로한 모습이 되어버리는 것이었다. 나는 너무나도 가엾다는 생각이 들었다. 메데릭도 가슴 아파하는 눈치였지만 아무 말도 하지 않았다. 그렇게 가스파르가 숨을 돌리기를 기다리는 동안에 우리는 더 편하게 말을 주고받을 법도 하건만 그럴 때일수록 오히려 그는 가장 뻣뻣하게 굳어져서 침묵만 지키고 있었다. 새 옷을 갖춰 입고서 내 눈에 더 나이 들어 보이려고 노력하다가 오히려 우스꽝스러운 모습을 보인 것이 부끄러워서 그러는 것인지 아니면 다른 무슨 깊은 괴로움이 있는 것인지 알 수가 없었다.

갑자기, 더는 참을 수 없다는 듯이 그가 불쑥 내뱉었다.

"이젠 더 이상 학교에 가지 않는 것이 좋겠어요… 아버지가… 그런 말을 하고 났으니….".

또다시 내 손이 앞으로 나아가 그의 손을 잡으려다가 도중에 멈추었다. 나는 그냥 항의하듯 말하는 것으로 그쳤다.

"그 반대지, 메데릭, 어느 때보다도 더 열심히 학교에 다녀야지. 유일하게 도망갈 구멍인데!"

내 말에 대답을 하지 않은 채 그는 다시 가스파르를 출발시켰다. 약간 진정이 되었을까 말까 한 그 장한 짐승은 온 힘을 다하여 몸을 활 모양으로 굽히며 버텼고 용감하게 머리를 쳐들고 이루 말할 수 없는 눈과 바람과 비명과 고함의 물결을 거슬러 가려고 싸웠다. 심지어 우리에게 더없는 안락을 주었던 베를린 마차도 이제는 폐선처럼 온통 눈투성이가 되어 덮개를 덜렁거리며 무겁게 끌면서 난파를 예고하고 있었다. 메데릭이 내게 뭐라고 말을 했다. 그런데 아주 가까이서 들리는데도 그 목소리는 바람 아니면 감정의 혼란 때문에 변성이 되어 내게는 아주 이상하게 들렸다. 나는 마치 낯선 사람을 보듯이 그에게 고개를 획 돌렸다. 비록 불안하고 어찌할 바를 모르는 표정이지만 그래도 그 전날과 다름없는 소년이었다. 그는 그리 오래되지 않은 과거에 나 자신이 성년의 문턱에서, 자연스럽게 몸담았던 곳과 절연된 상태가 되었을 때 내가 느꼈던 바로 그 모습을 상기시켰다. 나는 무슨 수를 써서라도 그를 안심시켜주고 싶었다. "자, 메데릭, 이제 한 발자국만 더 가면 되는 거야. 길에 들게 돼… 두고 봐…." 그러나 나는 바로 그것에 자신이 없었다. 바로 그 존재의 단절, 어린 시절과의 그 절연으로부터 어쩌면 영원히 치유될 수 없는 어떤 상처가 남는 것은 아닐까 하는 생각이 들었다.

둘 다 존재의 신비에 그토록 정신이 팔려 있는 동안에 아마도 우리는 귀중한 푯말의 구실을 해주는 전신주의 열을 정신 바짝 차리고 감시하는 일을 깜빡 잊어버린 모양이었다. 이리하여 갑자기 전선도, 심지어 물렁물렁한 눈 언덕 밑에 깔린 단단한 땅바닥마저도 없어져버렸다. 가스파르가 마차의 문 높이에까지 눈 속으로 빠졌다가 간신히 다시 일어서고 또다시 빠져들어가는 것이 보였다.

"길이 아닌 데를 가고 있어요" 하고 메데릭이 말했다.

썰매에서 내려서자 그 역시 눈 속으로 깊숙이 빠져들었다. 그러나 그는 몰아치는 바람을 피해 몸을 둘로 접듯이 푹 수그렸다가 간신히 가스파르에게 다가가더니 그의 몸에 기댔다. 한쪽 팔로 말의 목을 감싸고서 말머리에 자기 머리를 갖다댔다. 어쩌면 우는 것이 아닌가 싶었다. 마치 터져나오는 울음을 억지로 참을 때처럼 두 어깨가 올라갔다가 다시 주저앉곤 하는 것이 보이는 듯 했다. 그리고 푹 파묻힌 메데릭의 얼굴 밑에서 가늘게 머리를 움직이고 있는 말은 마치 그를 위로라도 하고 있는 것만 같았다. 그 역시 탄식하고 있는 듯한 바람 속에서 지켜본 그 장면이 왜 영원히 내 마음속에 들어온 것인지 알 수가 없다. 우리 두 사람 사이를 눈보라의 높은 물결이 가로막아서 불과 몇 발자국 앞에 있는 그들이 시야에서 사라졌다. 허연 어둠 속에서 오직 굽이치는 말의 검은 갈기만 흐릿하게 드러나 보이고 있었다. 메데릭이 썰매의 내 쪽 편으로 다가오더니 안을 들여다보았다. 그를 휩싸고 있는 질풍을 통해서 그의 두 눈이 빛나는 것이 어렴풋이 보였다. 말을 할 때 그의 목소리는 마치 수년의 세월을 거쳐서 내게 닿아오는 것만 같았다.

"길을 잃은 것 같아요, 선생님."

내 느낌으로 그는 분명 이렇게 말한 것 같았다. 하지만 말의 어조는 오히려 '이제 살았어요, 선생님'으로만 들렸다. 나는 마치 희소식을 접한 것처럼 몸을 떨었다.

이윽고 메데릭이 가스파르 곁으로 되돌아갔다. 따뜻한 담요 속에 파묻혀서 나는 이승의 삶으로부터 떠나는 꿈에 몸을 맡겼다. 우리는 악에서, 몹쓸 유전에서 벗어나, 그리고 특히 젊은 시절 특유의 자부심 속에서 그 어떤 것보다도 싫은 더럽힘에서 벗어나 드디어 구원된 것이었다.

폭풍이 몰아칠 때면 나의 내면에서 그 같은 욕망이 솟아나는 것을 느끼는 일이 흔히 있게 되지만, 울부짖는 바람 속에서 반역의 천사들이 나를 불러대던 그날 밤 같은 경험은 처음이었다. 나는 폭풍이 지나가고 난 뒤, 사람들이 발견하게 될 메데릭과 나를, 순수한 두 조각상처럼 하얀 눈가루가 머리와 눈썹을 덮은 아름다운 모습 그대로 고스란히 남은 우리 두 사람을 상상했다. 어쩌면 우리 두 사람은 서로를 향해 머리를 아주 약간 기울이고 있는 모습일지도 모를 일이다.

다시 내게로 되돌아온 메데릭은 마치 우리 두 사람의 운명은 내 손에 달려 있다는 듯 물었다.

"이제 어떻게 하죠, 선생님?"

나에 대하여 고분고분한 그의 태도가 무어라고 말할 수 없을 만큼 마음을 흔들었다.

"네 생각으론 어쨌으면 좋겠니?"

그는 좀 슬픈 미소를 지어 보였다.

"가스파르를 덮어줘야죠."

"그렇다면 그래야지!"

그는 우리가 덮던 담요들 중 한 장을 걷어가지고 가서 말의 등에 씌워주었다. 그는 우선 맨손을 호호 불어가지고 말의 머리를 쓰다듬으면서 좀 따뜻하게 해주려고 애를 썼고 두 눈 위에 덮인 눈가루를 털어주기도 했다. 그런 몸짓에서 나는 그가 자기 자신보다도 가스파르를 더 가엾어하고 있다는 것을, 자신의 말부터 우선 구하고 싶어한다는 것을 알 수 있었다. 그런데 갑자기 마치 그 하얀 종마가 제일 먼저 판단력을 되찾았다는 듯이 지금까지 푹 파묻혀 있던 눈 속에서 베를린 마차를 요란하게 확 당기면서 앞으로 움직이기 시작했다. 획 지나는 결에 메데릭이 제자리로 펄쩍 뛰어올랐다. 그는 고삐를 늦추어놓고 확인하듯 말했다.

"다시 길로 들어섰어요."

"그걸 어떻게 알지?"

"가스파르를 보세요. 한결 자신 있어 보이잖아요. 멋진 놈이에요. 그 누구보다도 똑똑해요."

그때 우리 눈앞으로 전봇대의 가느다란 실루엣이 흐릿하게 지나갔다. 우리는 그 나이 특유의 저 말할 수 없는 천진난만함으로 되돌아가 정신없이 웃어대기 시작했다.

"선생님 겁먹었었죠" 하고 메데릭이 나를 놀렸다.

"전혀" 하고 내가 그에게 말했다. "끝장이라는 생각은 안 했거든."

"아, 그랬군요."

우리는 우정 어린 친숙한 어조로 서서히 옮아가고 있었다. 나도 그것을 느꼈다. 나는 침묵 속으로 몸을 감추었다. 잠시 후 하늘과 땅 사이에 가느다랗고 검은 선이 희미하게 나타났다.

"보샹 숲이에요" 하고 메데릭이 지적해주었다. "일 마일 정도 더 가면 바로 길 가까이로 숲이 보일 거예요. 그 다음엔 드러난 길이 나타나요. 하지만 오르막길이죠. 그쪽으로는 눈이 쌓이지 않아요."

그런 것쯤은 우습다는 듯한 어조로 그가 말했다.

"그러니 이젠 안심해도 될 것 같네요."

그런데 무엇 때문에 나는 마음속 깊이 그토록 슬펐던 것일까? 문득 메데릭과 나는 늙을 때까지 오래오래 살 수 있을 거라는 생각이 들었다. 그 상상은 정말이지 너무나도 어이가 없는 것이었다. 나는 그 생각을 뿌리쳤다. 메데릭은 이제 혼자서도 나무들이 줄지어 늘어선 경계를 충분히 알아볼 수 있으니 피곤하면 자도 좋다고 했으므로 나는 바람을 피하여 자리 속에 몸을 푹 파묻고 마음을 놓았다.

나는 눈을 감았다. 그러나 그것은 잠이 와서가 아니라 보다 마음 편하게 몽상에 잠기기 위해서였다. 이제 죽는다거나 심지어 늙는다는 생각까지도 지워버렸으므로 나는 나이를 먹지 않고 인생을 살아가는 자신을 신나게 상상하기 시작했다. 이제는 좀 덜 거칠게, 좀더 규칙적으로 흔들거리며 가고 있는 베를린 마차의 리듬이 그런 특이한 몽상을 부추겼는지, 나는 속으로 여행을 해야지, 많은 여행을 해야지 하는 생각을 하고 있었다. 나는 온갖 나라, 온갖 고장들, 비길 데 없이 경치 좋은 곳들을 찾아다니며 구경해야지. 어떤 높은 미래에 도달한 나 자신, 그 높은 곳에서 과거에 보잘것없고 서투른 시골 여교사였던 나 자신을 측은한 눈길로 되돌아보는 나 자신이 보였다.

나는 눈을 떴다. 사면에 유리를 끼우고 예쁘게 납으로 테를 둘러 썰매의 양쪽에 쌍으로 달아놓은 두 개의 랜턴 중 한 개가 보였다. 어두워진 창유리에 내 얼굴이 비쳐 보였다. 소용돌이치는 눈 속을 뚫어지라고 쳐다보고 있는 아득한 두 눈, 거품처럼 부글부글 일어난 머리털과 더불어 그 얼굴은 흐릿하고 우아했다. 나는 그 얼굴에서 눈을 뗄 수가 없었다.

그때 바로 내 얼굴 곁에 메데릭의 얼굴이 와서 박혔다. 그는 창유리에 자기의 얼굴도 비친다는 것을 모르고 바싹 가까이 다가온 것이었다. 그가 내게로 몸을 기울였다. 아마도 내가 잠이 들었는지 보려는 것 같았다. 내가 움직이지도 않고 말도 하지 않았으므로 그는 내가 자고 있는 줄로 알았을 것이다. 나는 눈을 반쯤 감고서 랜턴의 반사면에 비친 그를 감시했다. 거기에는 흐르는 눈가루에 쓸리면서 우리 두 사람의 흐릿한 얼굴이 마치 낡은 결혼 기념사진 속에서처럼 비쳐 지나가고 있었다. 이윽고 모든 것이 한순간 밝아졌다. 그때 나는 메데릭의 얼굴이 나를 향해서 다가오고 있는 것을 뚜렷이 볼 수 있었다. 바람에 부푼 내 보닛에서 날아오른 머리카락 하나가 일어나 그의 뺨을 스쳤다. 미동도 하지 않고 랜턴의 유리 위에 눈길을 고정시킨 채 나는 그가 장갑을 벗고서 그 춤추는 머리카락을 잡으려고 하는 것을 보았다. 그는 마구 흔들리는 머리카락을 막 붙잡으려는 찰라 스스로 자신의 행동에 놀란 듯 손을 공중에 쳐든 채로 딱 멈추었다. 나는 그의 시선 속에서, 만족을 얻은 사랑이나 스스로 사랑임을 깨달은 사랑에서는 결코 볼 수 없는, 무한한 놀라움과 감미로운 애정을 발견할 수 있었다. 메데릭 역시 눈의 섬들 위에서 부유하고 있는 것 같았다. 그리하여 나는 내 눈에 보이는 그 모든 것은 오직 랜턴 속에서 벌어지는 일이며, 메데릭과 나 자신은 실제로 가담하고 있지 않은 그 유희를 만들어내는 것은 오직 랜턴일 뿐이라는 이상한 느낌에 잠겨 있었다. 그러나 그때 그 랜턴은 온통 일그러진, 그리고는 자신에 다가드는 마음의 첫 혼란 속에서 그만 눈을 감아버리는 메데릭의 얼굴을 내게 비춰주고 있었다.

나는 날아오르는 머리카락을 얼른 양모 보닛 속으로 집어넣었다. 나는 좌석의 가장 먼 끝으로 몸을 당겨 앉았다. 그러자 마음을 혼란하게 하던 랜턴이 시야에서 사라졌다. 나는 가벼운 어조로 말했다.

"최악의 지점은 지나온 것 같은데, 안 그래? 결국 마을과 학교, 불쌍한 메데릭, 네가 제일 싫어하는 모든 것을 다시 만나게 되었네…."

그는 자신을 덮쳤던, 그리고 아직도 얼마간 그의 시선을 붙잡고 정신을 못 차리게 하는 그 혼란에서 서서히 돌아오는 것 같았다.

"학교야, 또다시 다니게 될지 어떨지 알 수 없네요" 하고 그가 중얼거렸다. "마을도 마찬가지고요."

"그럼 어디 가서 살 작정인데?"

나는 짓궂게 그를 놀리면서 자연스러운 상태로 되돌려놓기로 마음먹었다. 폭풍은 이미 거센 상태가 아니었다. 시야가 아직은 매우 흐렸지만 길을 확실히 아는 듯 자신 있게 걷는 가스파르를 믿는지라 우리는 더 이상 매순간 마차 밖으로 고개를 내밀지 않아도 되었다. 바로 가까운 곳에서 여전히 광란하는 바람이 때때로 덮개를 뒤흔들며 지나가고 있었지만 그뿐 정말로 우리에게 위협이 되는 것은 아니었다. 이제 우리의 행로는 그저 취한 상태 바로 그것이었다. 나는 인생의 흐름과도 매우 유사한 그것에서 극단적인 쾌감을 느끼고 있었다. 그렇다, 이제 나에게는 인생이 그런 모습으로 보였다. 끝없이 새로워지는 도취감 속에서의 길고 당당한 질주로 말이다. 나는 내가 이제 막 벗어난 불행한 저녁 나절을 다 잊어버렸다. 나는 드라이브의 즐거움에 정신이 팔려 있는 메데릭에게 말했다.

"이 베를린을 타고 너하고 가스파르하고 난 세상 끝까지라도 가겠어."

그는 내 어조 속에 되살아난 유쾌한 기분에 마음이 놓인 듯 내 농담을 받았다.

"그럼 갈까요? 마니투까지! 큰 강까지!"

그것은 사오십 마일이나 멀리 떨어져 있는 마을들이었다. 나는 한 수 더 떴다.

"스완 레이크로! 미네아폴리스로!"

그가 받았다.

"뉴욕으로! 필라델피아로!"

의기투합한 우리의 마음이 얼마나 부풀어올랐는지 갑자기 휘날리는 눈보라 저 너머로 흐릿한 불빛이 깜빡이는 것이 보이자 나는 슬픈 목소리로 소리쳤다.

"아이고 맙소사! 마을에 다 온 것 아냐, 정말 유감이군! 세상이 끝날 것처럼 바람이 불어대는 가운데 네 베를린 마차 속에 따뜻하게 몸을 파묻고 있는 행복감을 위해서라면 이 길을 다시 한 번 더 왕복하고 싶은 심정인데."

내가 미처 말을 다 끝내지도 않았는데 메데릭이 벌떡 일어서더니 가스파르를 오던 길로 돌려세웠다.

이번에는 내 손이 쑥 뻗어나가 그의 두 팔 위에 놓이면서 즉시 그를 제지했다.

"이것 봐! 정말 내가 가스파르한테 이 길을 또 한 번 더 되짚어가고 오도록 만들 것 같아?"

"아, 이놈이야 다시 한 번 갔다 오자면 그렇게 할 거예요, 선생님." 그의 슬픔이 송두리째 고스란히 되살아났다.

단번에 우리는 그 미칠 듯한 도취경으로부터 땅바닥으로 나동그라졌다. 내 눈에는 그 허식적인 식당, 무거운 가구, 뻣뻣한 휘장, 로드리그 에마르, 작고 교활한 눈으로 자신의 아들과 나를 흘겨보는 정신병자가 되살아났다.

잠시 후 우리는 내가 묵고 있는 하숙집 앞에 와 있었다. 가스파르가 스스로 멈췄다. 그러나 메데릭은 마치 그 어떤 견디기 어려운 생각에 파묻힌 듯 두 눈을 내리깔고 꼼짝도 않고 있었다. 내가 그에게 말했다.

"다 왔어, 메데릭."

그는 놀란 시선을 들더니 서둘러 마차의 문을 열고 나와 우리는 함께 문턱까지 왔다. 나는 그에게 안으로 들어가 몸을 좀 녹이라고 권했다. 그러나 하숙집 여주인의 발소리가 가까이 다가오고 있었으므로 그는 아주 난처한 얼굴로 뒷걸음질쳐 물러나며 자기는 그 여자를 안 좋아한다고, 하기야 마을 사람들 중 그 누구도 좋아하지 않는다고… 그러니 가스파르가 다시 추위를 먹기 전에 떠나는 게 좋겠다고 말했다.

하숙집 여주인이 문을 열었을 때 나는 눈보라가 치는 가운데 문턱에 혼자 서 있었다. 그녀는 나직이 웃었다. 의미심장한 웃음이었다.

7

메데릭과 나 사이는 이제 아무것도 전과 같지 않게 되었다. 이미 한참 전에 열네 살이 된 그는 계속하여 학교에 다녔다. 그렇지만 사실은 점점 더 결석이 잦아지는데 무엇 하러 그 수고를 한단 말인가? 그는 마을 입구에 있는 어떤 따뜻한 외양간 안에 가스파르가 머물러 있을 칸 하나를 얻었다. 그는 정오가 되면 그리로 가서 말을 돌보고 그 미지근한 어둠 속에서 간식으로 가져온 사과와 빵을 함께 나누어 먹었다. 그는 대다수의 다른 아이들보다 나이가 위여서 실질적으로 학교에서 친구를 사귀지 못했는데 이제는 더욱 모든 아이들과 멀어졌으므로 정말 함께 어울릴 상대라곤 그의 말뿐이었다. 그가 말을 돌보아주고 돌아올 때면 마구간 냄새를 잔뜩 묻혀가지고 돌아오는 것이어서 나는 어느 날 그 점을 지적해주지 않을 수 없었다. 그는 내게 원망하는 눈길을 던지긴 했지만 그래도 감히 변명은 하지 못했다. 그러나 내 신경을 건드리는 것은 그것뿐이 아니었다. 그는 계속해서 굵은 줄무늬가 있는 그 새 양복을 입고 있었다. 내가 로드리그의 집에 초대받아 식사를 했던 그 일요일날 처음 입은 것을 보았던, 내겐 너무나도 불쾌하게만 느껴졌던 그 양복을 말이다. 그 정장을 차려입은 그는 마치 착오로 학교에 입학해서 까닭 없이 나가지 않고 내 어린 학생들 사이에 끼어 있는 다 큰 청년 같은 인상을 주었다. 가벼운 표정으로 수업을 진행하려고 노력하면서 나는 어느 날 그에게 너무 나이 들어 보이고 눈에 띄는 그 정장보다 평소에 입던 옷을 입는 것이 더 좋은 인상을 준다고 말했지만 아무 소용이 없었다. 그는 계속 그 옷을 입었다. 그게 나에 대한 도전인지 아니면 이젠 아무것도 개의치 않게 되었기 때문에 그런 것인지 알 수가 없었다. 사실 그 몇 주 동안 거의 매일같이 그를 나무랄 일이 생겼다. 내가 신경이 예민해져서거나 아니면 그가 점점 더 짜증나게 굴기 때문이었다. 과연, 내가 너무 나이 들어 보이는 그의 옷차림을 조금만 나무라면, 그는 곧 그해 초에 그랬듯이 교실의 통행로 쪽으로 다리를 내뻗어 지나가는 여자아이들을 넘어뜨리는 장난을 했고 나는 화를 벌컥 내면서 그 나이의 다 큰 녀석이 그런 유치한 장난에 재미를 붙이는 것은 너무 우스꽝스럽다고 말했다. 이번에는 그도 내가 그처럼 이랬다저랬다 하는 것이 보기에 딱하다는 듯이 약간 빈정대는 듯한 동시에 안됐다는 듯한 표정을 지으면서 내 눈을 똑바로 쳐다보았다. 그러나 대개의 경우, 그는 우울한 몽상 속으로 빠져들어가 있었다. 그의 숙제는 아무런 가치도 없는 것들이었다. 그는 몇 시간이고 일종의 힘겨운 무감각 속에서 방향을 잃고 헤매곤 했다. 마치 아무런 표적도 알아볼 수 없는 벌판 한가운데서 어느 쪽으로 가야 할지 몰라 걸음을 내딛을 엄두를 내지 못한 채 끝없이 서성대는 여행자 같았다. 그러자 내 마음은 가장 순조로웠던 시절처럼 그를 향했다. 나는 그가 좋아했던 이런저런 것들을 상기시키면서 나 자신마저 그런 것들을 좋아하게 될 정도로 그가 자연에 대하여 품고 있었던 애정 쪽으로 있는 힘을 다해서 그의 마음을 되돌려보려고 애썼다. 그는 그런 종류의 행복은 이제 다 끝났다는 뜻인지 쓸쓸한 미소를 지어 보일 뿐이었다. 이윽고 그의 목소리가 변했다. 어느 날 그가 책을 큰 소리로 읽었는데 그 목소리가 갑자기 달라져서 반 아이들 전체가 어떤 낯모르는 사람이 어디 와 있나 해서 주위를 휘휘 둘러보았다. 계집아이들이 제일 먼저 그것이 메데릭의 목소리라는 것을 알아차렸다. 그 중 몇은 얼굴을 양손 안에 파묻는 체하면서 웃음을 터뜨렸다. 나는 그 아이들의 뺨이라도 때리고 싶은 기분이었다. 난처해진 메데릭은 거의 공격적인 표정이 되었다. 그는 더 이상 큰 소리로 책을 읽으려들지 않았다. 그는 어찌나 기어들어가는 목소리로 읽었는지 내 자리에서는 들릴까 말까 했다. 이제 나는 더 이상 그의 긴 의자 끝에 가서 앉지도 않았고 그를 내 책상 곁으로 부르는 일도 없었다. 그는 당황스러울 정도로 내 눈앞에서 쑥쑥 컸다. 나는 그가 가장 도움을 필요로 할지도 모를 그때에 그를 멀찍이 밀어내놓게 되었던 것이다. 그는 계속 컸다. 그의 얼굴은 극도로 수척해져서 눈이 저 위에 가 붙고 온통 이마치레뿐인 토끼 같은 인상으로 주위의 모든 것을 슬픈 눈으로 바라보는 것이었다.

그런데 어느 날 저녁, 수업이 끝난 뒤, 그가 자진해서 교실청소를 하겠다고 했다. 나는 평소에 나이 든 학생들에게 돌아가면서 청소를 시키는 관례를 유지해왔다. 다만 메데릭은 제외시켰다. 그는 정말이지 너무 멀리 살고 있어서 조금만 늦게 학교를 파했다가는 거의 캄캄한 밤이 되어야 집에 돌아갈 지경이었던 것이다. 그러나 낮이 길어지기 시작했다.

"그래, 좋아" 하고 내가 말했다. "원하면 남아서 해. 하긴 네 차례가 되었으니까."

그러자 집안일이라면 물을 길어오는 것 같은 사소한 일도 하기 싫어했던 그가 거의 신이 나서 마룻바닥을 쓸기 시작했다. 내가 책상에 앉아서 작문숙제를 고치고 있는 동안 그가 왔다 갔다 하면서 의자들을 옮겨놓고 그 밑을 쓸어내는 소리가 들렸다. 사실 먼지를 깨끗이 털어내려고 애쓰는 것 같지는 않았다. 그러나 내게 잘 보이려는 욕망이 너무나도 뻔히 보여서 갑자기 나는 마음이 흔들렸다. 나는 그가 단둘일 때 내게 뭔가 말을 하고 싶어한다는 것, 바로 그 때문에 청소를 자청했다는 것, 그러나 지금은 막상 어떻게 말을 붙여야 할지 몰라 망설이고 있다는 것을 깨달았다. 나는 그의 일을 쉽게 해주기로 마음먹었다. 나는 손에 연필을 든 채 반쯤만 여유 있는 표정을 지으면서 가능한 한 가벼운 기분이 느껴지는 어조로 그에게 물었다.

"너희 아버지와는 이제 좀 나아졌니?"

그 순간 아주 어려워하던 태도가 사라졌다.

"아, 네, 선생님. 전에 집에 오셨을 때 있었던 일을 미안해하세요. 사실 그렇게 술을 많이 마시는 일은 잘 없는데요. 집 안에 젊은 분이 오신 걸 다시 보니 감동이 되어서 그랬다면서 선생님 다시 오신다면 좋지 않은 기억을 가지셨을 그런 불미스런 일은 절대로 없을 거라고 하셨어요. 며칠 안에 한 번만 더 식사하러 와주신다면 나쁜 기억을 말끔히 씻어드리겠대요."

"아니, 그 문제는 접은 걸로 아는데, 메데릭."

그는 눈을 내리깔았다.

"선생님 우리 집에 다시 와주시지 않아도 아버지는 선생님 좋아하시는 어디든 모시고 가도록 베를린 마차를 빌려주실 거예요. 선생님은 그걸 아주 좋아하잖아요."

"우리가 어딜 갔으면 좋겠어, 메데릭?"

"어쩌면" 하고 난처해진 메데릭은 나를 쳐다보지도 못한 채 말했다. "영화관도 있고 온갖 재미있는 게 다 있는 이웃 마을에 갈 수도 있죠. 아버지 생각엔 선생님은 아는 사람도 별로 없이, 함께 외출할 사람도 없이 마을에 혼자 처녀로 살고 있어서 심심하실 거래요."

나는 어이가 없었다. 얼마 전까지만 해도 그렇게 거만하고 그렇게 건방진 태도였던 메데릭이 거의 사정하는 듯한 어조로 내게 말을 하고 있는 것이었다. 한술 더 떠서 손에 빗자루까지 들고.

나는 그만하면 나를 충분히 도와주었으니 이젠 나 혼자서

정돈할 수 있다고 대답했다. 나는 고개를 들고 그를 똑바로 쳐다보았다. 그의 눈에는 천성적인 오만과 내게 뭔가 잘 해주고 싶은 욕구가 갈등을 일으키고 있는 것이어서 나는 마음이 아팠고 동시에 그에 대한 심술이 치솟았다.

나는 금방 최대한으로 학교 선생다운 어조로 말했다.

"난 내가 하는 직분을 전혀 따분하게 생각지 않아, 메데릭. 그게 내 삶인걸. 내 열정의 대상이고. 난 그걸 흡족해하고 있어."

"하지만" 하고 그가 용기를 내어 내게 상기시켰다. "눈보라 속에서 자유롭게 드라이브할 때는 그렇게 좋아하지 않았어요! 폭풍 속에서 그걸 또 한 번 해보는 재미로 길을 더 되짚어 갔다 왔으면 좋겠다고 했었는데요."

나는 그의 말을 맞받았다.

"딴 데 가서 그런 소릴 하고 다니진 않았겠지, 설마?"

그는 머리를 푹 숙였다. 그런 태도가 곧 고백 같았다.

이제 나는 그를 위로하려고 애써야 할 판이었다. 그는 그만큼 내 마음을 거슬러놓았다는 것 때문에 기가 꺾여 있었다.

"오, 아무렴 어때. 중요할 것 없어. 다만, 메데릭, 내가 왈가왈부할 것은 아니지만 너의 아버지는 세상에서 받은 상처가 너무 크셔. 그러니 무슨 일에서건 아버지 얘기는 들을 필요가 없어."

"그럼 누구 말을 들어요?" 하고 그가 물었다.

나는 뭐라고 대답해야 할지 알 수가 없었다.

"너 자신의 말을 들어야지. 마음속의 가장 좋은 것의…."

황혼녘의 보라색이 감도는 그의 이상한 눈이 비장한 선의를 담고 나를 뚫어지게 바라보았다. 말없이 나의 도움을 요청하는 눈이었다.

"이제 저를 사랑하지 않는군요, 선생님."

나는 그를 오랫동안 물끄러미 바라보았다. 메데릭은 자기 자신의 감정은 의식하지 못한 채 내가 교실에서 그에게 전과 같은 관심을 기울여주지 않는다는 뜻으로 그런 말을 했다는 것을 알 수 있었다.

그래서 나는 그에게 우정 어린 미소를 지어 보였다.

"이것 봐, 메데릭. 전과 똑같이 사랑하고 있어. 분명히 말하지만, 그 어떤 학생에게도 너만큼 마음을 쓰고 있지 않아. 네가 성공하면 나는 이 세상에서 가장 행복한 선생님이 될 거야. 네가 게으름을 피우고 빈둥거리면 나는 속이 상해."

"그렇지만" 하고 그는 괴로운 비난이 섞인 목소리로 말했다. "선생님은 이제 나하고 산에도 안 가고 베를린 마차를 타고 돌아다니지도 않을 거잖아요."

"안 하지, 메데릭, 그런 것은 이제 내겐 다 끝난 일이야. 더군다나 이젠 시간도 없어. 이제부턴 모든 것을 우리 학급을 위해 바칠 생각이야. 날 기쁘게 해주고 싶거든 너도 그렇게 해."

그러고 나서 나는 다시 일을 시작하는 척했다. 그는 내 앞에 버티고 서서 꽤 오래 망설이더니, 이윽고 오래전에 몸에 배었던 허세의 잔재를 드러내며 빗자루를 내 책상에 펼쳐놓은 서류들 위로 삐딱하게 가로질러 내려놓고는, 나는 내 멋대로 하겠다는 듯한 태도로 어깨를 으쓱하고 휘파람을 불면서 제자리로 돌아갔다. 그러나 낙담한 실루엣의 가느다란 뒷모습이 너무나도 가슴 아픈 허약함을 드러내고 있어서 내 마음이 온통 슬퍼졌다. 그는 나이에 비하여 숙성하고 나는 젊은 나이이므로, 나는 이를테면 그에 대하여 스스로 신중하지 못하게 행동한 나 자신을 벌하기 위하여 지나치게 엄격한 방법으로 그를 다루고 있다는 생각이 들었다.

제자리로 돌아간 그는 성난 태도로 공책, 책, 그리고 학교에서 그만이 유일하게 개인 소유로 가지고 있는 사전까지 그의 소지품을 서둘러 챙겼다. 나는 속으로 생각했다. 그는 나를 시험하려는 거야. 허세를 부리는 거라고. 그를 진지하게 대하는 기색을 보여서는 안 되지. 그래서 나는 속으로는 괴로워 가슴이 조여드는데도 태연한 표정을 유지했다. 갑자기 그를 잃어버린다고 생각하니 내가 상상했던 것을 초월하여 그가 내게 너무나도 귀중하게 생각되었던 것이다. 소지품 보따리를 다 싸서 가죽끈으로 묶은 다음 그는 통로로 한 발 나서면서 피로와 오만한 고독으로 가득 찬 시선을 내게로 던졌다.

"선생님, 이젠 뭣 하러 학교에 오는지 알 수가 없군요. 더 이상 학교에 올 필요를 못 느끼겠어요."

내 마음속에서는 항의의 목소리들이 솟구쳐올랐고 그를 붙잡는 숱한 말들이 떠올랐다. 너무 젊고 너무 서투르고 어쩌면 너무 섭섭해진 나는 그저 상당히 건조하게 대답할 뿐이었다.

"아무것도 배우고 싶지 않고 공부를 하고 싶은 마음이 없다면 하기야 나도 왜…."

미처 더 이상 말을 계속할 사이가 없었다. 지난날의 그 과격한 성미가 되살아났는지 그는 발길을 휙 돌려 영원히 내던져버리려는 짐처럼 학교 소지품을 가죽끈 끝에 매달아들고 성큼성큼 걸어 나갔다.

8

　몇 달 전이었다면 그 누군들 가장 다루기 어려운 학생이 없어지면 우리 교실은 따분하기 그지없는 곳이 될 것이라고 예언하면서 나를 설득하려들었겠는가! 그런데 나는 하루에 열 번도 더 비어 있는 그의 자리로 자신도 모르게 눈길을 던지곤 했다. 눈 내린 벌판 쪽도 마찬가지였다. 그 벌판의 한결같은 흰색 속에서는 아직 유일하게 눈에 들어오는 그 검은 갈기가 물결처럼 휘날리며 그 학생이 전속력으로 가까워오고 있음을 내게 신호해주었고, 그의 모습이 보이면 나는 필경 길들인 야생의 짐승이 부르면 알아듣고 달려올 때 맛보는 그것과 비슷할 그런 기쁨으로 떨렸던 것이다.

　'삼월의 이 마지막 거센 폭풍… 흔히 일 년 중 최악이니까… 이 폭풍이 지나면… 다시 오겠지…' 하고 혼자 생각했다. 그리고 그 다음에는 '이 끝없는 비, 이 진흙탕이 지나가면…' 했다. 마치 바람, 비, 진흙, 그리고 폭풍 때문에 메데

릭이 그리도 좋아하는 곳으로 쫓아다니지 못하기라도 한다
는 듯이.

　나는 그 쓸쓸하고 어두컴컴한 집 안에서 빙빙 돌아다니고
있는 그를, 혹은 어쩌면 두툼한 백과사전을 펴놓고 정신없이
들여다보고 있는, 아니면 이제 메데릭을 내게서 떼어놓으려
고 (지금까지는 그 반대로 잔뜩 애를 쓰고 난 다음에) 열심
일 수도 있을 로드리그, 오직 그만의 손아귀에 꼭 붙잡힌 채
심심하고 자포자기한 모습이 된 그를 상상해보았다. 결국 그
의 영향력이 이길 것인가? 아니면 그의 어머니와 그녀가 그
의 아들에게 어느 한 부분 남겨준 저 원초적인 순수함의 영
향력이 이길 것인가? 처음부터 그로서는 상대할 수 없는 세
상의 간교함 앞에서 너무나도 속수무책인 채로 내버려둠으
로써 그에게 가장 큰 불행이 된 것도 바로 그 영향력이었지
만. 아니면 결국에 가서는 내가 이길 것인가? 때때로 나는
그럴 수도 있다는 생각도 했다. 그래서 나는 말안장 위에 올
라앉은 그 젊은 기사가 나타나기를 너무나도 열망한 나머지
그가 정말로 다가오고 있다고 상상할 정도가 되어 벌판의 먼
곳을 끊임없이 감시하듯 바라보기 시작했다.

　봄이 왔다. 이를테면 어느 날 아침, 날이 밝으면서 봄이
태어났다. 여러 주일 전부터 쏟아지는 비, 무거운 구름, 흐
린 하늘 밑에서 숨을 죽이고 준비를 해오다가 해가 반짝 나
는 첫날 바로 우리 눈앞에서 활짝 꽃이 핀 것 같았다.

　나는 한 번도 대평원에서 봄이 태어나는 것을 목격해보지
못했다. 이보다 더 미묘한 탄생은 생각할 수 없다. 여기서는

내가 태어난 도시에서 경험한 바와 같은 결빙과 해빙이라든
가 해방된 얼음 덩어리들이 요란하게 짜개지는 소리 같은 것
이 있어 봄을 예고하는 것이 아니다. 다만 묵은 풀잎 사이나
별로 깊지 않은 구덩이에서 물기 젖은 작은 목소리들이 나직
하게 들리는 것이 고작이다. 여기서는 비탈진 곳이 거의 없
으므로 물은 부드럽게 흐른다. 그렇지만 이 물기 젖은 나직
한 노래들은 불어난 물이 요란스런 소리를 내며 흐르는 시냇
물보다 그것들을 맞아들여 그윽하게 즐기는 광막하고 고요
한 벌판 속에서 더 큰 효과를 낸다.

　지평선 이쪽 끝에서 저쪽 끝까지 마침내 꺼멓게 드러난
흙 위에 미래의 수확의 시침질 자국을 보일락 말락 그어놓은
어린 초록색 싹들의 아주 가느다란 선이 나타났다. 새 한 마
리가 다른 모든 소리를 정지시킨 광막한 공간 속 어디선가
노래를 부르고 있었다. 노랫소리는 이 열린 고장의 모든 지
점들로부터 동시에 들려오고 있는 것 같아서 어느 쪽으로 시
선을 돌려야 그 노래가 오는 곳을 가려낼 수 있을지 알 수가
없었다. 가끔 노래의 주인공이 바로 땅바닥 저 위의 전깃줄
에 앉아서, 온 하늘 전체를 두리번거리면서 그를 찾고 있었
던 우리를 조롱하는 듯한 모습을 발견하게 되는 때도 있었
다. 이 미묘한 봄, 이 우아한 봄은 나의 회한을 더욱 부채질
했다. 나는 메데릭에게서 맛본 실패의 쓴맛을 달랠 길이 없
었다. 우리 반 학생들 전체가 고분고분하고 정답게 굴어도,
거의 모든 학부형들이 이제는 내게 대해서 만족하고 있어도
내겐 별로 대수롭지 않았다. 우리 반의 그 조그만 아이들 모

두가 사랑으로 반짝이는 두 눈으로 나를 뚫어지라고 쳐다보고 있었지만 맙소사, 패배의 감정에 사로잡혀 있는 나는 그 비길 데 없는 선물을 우습게 여기고 있었다. 그 시절 나를 붙잡고 있는 집착의 열정이 그러한 것이었으니 우리를, 우리의 심신을 온통 다 사로잡고서 우리를 으깨놓거나 도야하는 집착들 가운데서 그 집착이 다른 것들 못지않게 까다롭고 강압적인 것임을 이제 나는 안다.

그렇지만 내가 더 이상 아무것도 기대하지 않게 된 어느 날, 잠시 창가에 팔을 고이고 있으려니까 멀리서 백마의 검은 갈기가 너울거리는 것이 보였다. 이번엔 그는 전속력으로 달려오는 것이 아니라 오히려 느릿느릿, 흡사 마지못해서, 간신히 참고 되돌아온다는 듯이 오고 있었다. 메데릭은 가스파르의 등에서 펄쩍 뛰어내려서 깃대에 말을 비끄러맸다. 그는 성큼성큼 걸어왔다. 그가 옆구리에 책을 끼고 있는 것을 보자 나는 이겼다는 생각에 몸을 떨었다. 그렇지만 나는 내 책상으로 돌아가 앉아서 내 역할의 권위가 곁들인 기쁨의 표시로 그를 맞을 준비를 했다. 그래도 내 가슴은 여전히 두근거렸다. 이리하여 내 전략이 성공하여 메데릭이 돌아온 것이었다. 거기서 그의 인생을 위하여 어떤 좋은 것이 생겨난다면 내가 어느 면에선 그 원천일 것이었다. 그 순간 나는 잃었다가 되찾은 양의 우화야말로 우리 반의 경우에 얼마나 적절한 것인가를 깨달았고, 고분고분한 양 떼에 대해서보다 그에게서 더 큰 기쁨을 맛본다는 감정에 대하여 더 이상 저항하지 않을 수 있었다.

메데릭보다 그의 그림자가 먼저 교실의 문턱에 이르렀고, 그 다음에 메데릭 자신이 여러 날, 또 여러 날 동안 자신의 갈 길을 찾아 헤맨 저 골똘한 눈빛을 가진 길쭉하고 젊은 애어른의 모습으로 문틀 속에 들어섰다. 내 눈에 그는 지칠 대로 지친 나머지 어디로 가야 할지 몰라 하는 수 없이 이곳으로 들어왔다는 인상이었다. 그러나 입의 윤곽, 두터워진 입술—아랫입술 위의 그 그림자는 어디로 갔는가?—은 그의 용모를 완전히 바꾸어놓고 있었다. 얼굴 아래쪽은 이제 어딘가 로드리그와 닮은 점이 뚜렷했다. 그러나 부드럽고 쓸쓸하고 아득한 몽상 속에 잠긴 듯한 두 눈은 어쩌면 그의 어머니에게서 물려받았을 순진함을 그대로 지니고 있었다. 아직까지 어른과 아이가 서로를 제압하려고 할 정도로 그렇게 맞물려 있는 경우를 본 적이 없었기에, 나는 아무래도 함께 보조를 맞추고 갈 것 같지 않은 그 둘에 대해서 똑같이 마음 아파했던 것으로 기억된다.

메데릭은 나에게도 그의 학우들에게도 인사를 하지 않았다. 그는 미끄러지듯 제 책상으로 가더니 의자에 털썩 주저앉았는데 서랍 밑으로 다리를 뻗을 자리가 충분치 않았다. 나는 정다운 말로 그를 맞아주고 싶었지만 그토록 변한 그의 모습에 질려 입을 열 수가 없었다. 나는 그에게 정신을 가다듬을 시간을 주기 위하여 마치 아무 일도 없었다는 듯이 수업을 계속하려고 노력했다. 어느 한순간 가운데 통로로 지나가다가 나는 그의 책상 옆에 발걸음을 멈추고 수업을 따라가도록 노력하라고 일렀다. 그는 지적한 페이지를 순순히 열었지만 그뿐, 정신을 집중할 수 없는 것 같았다. 그렇지만 그는 상상을 따라 지난날의 여행 속으로 떠나고 있는 것이 아니라 마치 고정된 말뚝에 비끄러매이듯 그 자신에게 매인 것 같았다.

그날 하루의 시간은 한심하게도 느릿느릿 흘렀다. 그렇지만 창밖은 모든 것이 부드럽게 애무하는 듯했다. 나는 그날 아침에 등교하면서 이미 공기가 전혀 새로운 숨결처럼 해맑다는 것을 느꼈었다. 도처에서 소생하는 생명의 기운이 폭발하고 있었다. 어떤 아이 하나가 솜털에 포근하게 덮인 버들강아지 한 다발을 가져다 주었는데 그것이 나를 여간 감동시킨 것이 아니었다. 아마도 그 어린 식물의 생명이 이제 막 시작하는 작은 동물적 생명과 가장 흡사하기 때문이었을 것이다. 그것을 손가락으로 쓸어보면 마치 제 보드라운 솜털에 폭 싸인 채 깊이 잠든 작은 동물을 귀엽다고 쓰다듬는 것 같은 기분이 아닌가. 또 다른 한 아이는 등교하는 길에 녹기 시작한 눈 더미 가장자리에서 꺾은 그해의 첫 사프란꽃을 선물로 주었다. 입에 성인의 쓴맛을 드러내고 있는 그 젊은 이방인만 우리들 가운데 섞여 있지 않았다면 우리들은 다같이 행복했을 것이다. 성인 속에 아이가 되살아나는 것은 이 세상에서 가장 아름다운 일인데 비하여, 어찌하여 어린아이의 얼굴 속에 성인의 모습이 배어나는 것을 보는 것이 그리도 가슴을 아프게 한단 말인가?

뜻밖에도 수업이 파하고 아이들이 모두 떠난 뒤에 메데릭은 가지 않고 자리에 남아 있었다. 필시 내게 무슨 말을 하고 싶은데 자신의 생각을 내 앞에서 어떻게 표현해야 할지 몰라 잔뜩 거북해진 것 같았다. 오직 그의 두 눈만이 마치 그의 영혼의 어떤 탄식, 아니면 어떤 분명치 않은 비난을 간접적으로 표현하듯이 어둡고 쓸쓸하게 껌뻑이고 있었다.

우리 두 사람 사이의 침묵이 견딜 수 없어서 내가 물었다.

"무슨 일이야, 메데릭?"

이내 그의 입술이 부풀어올랐다. 그 간단한 질문에 눈물이라도 터뜨릴 것만 같았다. 눈에 물기가 담기는 것조차 보인 적이 없는 그가 말이다. 걷잡을 수 없이 마음이 흔들린 탓으로, 그 청년 같은 옷차림에도 불구하고 어린아이 티가 너무나도 뚜렷하게 그의 얼굴에 되살아나는 느낌이어서, 나는 자리에서 일어나 그리 오래되지 않은 과거에 그랬던 것처럼 그의 곁으로 다가가 긴 의자의 한끝에 앉았다. 그러자 그는 입가에 어렴풋한 미소를 떠올리며 자신의 기쁜 마음을 표시했다. 그러나 그 다음에 나는 어떻게 해야 할지 알 수가 없었다. 우리는 아무도 없는 교실에서 앞을 보고 그렇게 말없이 오랫동안 앉아만 있었다. 그때 나는 우리가 언제 떠날지 알 수도 없는 기차를 타고 같은 좌석에 자리잡고 앉아 있는 두 사람의 여행자 같다는 생각을 하고 있었던 기억이 난다. 나는 눈앞의 칠판에 나 스스로 써놓은 교과내용과 내가 그린 그림을 온통 부자연스러우면서도 방심한 표정으로 바라보고 있었다. 옆에 앉아서 마음이 흔들린 나머지 가볍게 떨기까지 하는 눈치인, 이 덩치가 너무 큰 소년에게 어떻게 행동해야 할지 알 수가 없었던 것이다. 마침내 나는 고개를 돌리고 그의 눈을 들여다보았다. 내게 바싹 매달려 있는 그 두 눈속에서, 어린 생명들 가운데서도 가장 연약하고 가장 위태로운 생명으로 인간의 가슴속에 이제 막 피어나, 아직 제가 누구인지도 모른 채, 알 수 없는 두려움과 기쁨과 욕망으로 떨고 있는 첫사랑의 놀라움, 황홀, 고통이 번지고 있는 것을 나는 보았다. 나 자신 역시 이제 막 그 고비를 거쳐온 것이 아니었더라면 메데릭이 무엇 때문에 괴로워하는지 알 수나 있었을 것이며, 그가 자신의 혼미한 고뇌의 속내를 또렷이 들여다보는 고역을 면하게 해주기 위하여 그의 마음을 딴 데로 돌리게 하려고 그토록 애를 태웠겠는가? 그러나 자신의 내면에서 안정되고 확실하며 평상적인 그 무엇을 탐색해내려고 애쓰지만 모든 것이 이해의 범위를 벗어나기만 하여 어쩔 줄을 몰라하는 그를 나는 도와줄 수가 없었다. 마침내 어떻게 된 영문인지도 모른 채 자신이 알지도 못할 곳에 오게 된 것을 더 이상 참을 수 없게 된 메데릭은 낭패감에 못 이겨 그의 머리를 내 어깨 위에 슬며시 내려놓았다. 그가 더 큰 아픔을 당하지 않도록 하기 위하여 그를 멀리해야만 했던 나에게 도움을 청하기에 이르렀을 만큼 무한한 그의 고독을 확인하면서 나는 말할 수 없이 가슴이 아팠다. 그렇지만 나는 그가 내게 기대면서 빠져들어간 그 달콤한 무기력 상태에서 그를 깨워 일으킬 엄두가 나지 않았다. 그의 머리는 짙고 풍성한 머리숱에도 불구하고 가벼웠다. 그의 얼굴은 창백했다. 두 손은 무릎 위에 나른하게 얹혀 있었다. 문득, 그는 마치 자신의 몸에 가해진 폭력과 경악의 자리가 바로 거기라는 듯이 제 가슴 쪽으로 두 손을 치켜들었다.

그는 가느다란 신음소리를 냈다.

"아, 선생님! 대체 제게 무슨 일이 일어난 것일까요? 마치 제가 선생님을 ….."

그는 혼란스러움 때문에 숨이 막히는 모양이었다.

"제 탓이 아녜요. 일부러 그런 건 아녜요."

나는 용기를 내어 그의 머리 한쪽, 어두운 머리털을 손가락으로 가볍게 쓰다듬었다.

"아무도, 메데릭, 아무도 일부러 그런 건 아니야, 아무도!"

어찌된 영문인지 그가 분명히 깨닫기 전에 나는 그의 머리를 두 손으로 감싸서 의자의 등받이에 부드럽게 기대놓았다. 나는 자리에서 물러나 다시 내 책상으로 와 앉았다. 봄의 따뜻한 열기 때문에 겨울의 무기력에서 깨어난 파리 한 마리가 무겁게 날면서 신경에 거슬리는 소리를 내며 온 사방에 가서 툭툭 부딪쳤다. 두 눈을 꼭 감고 힘들게 숨을 쉬고 있는 메데릭을 보고 있자니 나 역시 신음 소리라도 내고 싶을 지경이었다. 이제 곧 태어나려고 하는 성인의 무자비한 압력에 밀려 죽어가는 한 어린아이를 보는 것만 같은 느낌이었다. 기어코 달려가서 메데릭의 삶의 그 위협받는 몫을 구원해주어야 할 것 같은데 나는 어떤 방법을 취해야 할지 알 수 없었고 무엇부터 해야 할지 알 수가 없었다.

그는 아주 조금 눈을 떴다. 내 자리로 돌아와 그와 나 사이에 내 직책과 책들과 공책들로 바리케이드를 치고 들어앉아 있는 나를 그는 보았다. 그의 짙은 속눈썹 가에 오랫동안 매달려 있던 두 방울의 눈물이 반짝거렸다. 이윽고 메데릭은 서투른 동작으로, 이번에는 화가 난 것도 아니고 서두르지도 않은 채 그냥 마지못해 학용품을 주워담기 시작했다. 그는 두세 번 동작을 멈추고 벽들과 칠판과 선반에 나란히 진열해 놓은 백과사전과 북아메리카, 남아메리카 대륙이 펼쳐진 큰 지도를 바라보았다. 그러고는 어떻게 작별을 해야 할지 몰라 통로에 가만히 일어서 있었다.

"제게는 좋은 한때였습니다" 하고 그는 공손하게, 딱 알맞은 거리를 유지하면서 말을 하기 시작했으나 갑자기 목소리에 금이 갔다.

"왜 그런 말을 하지, 메데릭? 다시 학교에 오면 되잖아? 네 자리는 언제나 여기에 있어."

그는 그의 말처럼 일부러 그런 것은 아니지만 어떤 면에선 그의 잘못으로 그 자리를 잃어버렸다는 뜻인지 슬프게 머리를 흔들었다.

"왜 그래, 어쩌려고 그러는 거야, 메데릭?"

그는 흥미 없다는 듯 어깨를 으쓱했다.

"여기나 다른 곳이나 다를 게 없죠 뭐!"

"이러지 마, 제발!"

그는 갑자기 어두워진 눈으로 나를 향해 돌아섰다.

"아니 선생님과 무슨 상관이에요?"

한참 지난 다음 돌아서 가는 그의 등에다 대고 내가 중얼거렸다.

"그거야, 네가 뭐가 되느냐에 따라 무한한 고통일 수도 있고 큰 기쁨일 수도 있지. 그래서 나는 너를 모른 척할 수가 없어."

천천히 그는 한 번 더 나를 향해 돌아섰다가 할 말을 찾지 못한 듯 미끄러지는 듯한 걸음으로 계속 걸어 나갔다. 나는 한 번 더 그를 아프게 건드릴 수 있다고 여겨지는 말로 그를 따라갔다.

"넌 내게 대해서 사랑의 감정을 느낀다는 거지. 하지만 그 감정은 내가 너한테 걸고 있는 희망을 실현하겠다는 의지마저 북돋아주지 못해."

이번에는 그가 획 돌아섰다. 앞으로 쑥 내민 그의 턱에는 로드리그 에마르의 모습이 역력했다.

"대체 당신에겐 아직도 뭐가 더 필요한 거예요?"

나는 그가 흥분을 진정시킬 시간을 주기 위하여 잠시 기다렸다가 혼잣말을 하듯이 말했다.

"그거야, 우리가 서로 헤어지기 전에—우리가 서로 헤어져야 한다면—저 산꼭대기에서의 동지를 다시 찾겠다는 거지. 난 그 동지를 다시는 못 만나게 될까, 메데릭?"

그는 머리를 처들고, 아무리 해도 감출 수 없는 원한과 불쌍하고 딱한 애정이 한데 섞인, 고통 가득한 눈길을 내게로 던졌다.

이윽고 그는 쫓겨나는 아이처럼 달음박질쳐서 학교에서 달려나갔다.

9

  머지않아 어느새 학년말이 되었다. 메데릭은 그토록 갑작
스럽게 그를 자연의 부름에 눈뜨게 만들었던 그 열에 뜬 봄
날 이후 여전히 학교에 오지 않고 있었다. 나는 마음속 깊이
그를 안쓰러워하면서 어떤 일이 있더라도 그가 멀리 있는 것
이 바람직하다고 생각하고 있었다. 그렇지만 나는 무엇보다
도 내가 떠나기 전에 그를 다시 만나기를 애타게 바라고 있
었다. 읍내에 자리가 생겨서 유월 말이면 아주 떠나게 되어
있었으니 말이다. 한 학년도를 마감하는 것과 동시에 나의
전근을 계기로 우리 학교에서는 작은 축제를 가질 예정이었
다. 나는 속으로 메데릭도 그 소식을 듣고 적어도 내게 작별
인사는 하러 오겠지 하고 생각했다.
  나는 아주 젊은 나이에도 불구하고 얻게 된 그 중요한 자
리에 만족했다. 그렇지만 나는 이제 내 생애의 단 한 번뿐이
었던 경험을 떠나려 하고 있다는 것을 깨닫고 있었다. 어쩌

면 나는 아무도 손대지 않은 광막한 공간의 문턱에 자리잡은 이 마을과 나를 완전히 하나로 이어주었던 그 직분에 대한 극도의 열광을 이제 다시는 경험하지 못할 것 같았다. 나는 앞으로 발견 할 것도, 얻을 것도 아직 엄청나게 많겠지만 이미 나의 등 뒤에는 돌이킬 수 없게 잃어버린 것이 있다는 것을, 인생은 한 손으로 주면서 다른 한 손으로 다시 빼앗아간다는 것을 모르는 바 아니었다. 나의 의기양양한 기분이 그 때문에 다소 어두워졌다. 지금까지 나는 미래가 끊임없는 획득의 연속이라고 생각했었다. 나는 아직, 성취나 단순한 성공의 길로 한 걸음 나아가기 위해서는 매번 그보다 더 귀중한 것일지도 모르는 행복을 떨쳐내게 된다는 사실을 제대로 깨닫지 못했던 것이다.

축제는 소박하면서도 감동적이었다. 아이들은 스스로 학교를 나뭇잎과 꽃들로 장식할 생각을 했다. 학부모들은 맛있는 과자와 케이크를 보내왔다. 어떤 어머니는 정해진 시각에 잔과 잔받침들이 가득 담긴 큰 바구니를 들고 나타났고, 다른 어머니는 커피병을 식지 말라고 두툼한 수건으로 싸가지고 왔다. 학부형회에서도 대표를 보냈다. 회의 대표인 마을 대장장이는 모루를 두드리느라 거칠어진 손을 이리 비비고 저리 비비면서 간단한 연설을 했다. 필경 미리 준비한 것이겠지만 즉흥적으로 떠오른 말인 체했다. 그는 젊음으로 인격화된 교육은 너무 외지고 가난한 그들의 마을까지 찾아오는 일이 드물어서 나이가 많은 여교사들이 부임하는 경우가 훨씬 많았다고 했다. 그분들은 물론 나름대로 가치가 있지만 때로는 너무 엄격하거나 너무 일에 지쳐 있다. 그런데 처음으로 '젊디젊은' 여선생님이 오셨으니 감사하지 않을 수 없었다. 젊음이란 언제나 그 뒤에 '번득이는 빛'을 남기는 법이니 말이다. 이런 요지의 말이었다. 나는 비참하고 움츠러든 기분으로 그의 말에 귀를 기울이면서 내가 각자에게 전해주었다는 그 번득이는 빛보다는 오히려 나의 뭐라고 말할 수 없는 미숙함을 생각했다. 한편 아이들은 스스럼없이 속마음을 곧장 털어놓았다. 한 여자아이는 꾸밈없는 충동을 그대로 드러내며 내 목에 와서 매달리면서 울었다. "선생님이 이렇게 떠나시면 우린 어떻게 되는 거예요!"

"아니, 걱정 말아" 하고 나는 그 어린 여자아이를 껴안으면서 말했다. "이제 다른 여선생님이 오실 거야. 너희들은 그분을 더 좋아하게 될 텐데 뭐."

"아" 하고 그 아이는 내가 마치 모든 사랑에 한결같이 담겨있는 배타적 감정을 모독하기라도 했다는 듯 아주 나무라는 어조로 말했다. "무슨 그런 말씀을 하세요!"

물론 나는 내 뒤에 아쉬움과 슬픔을 남기고 가는 것에 만족하고 있었다. 사실 내 생애에 있어서 그 뒤 어디에서도 그만한 아쉬움과 슬픔을 남긴 적이 없었다. 마치 세상의 그 장소는 내게 있어서 가장 비통한 연대의식의 고장이었던 것만 같다. 울고 있는 그 작은 여자아이를 껴안아주기 위하여 허리를 굽히면서, 나는 어떤 다른 아이의 슬픔을 달래주지 못한 내 마음을 그 아이에게서 위로받고 싶어한다는 것을 깨닫지 않을 수 없었다. 하루 종일, 가장 많은 사람들에 에워싸여 있는 때에도, 아니 어쩌면 바로 그런 때에, 나는 지금 초록이 짙어지고 있는 평원 저 멀리에서 전속력으로 달려오는 한 젊은 기사의 출현을 살피며 기다렸다. 나는 메데릭을 원망하지 않기 위해서, 필시 그의 아버지가 그를 못 가게 붙잡고 이제는 나를 멀리하도록 가르치고 있는 것이라고 속으로 생각했다.

나와 이 아이들이 영원히 헤어져야 할 시간이 되었다. 친자식들처럼 내 마음 가까이 보듬고 있던 이 아이들. 아니 내가 무슨 말을 하고 있는 것인가! 그들은 나의 아이들이었고 내가 그들의 이름과 얼굴을 잊어버렸을 때라도 나의 아이들일 것이다. 이 세상에 존재하는, 때로는 혈연관계를 초월하는 가장 신비스러운 소유의 힘에 의하여 내가 그들의 한 부분이듯이 그들 또한 나의 한 부분인 것이다. 나의 삶은 그 가슴 아픈 이별의 연속 끝에 결국은 그 무슨 지속적 애착으로 인도하려는 것인가?

나는 크고 작은 아이들에게 키스를 해주었다. 심지어 그 시간의 감동으로 인하여 격앙된 학부모들까지도. 한 어머니는 자기 아이들의 학업이 크게 향상된 것에 대하여 나에게 감사하고 나서 메데릭 에마르가 '광주리 전체를 다 썩게 만드는 몹쓸 사과'가 되기 전에 그를 '솜씨 좋게 제거해준' 것에 대하여 나를 치하하여 마지않는다고 했다. 내가 어찌나 불만에 가득 찬 표정으로 노려보았는지 그 여자 역시 할 수만 있다면 자기가 이제 막 건넨 치하의 말을 또 한 번 반복이라도 할 용의가 있다는 듯 수상쩍은 표정으로 나를 빤히 쳐다보았다. 정말이지 그날 메데릭에 대하여 나온 이야기는 그게 전부였다. 마치 그는 산 채로 가장 깊은 망각 속에 매장되어버린 것만 같았다.

나는 혼자 남았다. 나는 마지막으로 내 책상에 앉았다. 나는 사방의 벽들과 칠판과 메데릭의 자리, 그리고 창문 저쪽 너머의 끝없이 먼 곳을 물끄러미 바라보았다. 그리고 나는 그곳을 떠났다. 나는 나의 작은 마을 학교를 열쇠로 닫아걸었다. 나는 지나는 길에 학사위원회 사무장에게 열쇠를 건네주었다. 그는 내 눈에 눈물이 고이는 것을 보았다. 그는 이해되지 않는다는 표정이었다. 아마 이렇게 말하고 싶었으리라. '개명된 도시의 좋은 자리로 옮겨가는 행운을 잡았는데 여기같이 궁벽한 촌구석을 아쉬워하다니 미쳤어요? 게다가 우리들과 같이 한두 해 더 썩었다가는 우리와 비슷해지기 시작할 겁니다. 열성이나 마음속의 불 같은 것은 오래가는 게 아니니까요. 그런 것은 삶이 초원의 모닥불처럼 순식간에 눌러 꺼버린답니다.'

이튿날, 몇몇 아이들이 역으로 나와 내게 작별인사를 했다. 그 때문에 힘이 나는 것 같았으나 그래도 한편으로는 더욱 괴로웠다. 한눈에 보아도 그 가운데 메데릭은 없는 것 같았으니 말이다. 나는 서서히 움직이기 시작하는 기차 밖으로 몸을 기울였다. 저쪽 하늘을 배경으로 그리도 보잘것없는 그 작고 연약한 실루엣들이 마치 기슭에서 멀어지는 누군가를 향하여 그렇듯이 나를 향하여 커다랗게, 자기 자신들보다도 더 커다랗게, 손짓을 하고 있는 것이 보였다. 내 시야 속에서 무한대의 플랫폼에 서 있는 그들, 저 연약한 아이들은 점점 더 작아져갔다. 마치 내가 그들을 버리고 떠나는 느낌이었다. 그리하여 벌써부터 그들 위로 저 짓누르는 듯한 음울함과 침묵의 광대한 공간이 닫혀가면서 외톨이가 된 내 어린 아이들을 모든 것으로부터 절연시켜놓는 것이었다. 아마도 평원의 그런 외딴 마을에서 이름 없는 여교사 생활을 해본 경험이 없이는 어린이들에 대하여 믿을 수 없을 정도로 엄청난 영향력을 끼치고 있다는 느낌, 그 무엇으로도 지울 수 없는 추억을 그들의 삶 속에 남긴다는 황홀한 확신, 그리고 또한 그 아이들과 헤어지는 격렬한 아픔, 어쩌나 단단히 맺어져 있는지 마침내 다시 숨을 쉬기 위하여 그것을 다시 푸는 것이 불가능할 것만 같은 슬픔의 매듭, 내가 경험한 이러한 것을 이해할 수 없을 것이다. 벌써 거의 분간하기 어려워진 그 조그만 실루엣들에 정신이 쏠려 있으면서도 나는 갑자기 또 다른 한 아이, 우울한 표정의 한 아이를 생각했다. 그는 어쩌면 저 드넓은 평원 어디에 발걸음을 멈추고 작은 언덕 꼭대기로부터 나를 실은 기차가 지나가는 모습을 바라보면서 기뻐하고 있으리라. 그러자 내 반 아이들로부터 사랑을 받았다는 기쁨이 내 눈에는 거의 아무런 가치가 없어 보였다. 나는 그가 나의 영향력으로부터 그리 쉽게 자유로워지지 않았었다는 사실을 굳게 믿었기에 마지막 순간까지도 메데릭의 말 한 마디, 어떤 행동을 기대했던 것으로 생각된다.

기차는 어느 정도 힘차게 달린 다음 이내 마을의 끝에 이르러 멈추어 섰다. 오로지 그쪽의 이웃 마을 하나만을 위하여 건설한 것으로 철도와 접하는 짧은 측선이 거기서 주선과 합쳐지는 것이었다. 기차의 차장이 내리더니 공구보관실에서 끝이 굽은 강철 막대기 하나를 집어서 그것을 이용하여 지선과 접속시키고 나서 공구를 제자리에 집어넣고 차에 오르자 드디어 우리는 다시 출발하게 되었다. 우리는 후진하여 옆 마을로 가는 것이었다. 그 마을은 객차가 꽁지 쪽으로 접근해오도록 장치해놓은 철도청을 결코 용서하지 못했다. 그들은 이것이 너무나도 심각한 모욕이라고 판단하고 다른 마을과 마찬가지로 자기네 마을에도 기차가 머리 쪽으로 접근해오는 모습을 보기 위하여 진정에 진정을 거듭했다. 나는 길을 떠나서, 그토록 화가 치밀어 있는 그 마을 쪽을 향해 올 때마다 속에서 터져나오는 웃음을 참지 못하여 소리 내어 킬킬대기까지 했었다. 그러나 이번에는 미소마저 지을 기분이 아니었다.

우리는 그곳에서 그저 삼사 분 간 머물러 있었다. 승객 한 사람과 짐 몇 개를 싣는 시간 정도를 지체한 다음 이번에는 앞쪽부터 되짚어왔다. 나는 훤히 트인 들을 그저 따분한 눈길로 바라보았다. 그렇지만 그 들에는 온갖 색깔의 작은 꽃들이 무수하게 피어나 유월 말경이면 이 고장을 세상에서 가장 섬세하게 채색된 곳의 하나로 만들어놓는 것이었다. 내 생각은 딴 데 가 있었다. 그러다가 문득, 지금 우리 옆으로 철길과 나란히 달리고 있는 흙길은 바로 메데릭과 내가 베를린 마차를 타고 광풍을 헤치며 더듬어왔던 길이라는 생각에 그때의 추억이 엄습해왔다. 오늘 그 길은 그저 고요하기만 했다. 그러나 내게는 여전히 그 사나운 밤의 날카로운 바람 소리와 열광적인 억양이 깊이 배어 있는 것으로 느껴졌다. 나는 그날 밤 랜턴의 유리에 비쳐 보이던 모습 그대로 긴장되고 놀란, 그러면서도 감격을 이기지 못하던 얼굴의 메데릭을 다시 그려보았다. 지금 그 이미지가 어린 밀이나 귀리밭 여기저기에 피어 있는 이름 모를 꽃들을 배경으로 새겨진 채 요동치는 기차에 흔들리며 앞서 달리고 있었다. 아마 메데릭의 싹트는 연정을 부추길 생각은 한 번도 해본 적이 없었겠지만 그래도 나는 그가 완전히 죽었다고 생각하면 크게 슬퍼질 것 같았다. 그러나 결국 내가 바랐던 것, 그것은 바로 전 생애에 걸쳐서 옛날의 나 자신이었던 어린아이를 이끌어주는 착한 별처럼, 멀리서 찬양받고 싶다는 욕망이 아니고 무엇이겠는가!

마침내 우리는 주선과 합치는 지점에 되돌아와 있었다. 기차의 차장이 내리더니 공구보관실에서 접속기구를 꺼냈다. 그런데 바로 그 순간 그 장소를 향하여 마지막으로 눈을 들다가 나는 벌판의 저 먼 곳, 기차의 끝, 뒤로 젖힌 큰 모자가 목덜미에서 춤을 추는 가운데 말잔등에 거의 엎드리다시피 하고 달려오는 메데릭을 알아보았다. 내가 그를 처음 보았던 날과 똑같은 옷차림을 한 아이, 물결치는 검은 갈기의 백마, 그 주위의 광대하고 텅 빈 고장, 바로 이렇게, 내가 메데릭에 대하여 마지막으로 갖게 될 이미지는 그가 처음 학교에 나타나던 때의 이미지와 거의 똑같은 모습으로 구성되어 내 머릿속에 찍혀지게 될 것이었다.

벌써 차장은 선로의 접속을 마쳤다. 그는 공구를 제자리에 넣고 공구실의 문을 닫았다. 기관실 밖으로 머리를 내밀고 바람을 쏘이고 있던 기관사에게 그는 출발 신호를 했다. 그리고 기차의 꼬리에 펄쩍 뛰어올라 탔다. 소규모의 열차는 움직이기 시작했다. 메데릭이 다가오고 있었다. 나는 머릿속으로 온 마음을 다하여 그가 어서 빨리 우리를 따라잡도록 도왔다. 그때 나는 열차가 그리며 달리게 될 곡선을 끊고 질러오기 위하여 그가 대각선으로 방향을 트는 것을 보았다. 말안장의 앞쪽에 그가 손으로 보호하고 있는 어떤 물건이 보이는 것 같았는데 내게는 왠지 그것이 나를 위한 것이라고 생각되었다. 메데릭은 우리를 앞지르는 데 성공했다. 기차가 둥글게 곡선을 그리며 다 돌았을 때 나는 그가 어떤 나지막한 언덕 꼭대기에서 우리를 기다리는 것을 보았다. 그의 등 뒤에는 내가 다른 어느 곳에서도 본 적이 없는 광대한 창공이 펼쳐져 있었다. 메데릭은 눈으로 정신없이 나를 찾기 시작했다. 그 시절, 기차를 탄 사람들은 때가 여름이었는지라 차창 문을 활짝 열어놓은 채 여행하곤 했다. 메데릭은 반쯤 창밖으로 내민 내 얼굴을 재빨리 알아보았다. 그는 손에 쥐고 있던 것을 공중으로 높이 쳐들더니 탄력을 받도록 두세 번 휘휘 돌리다가 이윽고 확실한 동작으로 나를 향하여 창문을 통해서 곧장 내 무릎 위로 집어던졌다. 그것은 엄청나게 큰 들꽃 다발이었다. 그러나 나비처럼 가볍고 간신히 한데 묶여 금방 사방으로 흩어져버릴 것 같으면서도 풀어지지 않은 그 꽃다발은, 다만 약간만 열린 모습으로 아직 이슬에 젖

은 신선한 꽃잎을 드러내 보이면서 내 위로 날아와서 떨어졌
다. 나는 그렇게 많은 종류의 들꽃들이 한데 모인 꽃다발을
한 번도 본 적이 없었다. 아마도 그 주변에 들꽃이 있었을
것이다. 그러나 아마도 여름 동안 줄곧 그늘에 가린 시냇 가
의 저 하베네르꽃들처럼 생각지도 못한 구석 깊숙한 곳에 숨
어만 있는 다른 꽃들도 있었을 것이다. 나는 자신의 봉헌물
에 그 아름다운 계절의 어느 작은 꽃 한 가지도 빠지지 않도
록 이른 아침부터 숲 속으로, 마른 땅 젖은 땅으로, 심지어
산으로 올라가는 첫 번째 비탈에까지 찾아 헤매는 메데릭을
상상해보았다.

우리들의 두 눈이 서로 마주쳤다. 찌부러진 모자 아래의
얼굴은 내가 보기에 정중하고 심각하며, 찬물 속의 송어들이
손 안에 들어와 쓰다듬어도 가만히 있을 때⋯ "정말 신비스
럽죠, 선생님?" 하고 내게 물었던 그날처럼 상냥한─그러
나 훌쩍 커버린─모습이었다.

그를 향하여 내 입에서는 내 영혼 속으로 찾아오는 오직
한마디 말이 소리 없이 만들어졌다. "아! 메데릭! 메데릭!"

그는 투명한 하늘 높이 팔 끝의 손을 쳐들었다. 지금을 위
한, 그리고 영원한 날들을 위한 것으로 보이는 손짓이었다.
가스파르도 답답하다는 듯 머리를 두 번 크게 흔들어 나름대
로 인사를 했다. 기차의 그 다음 곡선이 그들을 영원히 내
시야에서 앗아갔다.

나는 무릎 위에 얹어놓은 꽃다발에 눈길을 던졌다. 보드
라운 풀줄기가 리본처럼 주위를 둘러묶고 있어서 아직 풀어

지지 않고 있었다. 나는 그것을 내 뺨에 가져다 댔다. 섬세한 향기가 배어들었다. 그것은 태어나자마자 벌써 죽어가기 시작하는 젊고 연약한 여름을 말해주고 있었다.

고요하고 광막한 모험, 가브리엘 루아

2001년 여름, 처음으로 나는 퀘벡의 몬트리올을 찾아갔다. 오래전부터 별러온 일이었다. 역사와 환경이 어느 면 우리 한국 현대문학사와 비슷하면서 우리에게는 미지의 대륙이나 마찬가지인 퀘벡의 불어권 문학의 대체적인 윤곽이나마 살펴보고 싶어서였다. 마침내 몬트리올대학교 퀘벡문학 연구소의 너그럽고 자상한 도움에 힘입어 많은 작품과 자료들을 접하고 여러 문인과 교수들의 안내와 도움을 받을 수 있었다. 어떤 작품들은 나를 매혹했다. 나는 그 다음해 『현대문학』 2월호에 퀘벡 문학의 프로필과 거기서 만난 문인들과의 인터뷰 내용을 간략하게나마 소개한 바 있다. 여기에 번역하는 가브리엘 루아의 소설은 그 기회에 건져 올린 첫 번째 수확이다. 다시 말해서 한국의 독자들이 최초로 접하는 불어권 퀘벡 문학의 한 대표적 모습인 것이다. 앞으로 기회가 있고 힘이 닿는다면 그 광대한 땅이 생산한 보다 더 많은 작가와 작품들을 우리 독자들에게 소개하고자 한다.

* * *

사람들은 가브리엘 루아를 '캐나다 문학의 큰 부인'이라 부른다. 그녀는 무엇보다『싸구려 행복(Bonheur d'occasion)』의 저자로 세상에 널리 알려져 있다. 그러나 그 작품은 이 섬세하고 비밀스러운 작가의 길고 고독한 탐구와 창조의 한 출발점에 불과하다.

가브리엘은 1909년 3월 22일 캐나다 중부 마니토바주의 생-보니파스(Saint-Boniface)에서 출생했다. 퀘벡 출신으로 이 곳으로 이주한 식민청 관리 레옹 루아와 멜리나 랑드리의 여덟째, 즉 막내딸이었다. 이곳은 산이 거의 보이지 않고 가없는 평원만이 이어지는 광대하고 막막한 지역이었다. 이 황량하고 고독한 풍경 속에서 보낸 어린 시절은 그녀의 영혼 속에 깊은 자취를 남겼다. 더군다나 불어권 가정으로부터 뿌리가 뽑힌 채 영어를 주로 사용하는 지역의 문화와 생활에 적응해야 하는 고통스러운 성장 과정은 그녀의 문학에 적지 않은 영향을 끼쳤다.

1915년에서 1928년까지 고향에서 초등, 중등과정을 마쳤다. 학교에서는 영어와 불어로 가르쳤지만 주정부는 불어로 하는 수업을 하루 한 시간으로 제한했다. 그 후 주 수도에 있는 위니펙사범학교에서 1년 간 교육학을 전공하고, 1929년 아버지가 사망하고 나자 마니토바주 남쪽 마르샹, 카르디

날, 그리고 나중에는 고향 가까운 프로방세 같은 소읍에서 홀로 교사생활을 하며 어렵고 고독하게 지냈다. 그가 가르치는 대다수 학생들은 학교에 입학할 때 프랑스말도 영어도 못 하는 외국 이민의 자녀들이었다.

교사생활을 하는 한편 그녀는 '몰리에르 서클' 극단의 배우로 연극 활동에 열정을 바쳤다. 그녀의 서클은 오타와 연극페스티벌에서 두 번이나 수상했다. 가브리엘은 1934년 처음으로 『위니펙 프리 프레스』에 단편을 발표했다. 이때부터 그녀는 연극배우와 작가 두 가지 중 어느 길을 택할 것인가를 놓고 고민한다. 결국 1937년 프티트-풀-도에서 여름 동안의 마지막 교사생활을 청산하고, 가을 마니토바의 다민족 문화의 다양성과 유별난 풍경의 기억을 가슴에 담은 채 유럽으로 떠난다.

18개월 간 젊은 그녀는 얼마 안 되는 저금으로 런던, 파리 등에 머물면서 연극배우 수업과 여행에 몰두한다. 마침내 배우가 될 희망을 접고 작가가 되기로 결심한 그녀는 신문에 처음으로 기사 몇 편을 발표한 다음 마지막으로 프로방스 지방을 여행한다.

1939년 캐나다로 돌아온 서른 살의 처녀는 불어권인 몬트리올에 정착, 몇몇 잡지에 기사와 단편소설들을 기고하며 어려운 생활을 한다. 드디어 1941년부터 5년 동안 월간 『농업소식』지에 기자로 취직하여 많은 르포기사를 쓰고 몇 편의 단편을 발표하는 한편 퀘벡, 캐나다 서부 등지로 잦은 여행을 하고 특히 몬트리올의 도시 노동자들의 생활을 면밀히 관찰, 장차 첫 소설의 밑그림이 될 삶의 디테일들을 꼼꼼히 기록한다. 그리하여 기자생활 틈틈이 써서 상하권 500여 페이지로 발표하게 된 처녀작 소설이 『싸구려 행복』이었다. 그녀가 36세 되던 1945년이었다.

이 첫 소설은 출간 즉시 큰 성공을 거둔다. 몬트리올의 남서쪽 가난한 변두리, 기찻길과 운하가 심장부를 통과하는 생-앙리 구역을 무대로, 자신의 어린 시절을 연상시키는 닫혀진 세계, 가난, 기찻길 건너 화려한 진열장 같은 부자동네의 매혹 등 사회학적 현실을 정치하게 그렸다.

국내에서는 '지금까지 캐나다에서 발표된 책들 중에서 가장 진정하고 가장 대담하고 가장 완성도가 높은 책', '최초의 위대한 도시소설', '퀘벡의 과거가 아닌 현재의 사회현실을 반영한 최초의 책'이라는 평과 함께 2000부가 발매 즉시 매진되었다. 한편 그해 12월, 뉴욕 굴지의 출판사와 계약에 성공하는 한편 미국에서(따라서 세계에서) 가장 영향력 있는 독서클럽의 사장이 번역 원고를 읽고 '이달의 책'으로 선정하기에 이른다. 1946년 12월에 이 책의 영어번역판 『The Tin Flute』이 출판되자 무려 70만 부가 팔려나가고, 11만 불의 수입이 들어온다. 캐나다에서 발표된 소설 중 전무후무한 기록이다. 이어 할리우드의 유니버설 영화사가 영화제작권을 구입하는가 하면, 1946년 아카디아 프랑스 아카데미는 작가에게 메달을 수여한다. 이어 캐나다 총독상까지 수상함으로써 작가 가브리엘 루아의 영광은 이어진다.

한편 프랑스에서는 플라마리옹 출판사가 이 소설의 판권

을 구입하고 페미나상 심사위원인 장 드 팡주 공작부인이 몬트리올을 방문한 기회에 작가를 만난다. 드디어 가브리엘은 캐나다 작가로는 최초로 파리의 유수한 문학상인 페미나상을 수상하기에 이른다. 그러나 프랑스의 반응은 그리 뜨겁지는 않았다. 성공에 뒤따르는 심리적 부담도 컸다.

뉴스의 표적이 되자 이 수줍은 작가는 캘리포니아로, 로우든으로, 생-보니파스로, 특히 페미나상이 수여될 때는 스위스로 자리를 피했다. 너무나 급작스럽고 강력한 조명은 그녀에게 사생활의 방해뿐만 아니라 일종의 위협 혹은 저주와 같은 느낌을 주었다. 무엇보다 가장 두려운 것은 이제 진짜 작가가 되어야 하는구나! 하는 부담이었다. 그리고 그녀는 도처에서 '이방인'이었다.

"그녀는 우선 그 출신(중부 영어권인 마니토바)으로 인하여 퀘벡 문단의 이방인이었다. 그리고 무엇보다 그의 삶과 인물의 비밀스러운 부분으로 인하여, 일반 대중의 호기심으로부터 한사코 벗어나고자 하는 태도로 인하여 일반 독자들에게도 이방인이었다. 대중이 그녀를 만날 수 있는 기회는 거의 없었다. 그녀는 독자가 오로지 작품 및 글쓰기 자체와 대면하도록 하기 위해서도 대중 앞에 나타나기를 피했다. 작가가 대중에게 보이지 않을수록 오히려 작품이 대중에게 더 강하게 다가든다는 것이다." 그의 전기작가 프랑수아 리카르는 이렇게 설명한다.

『싸구려 행복』은 30년 전 또 한 사람의 이방인, 즉 프랑스 출신의 루이 에몽(Louis Hémon)의 『마리아 샵들렌』에 이어

퀘벡 소설사에 있어서 결정적으로 중요한 전환점이다. 루이 에몽이 먼 프랑스에서 왔듯이 영어권의 마니토바에서 온 가브리엘 루아는, 퀘벡 문학의 상투성과 문화적 속박으로부터 자유로울 수 있었고 그 발목을 잡고 있던 어둡고 무거운 전통의 전철을 밟지 않고 새로운 방향으로 전진할 수 있었다. 바다 건너 알제리에서 온 카뮈가, 과들루프에서 온 생-존 페르스가, 루마니아에서 온 이오네스코가 프랑스 문학에서 그랬듯이.

그녀는 태연하게 도시의 벌거벗은 현실, 단순한 현실, 동시대의 현실에 날카로운 시선을 던졌다. '이른바 민족적 현실'이라는 편견에 한눈을 팔지 않고 구체적인 있음 그 자체를 보고 단숨에 찾아내는 정직하고 직접적인 시선이었다. 이 소설에서는 과거 개척자들의 '농토'가 현재 도시생활의 '공장'으로 대체되었다. 현대의 도시가 마침내 그 나름의 시를 획득한 것이다. 그녀는 일체의 선입견, 일체의 대의나 주장으로부터 해방된 시선, 오직 냉엄한 소설가의 시선으로만 현실을 보았다. 그래서 그녀는 향토주의냐 이국취향이냐의 선택에 매달리지 않아도 되었다. 이렇게 하여 그는 퀘벡 문학의 진정한 '현대'를 개막할 수 있었다. 그 새로운 어조, 자신의 작품을 구상하고 사회적으로 위치시키는 새로운 방식을 통해서 1960년대까지 오랜 세월 동안 이 선구적 작가의 영향력은 지속될 것이다.

1947년 고향의 교회에서 뒤늦게 결혼한 그녀는 남편인 의사 마르셀 카르보트와 함께 퀘벡을 떠나 파리에서 1년, 파리

근교의 생-제르맹-앙-레에서 2년을 체류한다. 그곳에서 집 필하여 1950년에 발표한 소설이 『물닭이 둥지를 트는 곳(La Petite poule d'eau)』이다. 캐나다 중서부, 자신이 마지막으로 교사생활을 했던 마니토바의 북쪽 섬에 외따로 사는 가족들의 이야기인 이 소설은, 『싸구려 행복』이 그려 보이는 동부의 도시 하층민들의 폐쇄적 지옥과는 반대로, 고독하지만 활짝 열린 자연 속의 낙원과 그 속에서의 자유와 일체감을 그리고 있다.

캐나다로 돌아온 그녀는 다시 몬트리올에 정착했다가 퀘벡으로 이사하여 그곳에서 죽는 날까지 살게 된다. 이때부터 그의 삶은 오로지 소설의 집필에만 바쳐졌다. 그의 생애는 오직 수많은 작품의 집필과 발표, 그에 따른 영광스런 수상의 기록으로 점철된다. 1954년 긴 침묵과 고통스런 집필 과정 끝에, 단순하고 착하지만 사람들 사이에서 견디지 못하는 한 몬트리올의 은행 수납계 직원의 고뇌를 그린 『알렉상드르 셴베르(Alexandre Chenevert)』(『The Cashier』라는 제목으로 영역)를 발표한다.

그리고 이듬해에는 뒤이어 『데샹보 거리(Rue Deschambault)』를 내놓는다. 생-보니파스를 무대로 동일한 화자가 들려주는 짤막한 18편의 삶의 이야기(어린 시절부터 18세까지)로 구성된 자전적 단편집이다. 이제 그의 작품세계는 점차 내면화 과정을 밟는다. 마치 초기소설의 치열한 행동성에 뒤이은 고요한 명상과 자기 인식의 과정 같은 시기라 하겠다.

그녀의 작품은 이처럼 도시와 시골, 동과 서, 남과 북, 추방과 귀환, 반항과 화해, 그리고 장편과 단편, 픽션과 자전적 이야기 사이를 왕래한다. 1956년에는 그의 전 작품에 대하여 뒤베르네상이 주어진다. 그 이듬해에는 『데샹보 거리』의 영역판 『Street of Riches』로 캐나다 총독상을 수상하고, 샤를르 부아의 프티트 리비에르 생-프랑수아 마을 강변에 새 주택을 구입하여 이제부터는 항상 그곳에서 여름을 보낸다. 그의 작품에서 자연이 매우 중요한 자리를 차지하게 되는 계기이기도 하다는 점에서 이 여름집은 중요하다.

1961년, 『비밀의 산(La Montagne secréte)』 발표. 일생 동안 같은 산을 그리는 독학의 화가 이야기로 예술 창조의 알레고리다. 1964년 언니 안나의 죽음을 계기로 애리조나 여행. 1966년 『알타몽의 길(La Route d'Altamont)』 발표. 이 작품은 앞서의 『데샹보 거리』와 쌍을 이룬다. 같은 화자 크리스틴의 이야기인 것이다. 이번에는 여섯 살에서 청소년기까지의 이야기를 네 가지 시기로 나누어 단편집으로 묶었다. 그 중에서는 특히 단편 「노인과 아이」가 감동적이다. 1968년 퀘벡의 라발 대학이 그녀에게 명예박사학위를 수여하고, 캐나다 예술위원회가 그녀의 전 작품에 대하여 메달을 수여한다.

1970년 에스키모에 관한 소설 『휴식 없는 강(La Rivière sans repos)』을 발표한다. 이 소설은 뉴욕의 출판사로부터 거절당하는 수모를 겪었다. 같은 해 언니 베르나데트의 임종을 보기 위하여 고향 생-보니파스로 여행한다. 1971년에는 그녀의 전 작품에 대하여 가장 영예로운 퀘벡 다비드상이 수여된다. 1972에 발표한 『유쾌했던 그 여름(Cet été qui chantait)』

은 작가가 여름을 보내는 강가의 집과 그 자연을 배경으로
한 작품이다. 샤를르 부아의 생-로랑 강가를 무대로 자연과
동물을 찬양하는 19편의 짧고 시적인 이야기들이다. 그러나
퀘벡에서는 좋은 평을 얻지 못했고 이로 인하여 작가는 큰
상처를 받았다.

  그녀의 만년은 어둡고 쓸쓸했다. 건강이 나빠졌고 남편과
의 사이는 점점 더 악화되었다. 그의 언니 아델은 증오와 질
투로 그녀를 괴롭혔다. 그 비탄과 고통은 1975년의『세상 끝
의 정원(Un jardin au bout du monde)』에 투영된다. 이민자들을
주제로 한 네 편의 단편을 묶은 소설집. 표제와 같은 제목의
단편이 가장 감동적이다. 그녀는 만년의 무너지는 건강과 개
인적 고통과 싸우면서 뛰어난 작품들을 선보였다.

  1977년에는 여기 번역 소개하는 중편이 포함된 작품집
『내 생애의 아이들』을 내놓는다. 발표 즉시 다시 한 번 더 캐
나다 총독상을 수상하고 비평계의 호평을 받았으며 독자들
사이에 큰 성공을 거둔다. 1978년『지상의 여린 빛(Fragiles
lumières de la terre)』발표. 캐나다 문학에 대한 공로로 몰슨상
을 수상한다.

  1979년 어린이들을 위한 앨범『짧은 꼬리(Courte-Queue)』
를, 1982년『무엇 때문에 고민하나, 에블린(De quoi t'ennuies-
tu, Evlyne?)』을 발표한다. 소설을 구성하는 두 편의 이야기
중 죽음을 앞둔 오빠의 병석에 가기 위하여 버스를 타고 마
니토바에서 캘리포니아로 가는 주인공 에블린의 여행 이야
기인 첫 번째 소설이 감동적이다. 그녀는 마침내 자신의 삶

과 가족의 삶이 어떤 것이었는지 발견한다. 그의 오빠는 주위에 일종의 낙원을 건설하는 데 성공한 것이다.

가브리엘 루아의 생애 마지막 수년은 『비탄과 환희(La Detresse et l'Enchantement)』란 제목의 방대한 자서전 집필에 바쳐진다. 원래 4부로 계획된 이 작품은 처음 2부만이 완성되었다. 부모의 삶을 그리는 도입부에서 시작하여 자신의 어린 시절, 학업, 여교사의 직업, 유럽 체류, 그리고 1940년경 몬트리올로 돌아와 『싸구려 행복』의 집필을 준비하는 데서 끝난다. 바탕에 깔린 비탄과 절망, 그러나 주위 사람들에 대한 사랑, 영혼 깊숙한 곳이 들여다보이는 듯한 인물들의 초상이다.

가브리엘 루아는 1983년 7월 13일 퀘벡 시립병원에서 74세로 눈을 감는다. 미완의 자서전 『비탄과 환희』가 사후에 발간되었다. 1984년 『문학연구(Etudes Littéraires)』지는 겨울호를 이 작가 특집에 할애하고 프티트 리비에르 생-프랑수아 근처의 산 이름이 '가르리엘 루아'로 명명된다. 1987년 프랑스 보르도대학 캐나다연구소가 '하나의 나라, 하나의 목소리, 가브리엘 루아'라는 제목으로 연구발표회를 개최하고, 1989년 몬트리올의 『목소리와 이미지(Voix et Images)』지가 봄호를 이 작가 특집으로 바친다. 10월 생-보니파스에서 위니펙 북서쪽으로 350킬로미터 떨어진 곳에 있는 워터헨 리버 섬이 '가브리엘 루아' 섬으로 명명되었다. 1996년 멕길대학의 프랑수아 리카르 교수가 방대한 전기 『가브리엘 루아, 그의 삶의 이야기(Gabrielle Roy, Une histoire de sa vie)』를 출판했다.

        *   *   *

『내 생애의 아이들』은 일견 사범학교를 갓 졸업한 풋내기 여교사와 초등학교의 어린이들 사이의 소박한 이야기들로 구성되어 있는 듯하지만, 실은 67세의 원숙한 대가가 쓴 감동적인 성장소설인 동시에 인생에 대한 찬미의 대서사시다. 이 작가의 작품세계를 특징짓는 환기력과 문체의 질감, 그리고 거기서 솟구쳐오르는 고즈넉한 감동이 어떤 것인가를 어느 작품보다 더욱 선명하게 드러내는 소설이다. 이 작품은 작가가 젊은 시절 마니토바에서 여교사로 지내던 시절의 구체적인 경험에서 영감을 얻은 이야기들을 여섯 편의 중·단편으로 나누어 배치하고 있다. 그러나 여러 중·단편들을 단순히 한데 묶어 내놓은 흔한 단편집이 아니라 자연스러우면서도 정교한 구조와 통일성을 갖춘 소설이다.

  소설에서는 이름이 명시되지 않은 18세의 젊은 여교사가 화자로 등장하여 언뜻 보기에는 산만하게 분리된 듯한 여러 중·단편 전체를 관통하며 일관된 목소리로 조율한다. 여섯 편의 이야기들은 각각 빈센토, 클레르, 닐, 드미트리오프, 앙드레, 메데릭 등 한 명의 어린이가 주인공이다. 이 각각의 인물들은 어린 시절의 초상인 동시에 인간과 인생 전체의 초상이다. 이 소설은 그래서 어린 빈센토와의 첫 만남의 드라마에서 시작하여 성큼 커버린 메데릭과의 가슴 저린 헤어짐으로 끝나고 있다. 화자인 젊은 여교사는 빈센토와 '성탄절의 아이' 클레르를 통하여 첫 만남의 낯섦과 두려움, 그리고 거기에 뒤따르는 그만큼의 돌연한 기쁨과 막무가내의 애착과 호감을 경험한다. '종달새' 닐과 드미트리오프를 통해서는 말이나 행동을 넘어서는 침묵의 공감, 인식과 예술의 힘을, '집 보는 아이' 앙드레를 통해서는 성장의 고통과 동시에 고독 속에서의 용기와 자기 헌신을, '찬물 속의 송어'의 메데릭을 통해서는 사춘기 특유의 감각적 떨림, 그리고 저항할 수 없는 사랑의 힘과 고통을 경험한다.

이 소설을 특징짓는 가장 중요한 조건은 황량하고 광대한 평원의 한 구석에 자리잡은 주무대인 학교와 그 무대를 에워싸는 사회 문화적 환경과 자연적 환경이다.

학교는 화자인 여교사와 어린 학생들이 서로 만나고 헤어지는 장소다. 어린 아이들은 매일 학교 밖으로부터 왔다가 학교 밖으로 사라지기를 거듭한다. 여교사는 교실의 자기 자리에 앉아서 아침이면 창문 밖으로 아이들이 '하늘 저 밑으로 가벼운 꽃장식 띠 같은 모양을 그리며 하나씩 하나씩, 혹은 무리를 지어' 나타나기를 기다리고 또 저녁이면 창문 밖으로 '굽이돌다가 곧 끝간 데 없는 지평선 저 너머로 사라져 버리는 길'을 따라 집으로 돌아가는 아이들을 바라본다. 학교는 사랑과 인식의 출발점이다. 거기서 교사와 아이들은 서로 문자를 배우고 노래를 배우고 타자의 존재를 배운다. 그리고 무엇보다 사랑하는 것을 배운다.

그러나 따뜻한 사랑으로 보호된 이 학교가 때로는 자유를 구속하는 '감옥'으로 느껴지기도 한다. 가정의 오래된 습관의 끈에서 떨어져나온 빈센토에게 학교는 두려움의 대상이다. 긴 방학이 지난 뒤 며칠 동안은 다른 아이들도 자유에 맛을 들였다가 다시 학교로 돌아오게 되면 '꼭 감옥으로 들어온 기분'이 된다. 그러나 누구보다도 학교를 감금의 장소로 느끼는 인물은 '갈기가 검은 흰색 종마인 가스파르'의 등에 실려 광대한 대지를 마음껏 달리고자하는 '전문 몽상가' 메데릭이다. '추운 데서 안으로 들어오는 작은 털짐승 특유의 그 기분 좋은 냄새를 실어오는' 다른 아이들 이상으로 메데릭은 지성의 감옥으로 끌려 들어온 야성의 상징 바로 그것인 것이다. 혼혈 인디언 여자와 백인의 피를 받은 그 소년은 교실에 앉아서도 '금방이라도 달아날 준비가 되어 있는 듯 자유로운 꿈속에서 무한히 먼 곳으로' 몽상 속을 헤매고 있다.

여교사는 그를 바라보면서 "결국은 사로잡히고 말 순진한 짐승 같다"는 인상을 받곤 한다. 그래서 그녀는 "그를 사로잡기를 바라면서도 동시에 그 짐승에 대하여 가슴 아픈 느낌을 지울 수 없다". 소년의 가슴속에 일고 있는 야성의 바람을 다스려 수련과 인식의 장으로 불러들여야 할 교사가 소년을 '상상의 여행'에서 불러내오는 것을 망설이기에 이른 것이다.

왜냐하면 스스로 '청소년기의 몽상에서 겨우 벗어나 아직 성년의 삶을 잘 받아들이지 못하고 있는 형편'인 여교사 자신이 때로는 학교를 일종의 '함정'으로 느끼기 때문이다.

"이른 아침 교실에 서서 내 어린 학생들이 세상의 새벽인 양 신선한 들판 위로 그 모습을 드러내는 모습을 바라볼 때면, 학교라는 함정 속에서 그들을 기다리고 있을 것이 아니라 그들에게로 달려가서 영원히 그들의 편이 되어야 옳을 것 같다는 느낌을 받는 것이었다."

이처럼 어린이들의 학교는 만남의 자리인 동시에 헤어짐의 자리요, 사랑과 인식의 장소인 동시에 때로는 감옥과 함정이라는 특유의 양면적 성격을 지님으로써 더욱 실감나는 인생 보편의 은유로서 기능할 수 있게 된다.

한편 이 학교에 오는 학생들이 이민자들의 다문화 집단이라는 사실은 이 소설을 특징짓는 주요한 사회 문화적 환경을 말해준다. "그것이 그들에게는 낯선 세상에 내딛는 첫발이었다. 아이들은 누구나 다 많든 적든 처음 학교에 오는 것에 대해 두려움을 가지고 있었지만, 내가 맡은 이민자 출신 꼬맹이들 중 몇몇의 경우, 그에 더하여 학교에 오자마자 귀에 설기만 한 언어로 말하는 소리를 듣는 혼란스러움까지 맛보아야 했다." 그들은 모두가 광대한 캐나다 중부 마니토바 평원으로 새로운 삶과 꿈을 찾아 모여든 가난한 이민들의 자녀들이다. 이 아이들에게 있어서 학교는 그러므로 새로운 타자만이 아니라 귀에 선 언어, 이질적인 문화와의 두려운 접촉과 이해의 출발점이다.

플랑드르 억양을 버리지 못한 로제 베르헤겐, 소용돌이처럼 이탈리아말로 어린 애정을 쏟아놓으며 '마늘과 라비올리와 감초 냄새'를 물씬 풍기는 빈센토, '약간 흐릿하고 쓸쓸한 상아색의 여린 빛으로 절어 있는' 오래된 아일랜드산 손수건을 뒤늦은 선물로 들고 온 클레르, 폴란드계 유태인 출신인 프티-루이, 이름부터 이국적인 니콜라이, '자기 어머니의 언어'로 노래 부르는 우크라이나 출신의 닐, '자신의 힘을 넘어서는 어떤 힘, 옛날에는 집단적이고 신비스러우며 무한한 것이었던 어떤 열정'에 의하여 글씨를 쓰는 어린 드미트리오프, 프랑스 오베르뉴 출신의 꼬마들, '프랑스에서 가져온 리넨 시트'를 꺼내어 선생님의 침상을 마련하는 앙드레, 인디언 혼혈인 메데릭…. 이들 각자는 서로에게 우선 이방인들이다. 교사 역시 그들에게는 이방인이다. 어느 날 여교사가 저녁 산책길에 드미트리오프 집안이 사는 동네로 들어선다. 벌써 "창문 뒤에서 손들이 움직였고 커튼 뒤에서 지켜보던 얼굴들이 놀란 눈길, 때로는 적대적인 눈길로, 오래도록 나를 따라다녔다. 여기 폴란드, 러시아 울타리 안으로 저 젊은 캐나다 외국여자가 무엇 하러 왔다지?" 그들에게 학교는 단순한 배움의 자리만이 아니라 새로운 문화에 대한 도전과 힘겨운 이해의 과정이다. 여기에는 불어가 모국어인 집안에서 태어나서 영어 사용 지역인 마니토바에서 '이방인'으로서 교육받았고, 또 이질적인 문화 속에서 자란 어린이들을 교사로서 가르쳐야 했던 작가 자신의 고통스러운 경험들이 다분히 배어 있을 것으로 짐작된다. 이런 의미에서 학교는 매우 다양한 삶의 경로를 체험하게 하는 성장소설의 장이 아닐 수 없다.

또한 이들 이민들은 한결같이 가난하다. 우선 첫 번째 이야기의 주인공 빈센토의 아버지를 보자. 불과 얼마 전에 이탈리아의 아부리제에서 온 이민으로 "쿠션을 만드는 장인인 그는 아직 정식으로 개업하지 못한 처지라 임시로 여기저기에서 닥치는 대로 일을 해주고 있었다." 「성탄절의 아이」에 등장하는 프티-루이의 집안은 초콜릿을 팔며 근근이 생활하고 있다. "말이 상점이지, 정돈할 공간이 부족해서, 아니면 주인이 소홀해서 상품들이 땅바닥에, 구석에 아무렇게나, 끝도 없이 널려 있거나 혹은 때가 잔뜩 긴 진열장 속에, 초콜릿이 비누와 콘플레이크 옆에, 뒤죽박죽으로 뒤섞여 있었다." 조니의 아버지는 '여름 한철 하수도 청소부로 일하고 겨울이면 실직자'여서 어머니가 덧신을 짜며 살고 있고, 니콜라이의 가족은 "시의 쓰레기 버리는 곳 옆에 살고 있었다. 그곳에서 녹슨 함석, 침대 틀, 아직 쓸만한 판때기 등을 쉽게 주워 모아 꽤 괜찮은 오두막집을 지을 수 있었고 특히 여름철에는 꽃도 가꾸고 닭도 키웠다." 그의 어머니는 여름이면 진짜 꽃을 가꾸지만 겨울이 되면 얇은 천이나 종이로 조화를 만들어 백화점에 싼값으로 내다 팔았고 백화점은 그걸 비싸게 되팔았다. 어머니가 가정부로 일하는 클레르는 이들만도 못하여 성탄절날 선물을 마련하지 못한 채 '빈손으로 온 어린 소년'이다.

「종달새」의 닐은 진흙탕의 늪을 건너 악취를 풍기는 도축장 근처 '낡은 판자조각과 폐품으로 만들었을 오막살이집'에 살고 있다. 폴란드나 우크라이나 출신의 사람들이 더 많이 살고 있는 동네의 드리트리오프 집은 어떠한가? 속이 뒤집힐 것 같이 역겨운 냄새를 풍기는 그 '소굴 같은 집'은 "반은 강둑에, 반은 집안을 시끄러운 소리로 가득 채우며 흐르고 있을 강물 속에 말뚝을 박아 그 위에 판자로 얼키설키 이어놓은 흔들거리는 바라크였다." 임신한 어머니는 자리에 누워 있고 아버지는 먼 곳으로 일 나가고 없는 집안에서 어린 나이에 어른이 해야 할 일을 도맡아 하느라고 학교를 그만두어야 하는 '집 보는 아이'에 대해서야 더 말할 필요가 없을 것이다.

이처럼 학교에 오는 어린이들이 이질적인 문화와 언어를 가진 집단의 출신이라는 사실과 그들의 가난과 고단한 삶은 분명 넘어서기 어려운 시련이며 도전이다. 그러나 이 시련과 도전은 오히려 그에 대한 응전으로서의 사랑과 인식과 아름다움의 불가사의한 위력을 더욱 돋보이게 한다.

이런 의미에서, 새로운 환경에 대한 두려움에서 야기되는 적대감을 돌연한 사랑의 표시로 반전시키는 어린 빈센토의 행동은 거의 기적에 가깝다고 하겠다. 목까지 기어올라 숨이 막히도록 껴안은 그가

"나를 놓아주도록 하기 위해서 이번에는 내 쪽에서 그를 꼭 껴안고 등을 정답게 토닥거려주면서, 내가 그의 말을 알아들을 수 없었듯이 그 역시 알아듣지 못하는 말이지만 애정이 서린 어조로 그에게 말을 하면서 차츰차츰 그를 진정시키지 않으면 안 되었고, 이제는 나를 잃어버리면 어쩌나 하는

가슴 찢는 두려움에 시달리는 그를 안심시키지 않으면 안 되었다. 마침내 나는 그를 땅 위에 내려놓을 수 있게 되었다. 그는 아직도 자신의 머리 위로 쏟아진 이 걱정스럽고 엄청난 행복에 몸을 떨고 있었다."

어떤 상황에서는, 포옹과 애무와 같은 몸짓, 혹은 애정이 서린 '어조'만으로도 서로 다른 언어 사이에 가로놓인 단층을 극복할 수 있다는 것을 어린 빈센토는 웅변으로 보여주고 있다. 그뿐이 아니다. 여교사에게는 '성탄절의 아이' 클레르의 '행복한 미소'만으로도 '세상에서 제일 좋은' 성탄절 선물이 될 수 있다. 그러나 아이는 눈보라 속을 뚫고 찾아가 선생님에게 해묵은 손수건 한 장이라도 선물로 줄 수 있을 때 '말로 표현하지는 않지만, 활기찬 보병 나팔소리를 연상시키는' 행복감과 거기서 자연스레 피어나는 미소를 지을 수 있게 된다.

그러나 언어, 경제적 수준, 젊음과 늙음, 건강 등 모든 장벽을 허물어주는 통합의 힘은 무엇보다도 예술의 위대한 힘일 터이다. 종달새 같은 노래의 소질을 타고난 닐은 바로 그 같은 능력을 여실히 보여준다. 그의 노래와 미소는 "너무나도 전염성이 강한 것이어서 무대와 객석을 갈라놓은 난간을 넘어 노인들의 얼굴에 부드럽고 신선한 빛 그대로 와서 찍히는 것이었다." 그 '전염성'은 흥분하여 떠들던 교실의 아이들을 제자리로 돌아가게 하고, 다리를 다친 여교사의 어머니를 걷게 하고, 양로원의 노인들과 심지어 정신병원의 병자들까지도 잠시 자신들의 현실을 잊고 심취 열광하게 한다. 언어를 초월한 그의 노래, 감미롭고도 우수에 찬 그의 노래는 의미심장하게도 그의 고향의 "드니에프르강이 흐르고 흘러 웃음과 한숨을, 회한과 희망을 다같이 바다로 싣고 가서 결국은 모든 것이 하나의 물결로 합쳐진다는 내용이었다." 언어가 갈라놓는 사람들을 노래는 하나의 바다에서 만나게 해준다.

여교사는 닐의 도움을 받아가며 그의 어머니에게 어린 아들의 노래가 이미 그토록 많은 사람들에게 가져다 준 기쁨에 대하여 뭔가를 표현해보려고 애를 썼고, 그녀는 닐을 통해서 그로서는 제대로 이해하지 못한 무엇인가에 대하여 여교사에게 감사의 마음을 표시하려고 고심했다. 그러나 그들은 곧 "말을 통해서 감정을 실토하는 것을 포기하고 그냥 밤의 소리에 귀를 기울였다". 언어가 갈라놓는 사람들을 공감이 서린 침묵은 하나로 합쳐준다. 마침내 닐과 그의 어머니가 함께 노래 부른다. "그러자 두 목소리가 높아지며 기이하고 아름다운 노래 속에 담겨 날아오르면서 서로 조화를 이루었다. 그 노래는 실제로 겪는 삶과 꿈속의 삶의 노래였다. 광막한 하늘 아래서 그 노래는 그 어떤 손길처럼 가슴을 움켜잡아 이리 돌리고 또 저리 돌리다가 마침내 잠시 동안 자유로운 대기 속으로 조심스럽게 놓아주는 것이었다." 학교나 사회, 언어나 계층이 가두어놓는 사람들의 가슴을 노래는 이처럼 자유로운 대기 속으로 '해방'시킨다.

그러나 누구보다도 지적으로 열악한 환경 속에서 살고 있

는 드미트리오프는 여기서 한 걸음 더 나아간 문제점을 드러
낸다. 지적으로 가장 뒤지는 집안 형제들 중 막내인 어린 드
미트리오프에게는 '예외적인 글씨쓰기 재주'가 있다. 그러
나 글씨를 그렇게도 잘 쓰면서도 그 글자가 대체 무엇을 '의
미'하는 지는 전혀 알지 못한다는 것은 놀랍다. "그가 아주
좋아하는 것은 글자들을 아는 것이 아니라 그냥 그 글자들을
글씨로 쓰는 것인 듯했다." 이것은 무엇을 의미하는 것일
까? 교사는 나름대로의 암시적 해석을 내린다. "검은 불덩
어리를 안고 내면으로 향하고 있는 그의 기이한 두 눈을 바
라보면서, 나는 멀리서 창조주를 찬미하면서도 자신들에게
눈길을 던져달라고 주님께 애원할 생각조차 하지 않는 교회
성상 벽의 저 보잘것없고 가난한 성자들을 머리에 떠올렸
다." 의미를 초월하는 소통의 비결은 그들 조국의 혼 속에
깃들어 있었던 것일까? 우크라이나의 '가난한 성자들'을 연
상시키는 그들 부자에게 우선 중요한 것은 언어의 의미 이상
으로 말없는 긍지와 공감과, 거기서 깨닫는 서툰 사랑일 것
이다. 그리하여 그들 부자는 어린 아이가 써놓은 글자들 앞
에서 최초의 미소를 주고받는다. "마침내 그는 겁에 질린 작
은 얼굴을 아버지의 옷소매에 묻은 채 가만히 있었다. 그리
고 겁에 질린 두 눈을 아버지에게로 쳐들었다. 그러자 위에
서 아래로, 아래에서 위로 미소가 오갔다. 너무나 짧고 너무
나 서투르고 너무나 망설이는 미소여서 아무래도 그 두 얼굴
사이에서 오가는 것으로는 정말 처음인 것 같았다."

　마지막으로 주목해야 할 것은 이 소설에서 가장 중요한

요소의 하나인 자연환경이다. 이 소설을 이루는 여섯 편 중 단편의 공통된 배경은 바로 캐나다, 특히 마니토바주 특유의 끝간 데 없이 광대한 공간과 무서운 눈보라이다. 특히 소설의 마지막 두 이야기인 「집 보는 아이」와 「찬물 속의 송어」에서는 이 같은 자연환경이 인간적 관계와 극적 전개에 적극적으로 개입함으로써 주인공들 못지않은 역할을 맡고 있음을 알 수 있다.

우선 「집 보는 아이」의 배경이 되는 공간을 주목해보자. 가난한 집 몇 채와 학교, 교회, 따분한 역사, 사일로, 물 저장탱크 등이 전부인 쓸쓸한 '마을'은 '용기도 믿음도 내일에 대한 희망도 얻어낼 것이 없는' 곳이다. 반면에 '그 반대편으로 눈길을 돌리면 모든 것이 딴판'이다. "희망이 넘칠 듯이 흘러드는 것이었다. 나는 미래를 마주보고 있는 느낌이었다. 그리고 그 미래는 내 생애에 있어서 한 번도 허용받지 못했던 가장 매혹적인 빛으로 반짝거리고 있었다." 사실은 아무것도 볼 것이 없는 그 황량한 공간이 매혹의 땅으로 보이는 것은 학생들의 절반 이상이 그쪽에서 오고 있기 때문이다.

다시 말해서 그 황무지는 새싹들이 돋아나는 약속의 땅인 것이다. 이는 물론 농토로 개간할 수 있는 가능성을 의미하기도 하지만 고독한 여교사에게는 무엇보다도 미래의 희망인 어린아이들이 새싹처럼 돋아나는 공간으로서의 의미가 더욱 중요한 것이다.

"나는 책상에 가 앉아서 우리 학생들이 나타나기를 기다리느라 마음이 급했다. 나는 한 줄기 작은 오르막길에서 눈을 떼지 못했다. 거기에, 아이들이 하늘 저 밑으로 가벼운 꽃장식 띠 같은 모양을 그리며 하나씩 하나씩, 혹은 무리를 지어 나타나는 모습을 볼 수 있는 것이었다. 매번 나는 그런 광경을 바라보면서 가슴이 뭉클해졌다. 나는 광대하고 텅 빈 들판에 그 조그만 실루엣들이 점처럼 찍혀지는 것을 볼 때면 이 세상에서 어린 시절이 얼마나 상처받기 쉽고 약한 것인가를, 그러면서도 우리들이 우리의 어긋나버린 희망과 영원한 새 시작의 짐을 지워놓는 곳은 바로 저 연약한 어깨 위라는 것을 마음속 깊은 곳에서 절감하는 것이었다."

이 광대한 미개지는 이곳으로 찾아든 이민들과 여교사가 각기 자기 나름대로 개척해야 할 과제로서 주어진 공간이다. 소설 속에서 아이들의 손을 잡고 그들의 집이 여기저기 흩어져 있는 그 먼 길을 찾아가는 여교사의 '행로'는 바로 그 고달픈 개척의 과제와 동시에 그 광대한 공간 속에 던져진 연약한 인간의 고독과 절망, 그리고 그에 맞서는 힘겨운 도전과 성장의 과정을 함축하고 있는 것이라 하겠다. 그래서 여교사는 말한다. "나는 또한 그때 세상 구석구석으로부터 그들이 나를 향하여, 따지고 보면 그들에게 한낱 이방인에 불과한 나를 향하여, 길을 걸어오고 있다는 사실에 큰 감동을 느끼고 있었다고 생각한다. 오늘날에도 여전히 알지도 못하는 그 누군가에게, 나의 경우처럼 사범학교를 갓 졸업한 경험 없는 풋내기 여교사에게, 사람들은 이 지상에서 가장 새롭고 가장 섬세하고 가장 쉽게 부서지는 것을 위탁한다는 것을 느낄 때면 가슴이 뭉클해진다."

그런 의미에서 이야기의 마지막 장에서 여교사가 단신 스키를 타고 앙드레의 집으로 찾아가 함께 밤을 보내면서 그 집 한가운데에다가 잠정적으로 일종의 이동식 교실을 설치하는 장면은 이 교사의 개척자적 이미지를 감동적으로 완성하고 있다. 더군다나 앙드레는 그 같은 공부가 자신만을 위한 것이 아니라 장차 동생 에밀의 차례가 되면 '자신이 도와주기' 위한 것이라고 말함으로써 미래의 교사직을 자청하고 있지 않은가? 이리하여 개척의 손길은 종교처럼 번져나가게 된다.

그러나 이들이 보내는 밤이 '무슨 알 수 없는 축제의 신비스러운 준비 과정' 같이 보이는 것은 단순히 그곳에서 배움이 이루어지기 때문만이 아니다. 이때 역시 가장 위대한 힘은 예술의 아름다움에 있다. 그 '축제'는 축음기에서 울려나오는 '옛 노래'와 선생님이 들려주는 '옛날 이야기'를 담고 있는 것이다. 예술의 아름다움은 광대한 평원에 우연의 '주사위처럼' 외따로 던져진 그 가난한 집을 '단 하나 흐릿한 불이 켜진 램프가 자아내는 그 기적 같은 분위기'로 탈바꿈시키기에 충분한 것이다.

이 소설에서 가장 길고 가장 감동적인 이야기인 「찬물 속의 송어」에서는 그 광막한 공간의 힘이 더욱 강하게 느껴진다. 여기서 광대한 공간은 우선 메데릭이 출현하고 사라지는 배경으로서 나타난다. 그 소년은 '평원 저 멀리에서 빠른 속도로 다가오고 있는 어떤 하얀 점 하나'로 등장하여 줌 렌즈처럼 빠른 속도로 다가온다. "그 하얀 점이 검은 갈기를 휘날리는 말로 변했다." 이리하여 공간은 말이 달리는 속도를 실감 있게 전달하는 여백의 넓이로 작용한다. "그는 벌써 학교 마당의 입구에 와 있었다." 그러나 이 끝간 데 없는 공간은 나타남보다 사라짐의 배경일 때 더욱 감동적이다.

"그리하여, 아침에처럼, 그러나 이번에는 매순간 점점 더 작아지면서 이내 광대한 평원 속에서 검고 흰 점으로 변하여 사라졌다. 나는 우리들 사이의 먼 거리가 푸른빛으로 변하면서 그를 완전히 삼켜버릴 때까지 그를 눈으로 따라갔다. 아마도 오직 창가에 서서 바라보는 내게만 주어진 듯한 그 광경이 이번에는 소년 시절이 끝나가는 마지막 날들이 아니고서는 그토록 깊을 수 없는 어떤 고독의 고백 같아만 보였다."

이처럼 광대한 공간은 무한한 가능성을 암시하기도 하지만 그 속에 던져진 인간의 부서지기 쉬운 행복과 고독을 말해주는 것이기도 하다. 이 점은 특히 이 광대한 공간과 더불어 이 소설의 또 다른 중요한 요소인 눈과 중복됨으로써 더욱 분명하게 감지된다. 눈에는 '만물을 서늘하게 덮어주고 어린아이들의 눈을 즐겁게 하는' 아름다움의 순기능이 없지 않다. 그러나 캐나다의 공간과 계절 속에서 눈은 대부분 대기를 '신음 소리'로 가득 채우고 '겨울의 깊은 바닥에서 들려오는 해묵은 비탄의 소리'로 인간에게 쓰디쓴 비웃음을 던지는 공격적 요소로 등장한다.

「찬물 속의 송어」에서 열네 살의 메데릭은 새로 부임한 열여덟 살의 앳된 여선생에 대하여 연정을 느낀다. 소설은 어린 시절에서 성년으로 옮아가는 시기의 고뇌와 수줍은 마음의 떨림을 이를 데 없이 섬세하고 여운이 긴 필치로 그려 보인다. 이때 여교사가 메데릭과 함께 마차를 타고 마을로 돌아오는 밤의 무서운 눈보라는 사랑의 모험, 청춘의 모험, 인생의 모험 그 자체의 은유가 된다. 그러나 그들은 함께 맞는 눈보라와 광대한 벌판이 합치면 난바다의 폭풍이 된다는 것은 알지만 정작 그것이 동시에 그들 자신의 가슴속에 소용돌이치게 될 폭풍의 예고라는 사실은 알지 못하는 듯하다.

"우리는 어떤 야성의 힘으로부터 오는 저항과 압력을 느꼈다. 그것은 광란하는 소리와 미친 듯이 밀어닥치는 백색 꿈의 형상으로 도처에서 폭발하고 있었다. 가스파르는 우리가 탄 연약한 배의 뱃머리를 이루고 있었다. 그가 폭풍을 가르고 나아가면, 계속되는 휘파람 소리와 뒤엉킨 외침으로 가득한 광란의 빠른 연주 속에서 폭풍은 둘로 갈라져서 눈썰매의 양쪽으로 흘러내렸다. 때로는 마치 반대편으로부터 격류에 휩쓸리는 뗏목에 실려 눈에 보이지 않게 우리 옆으로 스쳐 지나가면서 절망적으로 구원을 요청하는 사람들의 고함소리가 들리는 것 같기도 했다." 이 모험은 청춘의 사랑이 그러하듯 방향 감각의 상실로 이어진다. 길을 인도하는 전신주는 나타났다 사라졌다 한다. 가없이 표적도 없이 펼쳐진 흰 눈의 공간 속을 전진하며 두 사람의 가슴속에서는 은유적으로나마 탈선의 욕구와 궤도를 찾고 싶은 욕구가 갈등한다. 내면의 갈등은 '거울'이 된 마차 창유리에 잠시 동안 열망과 몽상의 그림으로 변하여 와서 박힌다.

"그때 바로 내 얼굴 곁에 메데릭의 얼굴이 와서 박혔다. 그는 창유리에 자기의 얼굴도 비친다는 것을 모르고 바싹 가까이 다가온 것이었다. 그가 내게로 몸을 기울였다. 아마도 내가 잠이 들었는지 보려는 것 같았다. 내가 움직이지도 않고 말도 하지 않았으므로 그는 내가 자고 있는 줄로 알았을 것이다. 나는 눈을 반쯤 감고서 랜턴의 반사면에 비친 그를 감시했다. 거기에는 흐르는 눈가루에 쓸리면서 우리 두 사람의 흐릿한 얼굴이 마치 낡은 결혼 기념사진 속에서처럼 비쳐 지나가고 있었다."

그러나 이 같은 평면상의 광대함은 결국 보다 '높은 곳'에서 내려다보는 시선에 의하여 하나의 전체로 통합된다. 눈앞에 넓게 펼쳐진 공간은 모든 것을 그 품에 안아주면서 우리를 잠시나마 요지부동의 영원에, 무한의 장에 닿게 한다. 현실의 작은 세목들은 인생이라는 전체 속에 통합된다. 나무들은 숲으로, 물결은 바다로, 삶은 영원으로 흘러든다. 그리하여 우리의 삶 속에는 영원히 지워지지 않는 하나의 '차원'이 생겨난다. 그 총체로서의 아름다움이 한갓 꿈이었던들 어떠랴. 그것이 한 인간을 보이지 않게 문득 성장하게 하는 꿈인 바에야. 지나치게 길다는 느낌이 없지 않지만 다음의 인용문을 천천히 읽으면서 소설 전체의 가슴 저린 순간들을 그 위에 겹쳐보자. 우리의 소용돌이치는 마음이 마침내 한 장의 백지로 해방될 때까지….

"그때의 정경을 어찌 잊을 수 있겠는가? 지금도 여전히 그 정경의 추억을 맞아들이려는 듯 내 영혼이 고즈넉하고 행복한 느낌과 함께 넓게 펼쳐지는 것을 느낄 수 있다. 어떤 높은 곳에서 목도하게 되는 그런 풍경 속에는 과연 무엇이 있기에 우리에게 그토록 커다란 만족감을 주는 것일까? 그 풍경을 획득하기 위하여 치른 고생이 그만한 보상을 주는 것일까? 지금도 나는 그 까닭을 잘 모르겠다. 한 가지 확실한 것이 있다면 그것은 그날 아침 메데릭과 나란히, 서로 머리를 마주대고 있는 말 위에 올라앉아 있을 때만큼 확실하게 그 평원의 광대함, 그 쓸쓸한 고귀함, 그 변모한 아름다움을 본 적이 없다는 점이다.

가장 먼 곳까지 우리 눈앞에 확 펼쳐진 그 평원은 마음을 사로잡는 디테일들을 무수하게 드러내고 있었다. 가령 푸른 하늘 가까이에는 이제 막 갈아엎은 땅이 그 위를 날고 있는 어두운 불새만큼이나 윤나는 검은 색을 띠고 있고, 더 높은 쪽에는 밤안개가 아직도 땅바닥에 엎드린 채 흰 바탕에 검은 색의 지극히 미묘한 목탄화를 만들고 있는 들판, 그리고 아주 먼 곳에는 작은 울안에 갇힌 봄인 양—아마도 어린 겨울밀 싹인 듯—부드러운 녹색의 자그마한 사각형. 그러나 평원이 마음에 사무치는 것은 가장 희귀한 그 겉모습들 중의 어떤 한 가지 때문이 아니라, 오히려 그와 반대로 겉모습들이 결국은 모두

다 평원 속으로 사라져버리기 때문이었다. 처음에는 그 정경의 이러저러한 모습, 특히 울안에 갇힌 봄 같은 모습이 눈에 들어오긴 하지만 머지않아서 우리는 오직 요지부동인 것만을 의식하게 되니까 말이다. 물결들은 바다로, 나무들은 숲으로 돌아가고, 마찬가지로 거의 모든 인간적 삶의 지표와 모든 디테일들은 결국 평원의 무한한 넓이 속으로 돌아간다. 이렇다 할 그 무엇 하나 말하지 않으면서도 그 평원은 이렇게 하여 그토록 많은 것을 말해주고 있는 것이었다. 아마도 그래서 그 평원은 그토록 자주 나를 행복하게 해주었을 것이다.

나는 메데릭 쪽을 쳐다보았다. 이제는 이마 위로 푹 눌러 쓴 모자 차양 밑에서 그는 나를 열심히 훔쳐보고 있었다. 그는 이 높고 기이한 장소에서 내가 맛보게 되기를 간절히 바랐던 행복감이 서서히 내 얼굴에 나타나는 것을 유심히 살피면서, 평원을 바라보고 있는 나를 쉴새없이 주시하고 있었던 것이다. 이제 내 얼굴이 밝게 빛나는 것을 보자 그의 얼굴 역시 밝게 빛났다. 그것은 그가 순수하게 타고난 자질이었을까? 아니면 삶에, 특히 젊은이들의 삶에 있어서 흔히 그러하듯이, 그는 자신이 소유하고 있는 것을 충분히 깨닫기 위해서는 다른 사람이 그것을 함께 즐기는 것을 볼 필요가 있었던 것일까? 우리는 한동안 서로를 바라보고 있었다. 내 기억으로는 두 사람의 눈 속에 어떤 기쁨이 가득했던 것 같다. 이윽고 우리는 조금씩 웃기 시작했다. 부드럽고 가벼운 웃음, 약간 나른한 웃음이었다. 우리는 왜 웃었을까? 아마도 두 존재 사이에서 문득 생겨난 저 드물고도 신기한 공감 속에서 너무나 굳게 결속된 나머지, 서로를 이해하는 데 더 이상 말이나 몸짓이 필요 없게 된 자신을 발견했기 때문이었을 것이다. 그럴 때 그들은 웃는다. 아마도 해방에서 오는 웃음을.

이상하게도 바로 그 다음, 우리는 아무 말이 없게 되었다. 심각하기까지 했다. 각자 우리를 결속시켜주는 풍경에만 신경을 썼다. 거대하고 자유로운 공간이 다 그렇듯, 그 공간이 우리들의 마음속에 불러일으키는 것은 삶, 우리들의 미래, 그리고 시간이 흐르면서 우리가 갖게 될 얼굴에 대한 꿈속 같은, 그러나 흔들림이 없는 믿음이었다. 사실 지금 다시 생각해보면 내가 살아오면서 맛본 순수한 믿음의 순간들은 모두 메데릭과 내가 산꼭대기에 전망대처럼 만들어진 좁은 고원의 정상에서 행복하게 경험한 그때의 그 어렴풋한 행복과 관련된 것임을 지금도 알 수 있다. 지금 상상해보면, 그때 우리가 멀리까지 바라볼 수 있었으므로 만약 저 아래 평지에 있는 어느 농가에서 사람들이 가파른 산꼭대기에 뚜렷하게 드러난 두 사람의 실루엣을 바라볼 생각을 했더라면 우리들 자신도 먼 거리에서 보일 수 있었을 것이다.

가장 높은 곳으로부터 눈앞에 펼쳐지는 모든 것을, 어쩌면 미래까지도 바라보려는 듯이 여전히 말 위에 올라앉은 채 거의 미동도 하지 않고 우리는 얼마 동안이나 그러고 있었던 것일까? 마침내 메데릭이 우리 두 사람을 사로잡고 있던 몽상에서 깨어난 듯 평원의 가장자리에서 쾌활한 어조로 내게 제안했다.

"선생님, 송어 떼가 그대로 있는지 보러 갈래요?"

그러나 손 안에 '미끈하고 만져지는 송어'를 쥐어보는 것은 황홀하고 믿기 어려운 일이다. "의심을 모르는 야성의 생명을 손가락 끝에 감지하는 쾌감을 또다시 순간순간 맛본다"는 것은, "샘의 여기저기에서 눈과 눈을 맞추며 같은 행복감의 같은 미소를 입가에 번지게 만드는 너무나도 유사한 인상들을 서로 주고받는다"는 것은 아슬아슬하고 위험한 일이다. 그 에로티즘과 공모의 눈짓이 비록 지평선 저 끝에 타오르는 단풍의 유혹적인 '불'과 반대로 학교라는 '찬물' 속에서 일어나는 일이라 할지라도. 그 다음에는 오직 높은 곳에서 낮은 현실로 내려오는 일만이 남는다. 그 다음에는 고달픈 어른이 되는 일과 마침내 서로 헤어지는 일이 남을 뿐이다.

2003년 2월 28일
김화영

내 생애의 아이들

지은이 가브리엘 루아
옮긴이 김화영
펴낸이 김영정

초판 1쇄 펴낸날 2003년 3월 7일
2판 43쇄 펴낸날 2022년 6월 23일

펴낸곳 ㈜현대문학
등록번호 제1-452호
주소 06532 서울시 서초구 신반포로 321 (잠원동, 미래엔)
전화 02-2017-0280
팩스 02-516-5433
홈페이지 www.hdmh.co.kr

ISBN 978-89-7275-264-6 03860